Melana E. Fischer

Das Strandhotel an der Nordsee

Mila und Filip

IMPRESSUM

Druck: epubli – ein Service der neopubli GmbH, Berlin

Lektorat & Korrektorat: Senta Herrmann, polarfuchs-lektorat@gmx.de

Buchcoverdesign: Sarah Buhr / www.covermanufaktur.de
unter Verwendung von Stockmaterial von Matthias von Entress;
Florian Kunde; Pawel Kazmierzcak; Tatyana__K / Shutterstock
sowie Eric Gevaert / Adobe Stock

Inselkarte: Christelle Zaurrini / www.coverartig.de unter Verwendung
von Stockmaterial von Shutterstock.com und freepik.com

Buchsatz: Constanze Kramer, coverboutique.de

Melana E. Fischer
c/o Barbaras Autorenservice
Tüttendorfer Weg 3
24214 Gettorf
melana.e.fischer@my.mail.de

Melana E. Fischer

Das Strandhotel an der Nordsee

Mila und Filip

Roman

Vorwort & Inselkarte

Liebe Leser*innen,

der Roman spielt auf der fiktiven Insel Jyltrum, die in meiner Geschichte gegenüber von Sylt, Amrum und Föhr liegt. ;-)

Zur besseren Orientierung findet ihr auf der nächsten Seite eine Inselkarte.

Ich wünsche euch schöne Lesestunden.

Eure
Melana

Stensdorp
FÄHRANLEGER
LEUCHTTURM & CAFÉ
KINO
GRUNDSCHULE & GYMNASIUM
Litsum
STRANDBAR INSELLIEBE
MORTENS INSELSUPERMARKT
Littdün
KRANKEN- & ÄRZTEHAUS
STRANDHOTEL
Süderstedt
SINJAS BUCHCAFÉ
SURFSCHULE
Jyltrum

Playlist

So egal – Stevio, Glasperlenspiel, Bastian Stein

Sleepless – Restricted, Topic, GoldFord

Ouzo – Vincent Gross

Open Your Heart – Westlife

Achievement – MaxKoMusic

Beyond the Horizon – Dominik A. Hecker, Kashia Vu

Breath and Life – Audiomachine

Let It Go – Demi Lovato

If You Love Her – Forest Blakk

Besser sein – ela.

Merry Christmas – Ed Sheeran, Elton John

MUSIK (REMIX) – KAYEF, Twisted Harmonies

Bed Of Roses – Bon Jovi

Always – Bon Jovi

Von Null auf Liebe – Nie und Nimmer

Jemand – Joel Brandenstein, Sarah Engels

Prolog

November

Filip

Unser ältester Bruder Jörn hebt sein Sektglas in die Höhe. »Lasst uns anstoßen. Das haben wir uns nach dem letzten Jahr redlich verdient.«

Meine Brüder und ich sind zu viert: Jörn, Krischan, Kay und meine Wenigkeit – Filip. Uns gehört das Strandhotel in Littdün auf der Nordseeinsel Jyltrum. Ich bin mit meinen neunundzwanzig Jahren der Jüngste von uns und Physiotherapeut aus Leidenschaft. Zusätzlich sorge ich abends sporadisch als Barkeeper in unserer Hotelbar für leckere Cocktails und bin alleinerziehender Papa von Hanna. Meine Süße ist sechs Jahre alt und besucht seit dem Sommer die erste Klasse. Ida, Hannas Mama, ist vor zwei Jahren plötzlich verstorben.

Hanna grinst und hält mir ihr mit Orangensaft gefülltes Sektglas entgegen.

Wir stoßen an. Gemeinsam mit meinen Brüdern sitzen Hanna und ich im Hotelrestaurant. Auf dem Tisch vor uns steht eine Platte mit Wildlachs und Reis, die Krischan heute Nachmittag für uns vorbereitet hat. Er ist Koch und kümmert sich um die Hotelküche. Für Hanna hat er Chicken-Nuggets aufgetischt.

Während Jörn, der das Management innehat, uns die aktuellen Zahlen herunterbetet, driften meine Gedanken ab. Im April sind unsere Eltern auf dem Weg in den Urlaub bei einem Zugunglück ums Leben gekommen. Von heute auf morgen gehörte das Hotel uns. Die letzten Monate waren anstrengend, körperlich wie psychisch. Besonders für meine Kleine. Sie ist zwar auf dem Weg der Besserung, aber es wird mit Sicherheit noch eine Weile dauern, bis Hanna sich von den ganzen Ereignissen vollständig erholt hat.

Unser Hotel hat zwanzig Doppel- und zehn Einzelzimmer, die wir neben weiteren Umbaumaßnahmen komplett renoviert haben. Nun wollen wir mit neuen Ideen in die Wintersaison starten. Im Moment bieten wir nur Frühstück an und abends Essen à la carte. Eventuell wird sich das künftig ändern, aber zurzeit fahren wir so am besten.

Wegen häufiger Überstunden musste ich mich um eine Betreuung für Hanna kümmern, doch die war ein totaler Reinfall. Seit sie zur Schule geht, ist alles etwas leichter dennoch nicht minder nervenaufreibend. Bis zu besagtem Unglückstag haben unsere Eltern sich um Hanna gekümmert, damit ich mich voll und ganz auf meine Therapiepraxis konzentrieren konnte. Sie haben Hanna morgens in die Kita gebracht und um 12 Uhr wieder abgeholt. Ohne sie wäre ich niemals dort, wo ich jetzt bin. Hätte niemals mein Studium zum *Bachelor der Physiotherapie* absolvieren können. Mama und Papa haben mich finanziell unterstützt und dafür werde ich ihnen den Rest meines Lebens dankbar sein.

»Filip? Hörst du mir überhaupt zu?« Jörns Stimme reißt mich aus meinen Gedanken.

»Immer«, antworte ich schnell und Hanna kichert. Ein schönes Geräusch, kam es in der letzten Zeit doch viel zu selten über ihre Lippen.

»Dann ist ja gut.« Jörn trinkt einen Schluck, bevor er erneut das Wort ergreift. »Wir sind im Dezember und Januar nahezu ausgebucht. Das lässt hoffen, dass es nächstes Jahr so weitergeht wie unter der Leitung von Mama und Papa.«

»Und die angekündigten Gäste?«, fragt Kay. »Sind das Stammgäste oder neue?« Er ist gelernter Hotelfachmann und steht meistens hinter der Rezeption.

»Zum Großteil Letzteres und deutlich jünger, als es bisher der Fall war. Also genau so, wie wir es angestrebt haben, richtig? Dafür ja der Instagram-Account.«

Wir anderen nicken zustimmend. Früher waren viele unserer Gäste über fünfzig. Das wollten wir unbedingt ummodeln und versuchen nun, auch das Publikum ab zwanzig anzusprechen. Dank einer großzügigen Werbekampagne und Social Media scheint unser Plan aufzugehen, zumindest in den nächsten Wochen.

Hanna stellt ihr Glas ab, klettert auf meinen Schoß und kuschelt sich an meine Brust. Meine Nase vergräbt sich von ganz alleine in ihrem blonden Lockenkopf. Ihre Verwandtschaft kann sie augenscheinlich nicht leugnen. Krischan und ich sind auch blond, genauso wie Hannas Mama.

War, korrigiere ich mich, sie *war* blond.

»So, und morgen dann eine kleine Weihnachtsfeier mit den Angestellten, hm?« Kay schüttelt den Kopf. »Ich weiß nicht, warum das sein muss. Das ist etwas, was ich abgeschafft hätte.« Sein Gesicht verzieht sich zu einer Grimasse.

»Aufgrund dieser Aktionen hat das alte Team aber so gut zusammengearbeitet«, argumentiert Jörn.

Keine Ahnung, was Kays Problem ist. Ich liebe unsere Weihnachtsfeiern und das damit verbundene Wichteln. Meistens jedenfalls. Vor einigen Jahren hätte ich drauf verzichten können, das ist allerdings Schnee von gestern.

»Und warum hast du dann bis auf Thorsten alle ausgetauscht?«

Himmel, nicht das schon wieder. Dieses Thema ist seit dem Tod unserer Eltern ein Streitpunkt zwischen Kay und Jörn.

»Weil es an der Zeit war. Hilde zum Beispiel kam aufgrund ihrer gesundheitlichen Probleme nicht mehr für das Housekeeping infrage. Mit Nadja haben wir einen guten Ersatz gefunden. Sie ist jung, hat Erfahrung und wird Schwung in unsere Hütte bringen. Sie wird dafür sorgen, dass ihre zwei Kolleginnen in der Spur bleiben.«

»Aha!« Kay kippt seinen Sekt auf ex herunter.

»Jungs, hört auf zu streiten. Ich möchte den Abend genießen«, mische ich mich ein.

»Filip hat recht, lasst uns essen.« Krischan steht auf und verteilt die Portionen auf den Tellern.

»Das sieht klasse aus, Krisch.« Jörn schiebt sich den ersten Happen in den Mund. Als er zu Ende gekaut hat, schmunzelt er anerkennend. »Ja, du hast dich wie üblich selbst übertroffen.«

*

So sehr ich meine Familie liebe, so sehr freue ich mich darauf, mich abends in meine Wohnung zurückziehen zu können. Diese Stunden mit meiner Tochter genieße ich ganz besonders.

Wir wohnen mit meinen Brüdern in einem Vierfamilienhaus, das zwei Straßen vom Strandhotel entfernt liegt. Im großen Keller haben wir ein Gemeinschaftszimmer, das wir zu einem Kinoraum mit Sitzmöbeln und Leinwand umfunktioniert haben. Am Wochenende treffen wir uns oft dort, um alle zusammen Zeit mit Hanna zu verbringen. Meist laufen irgendwelche Disneyfilme, doch meine Brüder sind hart im Nehmen und schauen sich alles brav mit an. Wir haben ein supertolles Verhältnis. Natürlich gibt es hin und wieder Streit. Dennoch können wir uns immer aufeinander verlassen.

Vor einer halben Stunde habe ich Hanna ins Bett gebracht und lümmle nun in meinem eigenen, während nebenbei *So egal* im Radio läuft. Den Song habe ich während der Praxisrenovierung rauf und runter gehört. Bisher hatte ich eine Praxis für Physiotherapie in Litsum, werde aber ab Dezember meine Türen im Strandhotel öffnen. Ich freue mich sehr auf diesen Standortwechsel. So haben auch hauseigene Gäste die Möglichkeit, spontan einen Termin bei mir zu buchen. Je nachdem, wie gut die Sache anläuft, werde ich die Stunden meiner aktuellen Aushilfe aufstocken. Interesse hat sie nämlich. Und wer weiß, vielleicht benötige ich beizeiten sogar eine Rezeptionistin oder einen Rezeptionisten.

Im Erdgeschoss des Hotels gibt es einen kleinen Friseursalon, der etwas versteckt liegt. Dort wird Eske ihr Unwesen treiben. Wir sind seit unserer Kindheit befreundet und haben gemeinsam den Kindergarten und die Schule besucht. Beste Freunde auf Lebenszeit. Gelaufen ist nie etwas zwischen uns, was die meisten, denen wir von unserer besonderen Freundschaft erzählen, nicht glauben. Eske ist Friseurmeisterin und wird nach Terminvereinbarung im Laden sein. Die restliche Zeit düst sie mit ihrem kleinen Fiat 500 über die Insel und besucht ihre Kunden zu Hause. Die Idee, sie im Hotel unterzubringen, kam von mir. Eske war bereits länger auf der Suche nach Räumlichkeiten, konnte sich allerdings keines der Ladenlokale leisten. Daher freut es mich umso mehr, dass Jörn mich beim Organisatorischen unterstützt und die Sache dingfest gemacht hat.

Neben mir miaut es und ich senke den Blick. Janosch, unser Kater, hockt vor dem Bett und verlangt nach Streicheleinheiten. Ich richte mich auf, fasse unter seinen Bauch und hebe ihn auf meine Brust. Lächelnd fahre ich durch sein Fell und ernte ein Schnurren.

»Du bist leicht zufriedenzustellen, hm?«

Seufzend lege ich mich zurück aufs Kissen, streichle gedankenverloren unseren Kater und drifte in den Schlaf.

Mila

»Mila, du schaffst das. Los!«, brüllt unsere Rektorin von der Seitenlinie aus. Na, die hat gut reden!

Das, was wir hier veranstalten, ist ein Freundschaftsspiel zwischen unserer und einer anderen Grundschule. Warum ich freiwillig daran teilnehme, ist mir schleierhaft, immerhin wartet zu Hause noch ein Stapel Diktate, die ich korrigieren muss. Meine Motivation habe ich heute im Bett zurückgelassen. Ich suche den Sichtkontakt zu meiner Kollegin und besten Freundin Leandra, die die Innenverteidigung übernommen hat. Sie nickt und ich kicke das schwarz-weiße Leder in ihre Richtung.

Wie der Blitz rennen wir über das Spielfeld und nach einem neuerlichen Blickwechsel schießt sie mir den Ball zurück. Haarscharf schaffe ich es, ihn anzunehmen und das gegnerische Team auszutricksen. Ich hebe den rechten Fuß, bereit, ein Tor für uns zu erzielen, als ich aus dem linken Augenwinkel jemanden auf mich zustürmen sehe. Zu spät. Ehe ich reagieren kann, werde ich von den Füßen gerissen und lande auf dem Linoleum. Ein stechender Schmerz folgt. Schreiend fasse ich nach meinem Sprunggelenk und rolle mich jammernd zu einer Kugel zusammen. Schwarze Punkte tanzen vor meinen Augen und ich kann nicht glauben, dass ich umgestoßen wurde.

Der Schiedsrichter pfeift ab. Leandra hockt sich zu mir und wenige Sekunden später kniet jemand von den Maltesern neben uns.

»Ich bin Maria und taste Ihren Fuß vorsichtig ab, okay?« Sanft zieht sie meine Hände weg.

Kaum spüre ich ihre Finger an meinem Gelenk, schreie ich erneut auf und es dreht sich alles.

»Wir nehmen Sie mit in die Umkleidekabine. Sie müssen auf jeden Fall ins Krankenhaus.«

Marias Kollege kommt mit einer Trage und kurz darauf bringen sie mich aus der Turnhalle. »Ich komme nach, so schnell ich kann, Süße«, flüstert Leandra, die neben mir hergeht, und ich stimme gequält zu.

*

Total verheult liege ich in der Notaufnahme eines Kölner Krankenhauses und warte darauf, dass sich einer der Ärzte bequemt, mir mein CT-Ergebnis zu erläutern. Aber anscheinend ist eine Lehrerin nicht annähernd so wichtig wie eine Bundesliga-Fußballerin. An meiner Seite sitzt mittlerweile Leandra.

»Und, was meinst du, was ich habe?« Mein Knöchel ist angeschwollen und färbt sich bereits blau.

»Soll ich ehrlich sein?«

»Nein, bitte lüg mich gnadenlos an!« Ich verdrehe die Augen. »Natürlich sollst du ehrlich sein.«

»Ich bin kein Profi, aber ich tippe schwer auf ein gebrochenes Sprunggelenk.«

Der Vorhang, der mich von anderen Patienten abschirmt, wird ruckartig zur Seite gezogen und ich zucke zusammen.

Ein blonder Kerl, der aussieht, als würde er noch die Uni besuchen, blickt auf mich herab. Ohne sich vorzustellen, quasselt er drauflos. »Tja, Frau Tersteden, Ihr Sprunggelenk ist im Eimer.«

»Prima. Und weiter?«, hake ich unwirsch nach und richte mich etwas auf.

»Es handelt sich um eine Weber-A-Fraktur, das heißt, Sie kommen um eine Operation herum. Eineinhalb Monate Gips mit anschließender Physiotherapie, dann sollte die Sache erledigt sein. Nach der ersten, dritten und sechsten Woche wird der Heilungsverlauf mit Röntgenbildern kontrolliert. Sofern bis dahin alles ordnungsgemäß zusammengewachsen ist, kommt der Gips ab. Ich wünsche Ihnen einen angenehmen Tag.« Er dreht sich auf dem Absatz um und verschwindet.

Mit offenem Mund starre ich dem ungehobelten Schönling hinterher.

Eine Krankenschwester tritt zu uns und lächelt mich mitfühlend an. »Was der Arzt eigentlich sagen wollte, ist, dass Sie enormes Glück hatten. Das Sprunggelenk ist an einer guten Stelle gebrochen und kann somit konservativ behandelt werden. Ich verpasse Ihnen jetzt den Gips. Dann werden Sie mit einem Paar Unterarmgehstützen und einem Rezept für Schmerz- und Heparintabletten entlassen, damit Sie am Wochenende über die Runden kommen. Eine Krankmeldung und das Folgerezept für die Tabletten besorgen Sie sich bitte am Montag bei Ihrem Hausarzt oder

Orthopäden. Einer von beiden kann beizeiten auch die Verordnung für Physiotherapie ausstellen. Sollte es diesbezüglich Probleme geben, melden Sie sich noch mal.«

»Wunderbar«, entgegne ich ironisch. »Wozu sind die Heparindinger?«

»Um einer Thrombose vorzubeugen. Schließlich werden Sie das Bein sechs Wochen nicht belasten können.«

»Das wird ja immer besser.« Seufzend sinke ich zurück und schließe die Augen. Was für ein Scheißtag! Wobei, eigentlich ist es ein Scheißjahr. Zu Beginn ist meine Omi gestorben. Ihr Tod ist ein großer Verlust, über den ich bis heute nicht ganz hinweg bin. Im Frühjahr hat sich überraschend mein Freund von mir getrennt. Wir hätten uns auseinandergelebt, hat er gesagt. Als ob das nicht reichen würde, hat im Sommer mein Auto den Geist aufgegeben. Und jetzt der Mist mit meinem Fuß! Alles nur, weil diese dämliche Pute aus dem gegnerischen Schulteam mein Tor verhindern wollte, das ich mit Sicherheit geschossen hätte. Kann es noch schlimmer werden?

In knapp sechseinhalb Wochen ist das miese Jahr zu Ende. Wollen wir hoffen, dass bis dahin keine weiteren Katastrophen passieren.

*

Endlich wirkt die Schmerztablette. Es ist nach 20 Uhr und ich liege im Bett. Nebenbei läuft der Fernseher, ich hab aber keine Ahnung, was der Nachrichtenmoderator von sich gibt.

Sobald der Gips ab ist, soll ich mit leichter Physiotherapie beginnen. Wichtig ist es anscheinend, den Fuß Schritt für Schritt wieder zu mobilisieren, was oft ein paar Wochen dauert. Meist klappt das ohne Komplikationen. Als Langzeitfolge kann sich allerdings eine Arthrose entwickeln, sagt zumindest das Internet.

Meinen Job als Sportlehrerin kann ich erst mal knicken. Zwar sehe ich mich durchaus in der Lage, mit Krücken den Deutsch- und Matheunterricht abzuhalten, doch davon wollte meine Chefin nichts wissen. Zwischen Weihnachten und Silvester kommt der Gips ab. Krankgeschrieben werde ich vermutlich trotzdem länger. Zwar wird Leandra meine Klasse vertreten, traurig bin ich dennoch.

Was mir außerdem fehlen wird, ist das Joggen. Am liebsten würde ich der doofen Kuh, die für meine Verletzung gesorgt hat, eine langen. Doch Gewalt ist keine Lösung. Hat meine Omi schon immer gesagt.

Ich schnappe mir eines der kleinen Kissen und drücke es gegen meine Brust.

Hoffentlich kann ich heute Nacht einigermaßen schlafen.

Kapitel 1

Filip

Es ist eiskalt. Mit *Sleepless* in den Ohren jogge ich den Promenadenweg am Meer entlang, da der Strand mit Schnee bedeckt ist. Ich bin auf dem Rückweg. Die morgendliche Bewegung tut gut und ist mein Ausgleich zum Job.

Hanna ist bei Krischan und sie backen Pancakes. Dies ist ihr gemeinsames Ritual, wenn ich in aller Herrgottsfrühe laufen gehe und mein Bruder Zeit hat.

Die Wiedereröffnung des Hotels war ein voller Erfolg.

Morgen ist Silvester und in unserer Bar wird es romantisch. An allen vier Adventssonntagen hat ein Künstler von der Insel gespielt und die Gäste mit seiner Musik unterhalten. Die Idee zu den Veranstaltungen kam von Jörn und die Events haben ordentlich Zuspruch gefunden. Auch Nicht-Hotel-Gäste haben vorbeigeschaut. Damit die Besucher aus anderen Ecken Jyltrums Glühwein trinken konnten, hat mein Bruder einen Shuttlebus organisiert, der an jedem der Abende zweimal über die Insel getuckert ist, um alle wohlbehalten nach Hause zu bringen. Einige Pressevertreter waren ebenfalls anwesend und haben sich mit ihren Lobeshymnen förmlich überschlagen.

Ich stehe morgen wieder hinter der Bar und mixe Cocktails. Mal sehen, wer sich diesmal blicken lässt. Erst wollten meine Brüder an Silvester ein Galadinner mit großem Vorverkauf veranstalten. Ich fand die Idee zu steif und Gott sei Dank haben sie auf mich gehört. Jetzt machen wir es so wie die letzten vier Wochen auch. Musik, ein kleines Buffet und zusätzlich eine Lasershow statt Feuerwerk. Das ist auf der gesamten Insel nämlich seit diesem Jahr verboten, was Janosch und mir sehr entgegenkommt. Von der freigesetzten Feinstaubmenge, der potenziellen Verletzungsgefahr und den Kosten will ich gar nicht erst anfangen.

Ab Montag haben wir eine neue Patientin in der Praxis. Sie heißt Mila Tersteden, ist Grundschullehrerin und hat sich während eines Fußballspiels eine Weber-A-Fraktur zugezogen. Ihre Krankmeldung geht bis Ende Januar. Laut ihrer besten Freundin und Arbeitskollegin lässt sie sich seit dem Unfall hängen. Nun hat Leandra sie zu einer Auszeit auf Jyltrum verdonnert. Da Mila Tersteden vier Wochen bei uns im Hotel wohnt, haben wir ihr einen Sonderpreis gemacht. Die Kosten für den Aufenthalt teilen die beiden sich, was ich äußerst spendabel von Leandra finde. Während ihrer Zeit hier soll Mila mit der Physiotherapie beginnen, auf die sie angeblich so gar keinen Bock hat. Ich bin gespannt, wie sie mitarbeitet. Wenn ich ehrlich bin, reizen mich solche Patienten und Patientinnen besonders: die, die null Motivation haben, weil sie denken, es ändert sich eh nichts. Leandra hat allerdings sofort klargemacht, dass Mila eine Therapeut*in* benötigt. Den Grund kenne ich zwar nicht, aber ihre Termine habe ich trotzdem in Mareikes Terminkalender eingetragen. Das ist meine Teilzeitkraft.

Japsend erreiche ich das Strandhotel und gönne mir eine kurze Pause. Ich liebe den Ausblick, denn hier, im Westen der Insel, bekommt man die besten Sonnenuntergänge zu sehen. Ein zusätzlicher Grund, warum unsere Gäste das Hotel lieben.

Ein paar Hundert Meter weiter befindet sich die Strandbar *Inselliebe*, die jedoch nur von April bis Oktober geöffnet hat. Mit der Besitzerin, Lara, verstehen wir uns so gut, dass sie in den letzten Wochen ein paarmal spontan in der Hotelbar ausgeholfen hat. Lara ist wie mein Bruder Kay Anfang dreißig und rockt den Laden zusammen mit drei Angestellten. Ihr Freund ist seit einem Jahr Bartender auf einem Kreuzfahrtschiff und daher selten auf Jyltrum.

Schnaufend jogge ich nach Hause. Die Dusche ruft, bevor Hanna und ich uns mit Eske im Leuchtturmcafé in Stensdorp zum Frühstück treffen.

*

»Hey.« Mit einem Kuss auf die Wange begrüße ich Eske, ehe ich Jacke, Schal und Mütze ausziehe, um sie über die Stuhllehne zu hängen.

»Hi, Eske.« Hanna schlingt die Arme um die Hüften meiner Freundin. »Ich hab vorhin mit Onkel Krisch Pancakes gebacken und gegessen.« Ihre Zahnlücke blitzt hervor.

»Echt? Hast du dann überhaupt noch Hunger?«

»Ich kann immer essen. Onkel Krisch fragt sich andauernd, wo ich das alles lasse. Er meint, ich hab gute Gene«, plaudert sie neunmalklug weiter.

Eske lacht, sinkt auf die Bank und klopft auffordernd neben sich auf die Sitzfläche.

Meine Tochter zerrt sich ihre Jacke vom Körper, reißt sich die Mütze vom Kopf und drückt mir beides in die Hände, ehe sie neben Eske Platz nimmt.

Mit meiner besten Freundin hat Hanna keine Probleme und auch mit den weiblichen Hotelangestellten nicht. Fremden Frauen gegenüber verhält Hanna sich seit dem Tod ihrer Großeltern reserviert. Der Grund dafür heißt Iris. Sie ist die entfernte Bekannte, die sich zwischendurch um Hanna gekümmert hat, wenn ich im Hotel oder in der Praxis beschäftigt war. Sie ist Anfang fünfzig, hat selbst ein Kind großgezogen und erschien mir als geeignet. Nach drei Wochen hat Hanna angefangen sich zurückzuziehen und es hat noch mal genauso lange gedauert, bis meine Brüder und ich die Ursache herausgefunden haben. Eine Erzieherin des Kindergartens hat Hanna auf spielerische Weise ausgefragt. So ist ans Licht gekommen, dass Iris meine Kleine immer angeschrien hat, wenn sie nicht gespurt hat. Hochkant habe ich Iris zum Teufel geschickt und gesagt, sie solle sich nie mehr bei uns blicken lassen.

Ich lege die Klamotten über meine eigenen und setze mich auf die andere Tischseite.

»Na, Flip? Warst du wieder joggen?« Schon seit der Kindheit nennt Eske mich so, weil sie *Filip* als kleines Mädchen nicht aussprechen konnte. Das ist hängen geblieben. Ich muss dabei immer an den Heuschreck aus *Biene Maja* denken, das stört Eske aber nicht im Geringsten. Im Gegensatz zu Flip aus der Serie lebe ich nicht einfach in den Tag hinein, sondern ackere, was das Zeug hält.

»Du kennst mich.«

Eske schnaubt. »Du brauchst eine Frau, die dich morgens im Bett hält«, flüstert sie, aber meine Tochter hört es dennoch.

»Papi hat doch mich!«

»Genau, ich habe Hanna. Außerdem könnte ich das Gleiche von dir behaupten.«

»Ich brauche keine Frau in meinem Bett, trotzdem danke für den Ratschlag.«

»Haha! Im Ernst, ich verstehe einfach nicht, warum du solo bist.«

»Ich hab keine Zeit für so einen Quatsch.« Eske winkt ab. »Du bist ebenfalls vertraut mit der Selbstständigkeit. Da bleibt kaum Raum für Privates.«

Na, damit hat sie sich ihre eigene Frage ebenso beantwortet. Wobei das nicht der Hauptgrund dafür ist, dass ich keine Beziehung führe.

Die Kellnerin tritt an unseren Tisch. Wir ordern das Familienfrühstück, einen Milchkaffee für mich, einen Cappuccino für Eske und einen Kakao für Hanna. Die Bedienung nickt, verschwindet und kehrt mit einem Malblock und einem Päckchen Buntstifte zurück.

»Danke«, wispert Hanna und drückt sich gegen Eske. Erst als wir allein sind, fängt sie an zu malen.

Ich beschließe, den Faden wiederaufzunehmen. »Was ist mit den Wochenenden? Du musst dir mal freinehmen, sonst klappst du irgendwann zusammen.«

»Es ist ja nicht so, als würde ich rund um die Uhr Haare schneiden. Jetzt zum Beispiel sitze ich mit meinem besten Freund und seiner Tochter im Café und lasse es mir gut gehen. Das ganze Drumherum frisst halt Zeit. Hier mal eine Story, da mal ein Beitrag für Instagram und Facebook. Dazu die Pflege meiner Website. Da ist man eine Weile beschäftigt.«

»Da stimme ich dir voll und ganz zu. Und das ist auch Arbeit.«

Eske trinkt einen Schluck. »Anderes Thema: Schon aufgeregt wegen eurer neuen Patientin?«

Ich habe Eske lediglich verraten, dass wir eine Grundschullehrerin aus Köln bekommen, die sich während eines Fußballspiels verletzt hat. »Eher neugierig, ob Mareike es schafft, sie für ihre Übungen zu motivieren. Warten wir mal ab.«

»Wohnt sie bei euch im Hotel?«

Unser Frühstück kommt und wir stoppen die Unterhaltung abermals, bis wir wieder unter uns sind.

»Ja, tut sie.«

Eske schaut kurz zu Hanna. »Möglicherweise ist sie ja dein Typ. Dann könntest du sie nach Mareikes Behandlung auf ein Date einladen oder so.«

»Ich habe keinen Typ.«

»Ist klar! Sorry, aber alle Frauen, mit denen du was hattest, waren blond. Vielleicht versuchst du es mal mit einer

Brünetten. Und mit etwas Glück trifft das auf deine Patientin zu.«

»Dann können wir uns ja zusammentun, du hast auch braune Haare«, witzle ich. »Außerdem ist sie nicht meine Patientin.«

»Du weißt, wie ich das meine. Darüber hinaus fange ich garantiert nichts mit meinem besten Freund an. *Du* bist nämlich nicht *mein* Typ. Nichts für ungut.«

Ich schmunzle und schnappe mir endlich eines der Brötchen. »Ach, und wieso schmachtest du dann immer meinen Bruder an, wenn ihr aufeinandertrefft?« Sie soll nicht denken, dass mir das nicht auffällt. Und wir sind definitiv derselbe Typ Mann!

Eske verschluckt sich an ihrem Cappuccino. »Was meinst du?«

Ah, sie stellt sich unwissend. »Krischan?«

Sofort hört Hanna auf zu malen. »Was ist mit Onkel Krisch?«

»Ja, genau, was ist mit ihm?« Eske widmet sich ausgiebig ihrem Croissant und hält den Blick gesenkt.

»Er arbeitet auch viel«, entgegne ich ausweichend. Das scheint Hanna zu genügen und sie wendet sich ihrem Blatt zu.

Ich belege meiner Tochter ein Brötchen mit Salami und schiebe ihr den Teller hin.

Kaum bin ich fertig, greife ich über den Tisch nach Eskes Hand. Flüchtig streiche ich darüber und ziehe sie anschließend zurück. »Mir musst du nichts vormachen. Das geht schon länger, oder?«

Eske seufzt und sieht mir endlich in die Augen. »Ja, und sei unbesorgt, mir ist bewusst, dass er Kessy hat, auch wenn sie gerade wegen dieses Schauspieljobs in Kanada ist.« Nicht mehr als ein Flüstern.

Hanna summt leise einen Song aus *Die Eiskönigin* vor sich hin und ist hoffentlich abgelenkt. Sie weiß nichts von Krischans Freundin, was gut ist. Ich denke nämlich nicht, dass das mit den beiden Bestand hat.

»Sie lebt normalerweise in New York, Krischan hier. Wir haben gerade erst das Hotel übernommen und ich kann mir beim besten Willen nicht vorstellen, dass er all das für eine Frau hinter sich lässt und den Kontinent wechselt. Sie hat einen mehrwöchigen Urlaub bei uns verbracht, okay! Aber nur, weil in der Zeit etwas zwischen den beiden lief, bleiben die nicht ewig zusammen. Ich denke, er hat nach dem Tod unserer Eltern bloß Ablenkung gebraucht.«

»Bist du dir da sicher? Selbst wenn das Ganze in die Brüche geht, was sollte mir das bringen? Er sieht in mir nur die kleine Schwester. Kein Wunder, ich meine … Wir sind alle mehr oder weniger zusammen aufgewachsen. Manchmal bereue ich, dass unsere Mütter beste Freundinnen waren.« Eske schmiert sich Marmelade auf ihr Croissant und ich beschließe, es für heute gut sein zu lassen.

Mila

Schlecht gelaunt sinke ich auf die Rückbank des Taxis, das mich von Stensdorp im Norden nach Littdün im Westen der Insel bringen soll.

Ich nenne dem Fahrer das Ziel und augenblicklich strahlt er über das ganze Gesicht. »Im Strandhotel sind Sie gut aufgehoben.«

»Mmh.« Schweigsam blicke ich aus dem Seitenfenster. Ohne Ende Schnee. Noch ein Grund mehr, es hier zu hassen. Wer fährt denn bitte freiwillig im Winter auf eine Nordseeinsel? Ich tue das nur, weil Leandra mich so lange bequatscht hat, bis ich nachgegeben habe. Der Urlaub ist mit meinem Arbeitgeber und der Krankenkasse abgesprochen. Sogar ein Attest habe ich vorgelegt, schließlich ist die Urlaubsreise keine Gefährdung für meine Gesundheit. Im Gegenteil. In den letzten Wochen hatte ich eine Menge Stress und kann am Meer vielleicht eher abschalten als zu Hause.

»Sind Sie ganz alleine unterwegs?«, reißt mich der Taxifahrer aus meinen Grübeleien.

Äh, sieht man das nicht? »Ja. Ich hatte einen Sportunfall. Nun soll ich hier auf Jyltrum eine Auszeit nehmen und mit der Physiotherapie beginnen.« Warum ich einem Fremden davon erzähle, ist mir schleierhaft. Vielleicht, weil er aussieht wie mein verstorbener Opi?

»Dann ist bestimmt der jüngste Hansen für Sie verantwortlich.«

»Der jüngste Hansen?«, hake ich irritiert nach.

»Ja, einer der vier Eigentümer vom Strandhotel. Er ist Physiotherapeut und hat seine Praxis mittlerweile dort im Erdgeschoss. Da fällt mir ein, er beschäftigt inzwischen eine Teilzeitkraft. Eventuell kümmert die sich um Sie.«

Das hoffe ich sehr, denn ich bevorzuge Therapeutinnen. Dennoch kann ich mir die nächste Frage nicht verkneifen. »Ist er gut?«

»Der Beste, den Sie auf der Insel bekommen können!« Der Taxifahrer guckt mich durch den Rückspiegel an. »Aber seine Kollegin ist sicher auch sehr gut.«

In den folgenden Minuten schweigen wir. Im Hintergrund dudelt leise das Radio und spielt einen deutschen Popsong, in dem von Ouzo die Rede ist. Alkohol könnte ich jetzt ebenfalls vertragen.

Innerlich seufzend rutsche ich tiefer in die Polster und frage mich, wie die nächsten Wochen am Ende der Welt werden. Okay, womöglich ein bisschen melodramatisch, aber es passt zu meiner Stimmung.

Wie es hier wohl im Sommer ist? Die Mittagspause am Strand zu verbringen, ist mit Sicherheit nicht das Schlechteste.

Wir durchfahren Stensdorp und das Auto rollt über das Kopfsteinpflaster. Mit einem Mal hält der Taxifahrer an. »Hier, junge Dame, treffen all unsere vier Inselorte aufeinander und genau auf der Grenze steht *Mortens Inselsupermarkt.*«

Neugierig stiere ich aus dem Seitenfenster. »Ist das etwa der einzige Supermarkt auf Jyltrum?«

»Jawohl! Für uns reicht das allemal.«

Na, das kann was werden.

Der Taxifahrer tritt aufs Gas. »In Süderstedt gibt es ein Buchcafé. Außerdem eine Surfschule, die von April bis Oktober geöffnet hat.«

Da werde ich längst wieder zu Hause sein. Ich gebe zu, ich habe mich in der letzten Zeit ein wenig hängen lassen. Und auf Physiotherapie hab ich erst recht keine Lust. Von anderen abhängig zu sein, ist nicht mein Fall. Ich regle die Dinge selbst. Hab ich vor dem Unfall immer getan. Während ich den Gips hatte, musste ich andauernd um Hilfe bitten. Zwar war Leandra jederzeit gerne zur Stelle, aber für mich war es furchtbar. Ich habe schnell das Gefühl, den Personen etwas schuldig zu sein. Wie du mir, so ich dir – was zumindest Leandra betreffend völliger Quatsch ist. Sie ist nicht umsonst meine beste Freundin. Nie würde sie eine Gegenleistung erwarten.

Nach zwei Kilometern biegt der Taxifahrer rechts ab. Die schneebedeckten Reetdachhäuser sehen schon schnuckelig aus.

Ich räuspere mich. »Hat das Hotel eine Sauna oder einen Kamin?« Dann könnte ich mich gleich aufwärmen.

Der Taxifahrer lacht. »Letzteres. Es gibt ein Kaminzimmer und jede Menge Bücher. Gönnen Sie sich dazu eine Tasse Tee und der Tag ist gerettet.«

»Danke für den Tipp.«

Endlich erreichen wir das Strandhotel.

Ich bezahle, gebe ein ordentliches Trinkgeld und hieve mich aus dem Auto, ehe ich mich staunend umsehe.

Das rot verklinkerte Reetdachhaus mit den grauen Fensterrahmen und -läden ist über und über mit Schnee bedeckt. Am unteren Ende des Dachs hängen sogar Eiszapfen. Romantisch, schießt es mir durch den Kopf.

Ich zücke mein Handy, knipse ein Foto und schicke es an Leandra. Schade, dass sie nicht hier sein kann.

Erneut werfe ich einen Blick auf das Haus. Ich bin gespannt, was mich drinnen erwartet.

Der Taxifahrer hebt meine Reisetasche aus dem Kofferraum. »Kommen Sie, ich begleite Sie hinein.« Ich möchte ihm die Tasche abnehmen, aber er schüttelt den Kopf.

Langsam, um ja nicht auszurutschen, folge ich ihm in mein Domizil auf Zeit.

Die Schiebetüren öffnen sich. Kaum haben sie sich hinter uns geschlossen, werde ich von einer muckeligen Wärme empfangen.

Die Hotelhalle sieht modern aus. Der Boden ist hellgrau, passend zum gleichfarbigen Tresen der Rezeption. Ein paar Meter daneben stehen drei kleine Sitzgruppen. Je ein Tisch mit zwei gemütlich aussehenden Lümmelstühlen. Ich lege den Kopf in den Nacken. Die Beleuchtung wurde in die Holzdecke integriert und es wirkt richtig heimelig.

Hinter der Rezeption steht ein Kerl, den meine beste Freundin sicher attraktiv fände. Er breitet die Arme aus. »Herzlich willkommen im Strandhotel.«

Der Taxifahrer stellt meine Tasche auf dem Boden neben dem Empfang ab und ich schleiche hinüber.

»Schönen Aufenthalt wünsche ich. Und wenn Sie mal einen Privatfahrer brauchen: einfach nach Herbert fragen. Kay hat meine Telefonnummer.« Er deutet zur Rezeption.

Wir verabschieden uns und ich wende mich diesem Kay zu. »Hallo. Mein Name ist Mila Tersteden. Für mich muss ein Einzelzimmer reserviert sein.«

»Moin, Frau Tersteden. Ich bin Kay Hansen. Meinen Brüdern und mir gehört das Hotel. Sollte Ihnen irgendetwas fehlen, scheuen Sie sich nicht, uns Bescheid zu geben.«

»Danke schön.«

Herr Hansen tippt auf der Tastatur herum. »Hier hab ich Sie. Zimmer 12. Das ist im ersten Stock. Aber keine Bange, wir haben einen Fahrstuhl. Ihre erste Therapiesitzung ist am Dienstag um 9 Uhr. Mein Bruder und seine Kollegin freuen sich schon auf Sie.«

Verblüfft starre ich Herrn Hansen an. Die freuen sich auf mich? »Das beruht nicht auf Gegenseitigkeit«, rutscht es ungefiltert aus mir heraus und ich schäme mich sofort.

Herrn Hansens Mundwinkel zucken. »Keine Sorge, ich verrate es ihnen nicht. Das Behandlungsrezept bitte am Dienstag mit in die Praxis nehmen.« Er deutet hinter mir zu einer grauen Tür, auf deren Glasscheibe ein Aufkleber in Wirbelsäulen-Form prangt. Darunter steht *Die Physio im Strandhotel, F. Hansen.*

»Ich benötige einmal Ihren Personalausweis und Sie müssten mir diesen Vordruck ausfüllen.« Er schiebt mir einen Zettel und einen Kugelschreiber über die Theke.

In der Zwischenzeit krame ich meinen Ausweis hervor und reiche ihn weiter. »Hier.«

Dankend nimmt er ihn entgegen und ich fülle die Unterlagen aus.

»Morgen Abend findet eine Silvester-Veranstaltung in der Bar statt. Sollten Sie also nichts vorhaben, sind Sie herzlich eingeladen.«

»Ich werde darüber nachdenken.«

Kaum bin ich fertig, reicht er mir den Ausweis zurück. »Soll ich Ihnen die Tasche in Ihr Zimmer bringen?«

»Das ist nicht nötig. Die hat Rollen, das schaffe ich alleine.«

Er nickt. »Der Fahrstuhl befindet sich unweit der Treppe zu Ihrer Linken. Frühstück gibt es morgens zwischen 7 und 11 Uhr im Hotelrestaurant. Das ist direkt neben der Praxis. Zu Abend essen können Sie dort ebenfalls. Wir bieten eine kleine, aber feine Speisekarte an. Ich wünsche Ihnen einen angenehmen Aufenthalt, Frau Tersteden.« Herr Hansen legt den Zimmerschlüssel vor mir ab. Er hängt an einem silbernen Ring, an dem drei Holzkugeln durch ein Lederband miteinander verbunden sind. Auf der ersten Kugel steht *Türöffner*, auf der zweiten ist ein *Häuschen* eingraviert und auf der dritten wurde die *Zimmernummer* eingeritzt. Hübsch. Mal was anderes.

»Vielen Dank, aber ob das angenehm wird, werden wir erst noch sehen.« Ich fasse nach dem Schlüssel und meiner Tasche und humple zum Aufzug. Die Anreise mit der Bahn hat ihre Spuren hinterlassen.

Kapitel 2

Filip

Nach dem Frühstück mit Eske spazieren Hanna und ich durch die Fußgängerzone von Stensdorp, um ein Geburtstagsgeschenk für meine beste Freundin zu besorgen.

Das Gespräch mit ihr über meinen Bruder spukt mir im Kopf herum. Ob er in Eske wirklich bloß die kleine Schwester sieht? Ja, es stimmt. Wir sind zusammen aufgewachsen. Als wir dreizehn waren, hat der fünf Jahre ältere Krischan Eske immer gepiesackt, weil sie kurze Haare hatte. Er hat immer behauptet, so würde sie nie einen Freund finden. Das hat meine beste Freundin schwer getroffen und ich habe meinen Bruder für seine Worte gehasst. Ich bin mir sicher, sie war damals schon in Krischan verknallt. Was verrückt ist, denn die meisten Mädels sind auf Kay abgefahren, obwohl Krisch in meinen Augen besser aussieht. Vielleicht liegt es daran, dass Kay sich dem anderen Geschlecht gegenüber netter verhalten hat.

Seufzend schüttle ich den Kopf, um meine miesen Gedanken zu vertreiben, und betrete mit Hanna an der Hand *den* Wellnesstempel vor Ort, um einen Gutschein für Eske zu besorgen. Zwar kann ich ihr genauso gut eine Wellnessmassage verpassen, aber in der Beziehung ist Eske eigen. Sie lässt sich nur im absoluten Notfall von mir behandeln – das heißt im Klartext: wenn sie sich kaum noch bewegen kann. Bis heute habe ich nicht kapiert, wieso.

»Moin, ihr zwei.« Die Rezeptionistin lächelt uns an. »Na, Filip, gönnst du dir eine Behandlung außerhalb des eigenen Hotels?«

»Gute Idee, aber nein. Ich möchte einen Gutschein für einen Wellnesstag kaufen.«

»Sehr gerne. Wenn du ›Tag‹ sagst, meinst du verschiedene Anwendungen, richtig?«

»Genau: Wellnessmassage, Gesichtsbehandlung und Maniküre.«

Die Rezeptionistin stutzt. »Du kennst die Preise?«

»Ja.«

»Okay, wollte nur sichergehen.« Sie zieht einen vorgefalteten Gutschein aus der Schublade. »Die Person, die den bekommt, muss dir viel bedeuten.« Damit fängt sie an, das Papier zu beschriften.

»Tut sie. Er ist für meine beste Freundin.« Ich bezahle, stecke den Umschlag in die Innentasche meines Parkas und verabschiede mich. Draußen ziehe ich die Schultern gen Ohren. Brrr, ist das kalt. So einen Winter hatten wir lange nicht mehr.

Wir bummeln zurück Richtung Auto, das ich in einer Seitenstraße geparkt habe. Mal sehen, was wir später zu Hause mit dem Rest des Tages anstellen. Vielleicht statte ich dem Kaminzimmer im Hotel einen Besuch ab. Ich lese gerade einen Thriller. Kaminfeuer im Hintergrund wäre ideal, sofern Hanna mitspielt.

Auf dem Weg begegnet uns niemand, den wir kennen. Fast seltsam, normalerweise treffe ich mindestens eine Person. Aber ich muss zugeben, dass ich den Moment durchaus genieße. Nach dem Tod unserer Eltern haben andauernd irgendwelche Bekannte bei uns auf der Matte gestanden, um zu schauen, ob wir das Hotel vor die Wand fahren. Viele sind mit unseren Innovationen nicht glücklich, weil Mama und Papa sie bei früheren Gesprächen rigoros abgelehnt haben. Sollte mich noch eine Person deswegen schräg von der Seite anquatschen, platzt mir die Hutschnur.

Dass ich die Praxis ins Hotel verlegt habe, war jedenfalls eine gute Entscheidung. Da lasse ich mir nichts anderes erzählen. Unsere Gäste nehmen das Angebot super an. Krischan hat vor der Umstrukturierung bereits gemeint wir müssten in Zukunft mehr Wellness und Sportmöglichkeiten anbieten. Zurzeit haben wir nur ein Schwimmbecken und einen Whirlpool. Wellnessmassagen gibt es im Moment einzig in meiner Praxis. Von daher finde ich die Idee mit einem richtigen hoteleigenen Wellness- und Sportbereich nicht verkehrt. Unsere Gäste könnten ein romantisches Wochenende bei uns buchen, was am Valentinstag bestimmt gut ankommen würde. Platz für einen Massage- und einen Fitnessraum haben wir, Jörn wollte aber beim Umbau die Kosten erst einmal so gering wie möglich halten. Doch wer weiß, vielleicht sieht es nächstes Jahr anders aus? Ich muss beizeiten mit meinen Brüdern über das Thema sprechen.

Hanna zieht an meiner Hand und mustert mich mit ihren großen braunen Kulleraugen. »Kann ich nachher zu Tilda rüber zum Spielen?«

»Wenn ihre Eltern nichts dagegen haben, sehr gerne.« Das würde wunderbar zu meinen Absichten bezüglich des Kaminzimmers passen.

*

Eine Stunde später hocke ich mit einer Tasse Tee und meinem Thriller etwas versteckt hinter einer Grünpflanze in besagtem Zimmer und lausche dem Knistern des Feuers. Hanna übernachtet bei Tilda. Eventuell lade ich Eske heute Abend zum Essen ein, um sie etwas von unserem deprimierenden Gespräch am Morgen abzulenken.

Mein Sitzplatz hier ist optimal, denn so kann ich unsere Gäste beobachten, ohne aufzufallen. Das Kaminzimmer wird mit zwei großen Flügeltüren, die aus einer dunklen Holzumrandung und bodentiefen Glasscheiben bestehen, geschlossen und gibt den Blick auf die Hotellobby bis hin zur Rezeption frei. Dort steht ein Pärchen mittleren Alters, das wild mit den Armen gestikuliert. Schmunzelnd lege ich das Buch auf den kleinen Beistelltisch und nippe an meinem Tee.

Mein Bruder wirkt verzweifelt, das sagt jedenfalls sein Gesichtsausdruck. Ich bin aber guter Dinge, dass er die Sache ohne meine Hilfe geregelt bekommt, zumal vor wenigen Minuten sein Kollege Thorsten zum Dienst erschienen ist. Die kriegen das hin.

Was das Paar wohl verärgert hat? An den Zimmern kann es meiner Meinung nach nicht liegen. An denen gibt es seit der Renovierung nichts auszusetzen. Bisher waren alle Gäste zufrieden und wir haben ausschließlich positive Resonanz erhalten. Auch auf diversen Bewertungsportalen. Ich hadere mit mir, ob ich mal lauschen gehe, bis mir der Blick versperrt wird.

Eine Frau mit rotbraunen Haaren betritt das Kaminzimmer und schaut sich neugierig um. Sie humpelt zu einem der hohen Bücherregale und stöbert bei den Liebesromanen. Ob das Mila Tersteden ist? So viele Frauen, die humpeln, sind im Hotel wohl nicht abgestiegen. Und laut Kay soll sie gegen Mittag angereist sein.

Bei der Buchauswahl für das Kaminzimmer hat uns Eske geholfen. Lediglich das Abholen hat Jörn übernommen. Die Bestellungen geben wir in *Sinjas Buchcafé* auf.

Ich deponiere die Teetasse auf dem kleinen Beistelltisch und linse weiter zu der hübschen Unbekannten. Sie hat Kurven an den richtigen Stellen und Haare, in die man sofort hineinfassen möchte. Stopp, was ist denn jetzt mit mir los? Wo kommen diese Gedanken her?

Mila

Wie kann man sich so anstellen? Und das alles, weil die Dame vom Housekeeping die frischen Handtücher vergessen hat. Manche Menschen muss man nicht verstehen.

Im Kaminzimmer ist es angenehm warm. Flüchtig schaue ich zu den knackenden Holzscheiten. Der Taxifahrer hat nicht zu viel versprochen.

Mit den Fingerspitzen fahre ich die Buchrücken in dem hohen Regal entlang. So wie es aussieht, bin ich in der Abteilung mit den Liebesschnulzen gelandet. Ach herrje. Das ist gar nicht meins. Ich wende mich ab und rümpfe die Nase. Von irgendwoher ertönt ein Lachen. Prompt halte ich in der Bewegung inne und drehe mich zu allen Seiten. Niemand zu sehen. Seltsam.

Ich steuere das nächste Regal an. Aha, hier scheinen die Thriller und Krimis zu stehen. Das erstbeste Buch ziehe ich heraus und studiere den Klappentext. Die Geschichte spielt hier auf der Insel und macht neugierig. Guter Dinge gehe ich im Schneckentempo zu einem gemütlich aussehenden Ohrensessel und sinke hinein. Zu meinem Glück steht ein Hocker daneben. Ich schiebe ihn vor den Sessel und platziere mein Bein so darauf, dass die Sohle meines Stiefels vorne überhängt. Himmel, tut das gut! Ich bin nicht weit gelaufen und dennoch schmerzt mein Fußgelenk. Vielleicht hätte ich die dämlichen Krücken mit nach Jyltrum nehmen sollen. Erschöpft schließe ich die Augen. Das Knistern des Kaminfeuers wirkt so beruhigend auf mich, dass ich beschließe, ein bisschen zu dösen. Schließlich ist Samstag und ich habe nichts weiter vor, als richtig anzukommen.

Es fällt mir unheimlich schwer, mich zu entspannen. Meine Omi hat mir vor zwei Jahren einen Gutschein für eine Wellnessmassage geschenkt. In den ganzen sechzig Minuten, die ich dort gelegen habe, hat es in meinem Kopf pausenlos gerattert und ich bin die Klassenarbeiten der kommenden Woche durchgegangen. Irgendwann meinte selbst die Wellnesstherapeutin, ich könne wohl nicht gut abschalten. Danach hat sie ihre Versuche, mich zum Lockerlassen zu bewegen, aufgegeben. Hoffentlich klappt das am Dienstag besser, auch wenn es bloß Physiotherapie ist.

Irgendwo hinter mir wird ein Sessel verschoben, doch ich halte die Augen geschlossen. Die Wärme lullt mich ein und ich drifte langsam weg.

*

Sanft rüttelt jemand an meiner Schulter. »Frau Tersteden?«

Flatternd öffne ich die Lider und blicke mich orientierungslos um.

Vor mir steht Kay Hansen.

Verwirrt schaue ich aus dem Fenster. »Es ist ja schon dunkel. Wie lange hab ich denn hier gesessen?« Hektisch wische ich mir über den Mund. Hoffentlich habe ich nicht gesabbert.

»So zwei Stündchen dürften das gewesen sein. War der Krimi so langweilig?« Er deutet auf das Buch in meinem Schoß.

Peinlich berührt schüttle ich den Kopf. »Den hab ich noch gar nicht angefangen.«

»Nehmen Sie den Roman mit aufs Zimmer. Das machen viele unserer Gäste. Ich wollte Ihnen bloß Bescheid geben, dass unser Restaurant jetzt geöffnet ist, falls Sie etwas essen möchten.«

Prompt knurrt mein Magen und bringt Herrn Hansen zum Grinsen.

»Danke, das ist nett von Ihnen. Ich habe tatsächlich seit dem Frühstück nichts mehr gegessen.« Vorsichtig nehme ich das Bein vom Hocker und hieve mich hoch. »Vielleicht sollte ich vorher aufs Zimmer und mich umziehen«, murmle ich mehr zu mir selbst.

»Keine Bange, Sie sehen bezaubernd aus und können zweifelsfrei sofort ins Restaurant gehen. Falls Sie sich etwas frisch machen möchten, die Toiletten befinden sich im Gang neben der Rezeption. Das Buch verwahre ich gerne für Sie. Dann können Sie es nach dem Abendessen mitnehmen.«

Dankbar drücke ich ihm den Krimi in die Hand und schleiche zu besagten Örtlichkeiten.

Nach dem Toilettengang riskiere ich während des Händewaschens einen Blick in den Spiegel. »Puh, Mila, da muss sich aber was tun.« Ich trockne mir die Hände ab und zupfe an meinen Haarspitzen. Die sind völlig hinüber.

Im Restaurant verschaffe ich mir wenig später einen Überblick und entdecke einen Zweiertisch vor dem bodentiefen Fenster. Kaum sitze ich, tritt eine junge Kellnerin zu mir. »Guten Abend, ich bin Alexandra und heute für Sie da.« Sie reicht mir die Speisekarte und zündet das Teelicht auf dem Tisch an. »Was darf es zu trinken sein?«

»Ein Sprudelwasser, danke.«

»Bring ich Ihnen sofort.« Sie verschwindet an die Theke und ich schaue in die Menükarte.

Zügig überfliege ich das Angebot und entscheide mich spontan für das Gemüse-Sahne-Gratin. Ich lege die Karte an den Tischrand und drehe den Kopf nach links. Von hier aus kommt man auf die kleine Terrasse und genau über mir liegt mein Zimmer. Die verschneiten Dünen, die im Außenlicht glitzern, sehen wunderschön aus.

Alexandra kommt zurück und stellt ein Wasserglas vor mir ab. »Sie haben bereits gewählt?«

»Ja, genau.« Als ich ihr meine Wünsche mitteile, macht sie sich erstaunlicherweise keine Notizen. Scheinbar verankert sie die Bestellungen im Kopf.

Sie entfernt sich und ich sehe mich ausgiebiger im Restaurant um. Neben der Theke befindet sich ein unbeleuchteter Bereich, der mit drei Blumenkübeln abgetrennt ist. Ob dort die Hotelbar ist, von der im Flyer auf meinem Zimmer die Rede ist?

An den wenigen bisher belegten Tischen sitzen fast ausschließlich turtelnde Pärchen. Innerlich seufzend nippe ich an meinem Wasser und gehe gedanklich den Januar durch. Ich habe unter der Woche jeden Tag Physiotherapie und bin gespannt, was auf mich zukommt.

Meine beste Freundin meinte, ich würde die Übungen eh nicht im Hotelzimmer wiederholen, daher die täglichen

Sitzungen. Meiner Meinung nach ist das viel zu viel. Leandra hat das alles von daheim aus geregelt und mir auch das erste Rezept besorgt. Ich weiß, sie meint es gut, aber so ganz alleine hier herumzuhocken ist ätzend.

Ein weiteres Pärchen betritt das Restaurant. Sie hat wunderschöne braune Haare, die ihr in Wellen über die Schultern fallen. Ich bekomme meine Mähne nie so hin.

Der Typ überragt sie um einen halben Kopf und ist das genaue Gegenteil von ihr. Seine dunkelblonden Haare sind ein einziges Durcheinander.

Sie plaudern mit meiner Kellnerin und lachen vertraut miteinander. Aus heiterem Himmel deutet Alexandra zu mir herüber und ich wende hastig den Blick ab. Nachher denken die noch, ich beobachte sie.

Kapitel 3

Filip

Ruckartig dreht die Frau an Tisch 2, von der ich mittlerweile weiß, dass es sich um unsere neue Patientin handelt, den Kopf zur Terrasse.

»Tisch 4 ist frei und nicht reserviert. Ich bin gleich bei euch.«

»Lass dir Zeit!« Eske hakt sich bei mir unter.

Wir passieren Mila Tersteden und sie starrt stur aus dem Fenster, wo es außer Schnee im Moment nichts zu sehen gibt.

»Und, was hast du nach unserem Frühstück getrieben?«, fragt Eske, während wir uns setzen.

»Musste ein paar Sachen erledigen«, erwidere ich ausweichend. Kann ihr ja schlecht von ihrem Geburtstagsgeschenk erzählen. »Und du?«

»Ich habe doch eine Braut zurechtgemacht. Hast du das seit heute Morgen vergessen?«

Da war was. »Muss wohl. Sorry. Ich werde nie verstehen, wieso man sich diese Jahreszeit für den schönsten Tag des Lebens aussucht.«

»Wieso nicht? Wenn das Paar sich im Winter kennengelernt hat, ist das voll romantisch. Und in dem Fall heute war es so.«

Alexandra tritt neben uns. Sie weiß, dass wir keine Karte benötigen. »Was darf ich euch bringen?«

»Ich nehme ein Flens und du, Eske?«

»Eine Rotweinschorle. Und ich hätte gerne eine Krabbenpizza.«

Alexandra rümpft die Nase. »Soll ich das Krischan genau so weitergeben?«

»Mir ist klar, dass die nicht auf der Karte steht, aber Krischan macht das schon.«

Ich schmunzle in mich hinein und kann mir bereits denken, was gleich passiert, sobald Alexandra in der Küche verschwunden ist.

»Okay. Und du?«, wendet sie sich an mich.

»Den Krabbensalat mit Kräuterbaguette, danke.« Mit einem Nicken eilt sie davon und ich taxiere amüsiert meine beste Freundin. »Was sollte das denn?«

»Was?« Eske streicht sich eine Strähne hinters Ohr und tippt mit den Fingerspitzen auf der Tischplatte herum.

»Deine Bestellung. Dir ist schon klar, dass mein Bruder gleich hier aufkreuzt?«

Eske winkt ab. »Das denke ich nicht.«

Wenn sie sich da mal nicht irrt. Im Augenwinkel sehe ich prompt Krischan auf uns zukommen und freue mich diebisch, weil meine Vermutung richtig war.

»Ist nicht dein Ernst. Oder, Kleines?« Krischan hat die Arme vor der Brust verschränkt und mustert Eske lauernd.

Ich weiß, warum meine beste Freundin auf ihn abfährt. Erst recht in seiner schwarzen Kochuniform.

Wie immer scheint Eske sich keiner Schuld bewusst. »Was meinst du?«, stellt sie sich unwissend und ich unterdrücke ein Lachen. Das hält Krisch mir am Ende noch vor. Um mich abzulenken, stiere ich zu Mila Tersteden. Sie beobachtet uns.

»Das hier ist keine Pizzabude.«

Kaum habe ich meine Mimik wieder im Griff, richte ich meine Aufmerksamkeit zurück auf Krischan und Eske. Sie klimpert übertrieben mit den Wimpern und lächelt meinen Bruder lieblich an. »Jetzt hab dich nicht so. Du wirst einer alten Freundin ja wohl mal eben einen Boden belegen und in den Ofen schieben können. Immerhin sind wir hier nicht in dem Schickimicki-Restaurant auf Sylt, in dem du vorher gearbeitet hast.«

Krischan dreht den Kopf zu mir. »Eine Pizza kannst du ihr auch machen. Habe ich dir schließlich beigebracht.«

Ich ziehe die Achseln gen Ohren. »Kann ja nix dafür, dass sie sich lieber von einem Sternekoch füttern lässt. Sorry, Mann.«

Eske lehnt sich zurück und verschränkt nun ebenfalls die Arme vor der Brust. Stur betrachtet sie meinen Bruder und fährt sich einmal mit der Zunge über die Lippen. Krischan schluckt kräftig. Oh, doch nicht so immun, wie er sich immer gibt? Interessant.

»Also, was ist nun? Bekomme ich meine Krabbenpizza oder muss ich tatsächlich rüber nach Sylt fahren, um mir bei Olof eine zu besorgen?«

Holla, Eske fährt die harten Geschütze auf. Olof ist Krischans Nachfolger in dem Sylter Restaurant und sein größter Konkurrent.

Krischans Blick verdüstert sich und er stürmt kopfschüttelnd davon. Eske hat offenbar gewonnen.

Siegessicher lässt sie die Arme sinken und nimmt die Rotweinschorle entgegen, die Alexandra ihr reicht. »Hab ganz lieben Dank. Die kann ich gut gebrauchen.«

»Hast du Krischan wieder auf die Palme gebracht?« Vergnügt stellt Alexandra das gezapfte Bier vor mir auf den Tisch.

»Vielleicht ein bisschen?« Eske deutet mit Daumen und Zeigefinger eine kleine Lücke an.

»Also alles wie immer.« Alexandra lacht und düst davon.

»Irgendwann kratzt er dir die Augen aus.« Auch mich amüsiert das Geplänkel der beiden. Mein Bruder kann das schon ab. Und was sich liebt …

»Tut er nicht. Manchmal hoffe ich eher, dass er sich vergisst und über mich herfällt«, murmelt Eske frustriert. »Aber das wird wohl nie passieren.«

Igitt. Das sind Bilder, die ich nicht in meinem Kopf haben will. Zudem bin ich anderer Meinung, schweige jedoch lieber. Wie Krischan das Wort *Kleines* ausspricht, sagt mir alles, was ich wissen muss. Allerdings sind die beiden erwachsen und müssen selbst entscheiden, was sie tun.

Das Klingeln von Eskes Handy reißt mich aus meinen Reflexionen. »Mist, hab vergessen, es auf lautlos zu stellen.«

»Kein Problem.«

Sie kramt in ihrer riesigen Handtasche. »Da muss ich rangehen. Entschuldige mich bitte einen Moment.« Sie springt auf und läuft in die Hotellobby.

Meine Aufmerksamkeit schweift erneut zu Mila, die bereits ihr Essen genießt. Sie hat AirPods in den Ohren. Ist mir vorher gar nicht aufgefallen. Was sie wohl hört? Musik oder eher ein Hörbuch? Einen Podcast vielleicht? Womöglich trägt sie die Dinger aber auch nur, um ihre Ruhe zu haben. Es scheint, als sei sie in einer anderen Welt versunken. Dass ich sie beobachte, bekommt sie zum Glück nicht mit.

Ihre rotbraunen Haare trägt sie bis weit über die Brust. Mila wirkt entspannt. Ob sie das nächste Woche noch ist, wenn Mareike sie in der Mangel hatte? Ich denke an das Zoom-Meeting mit ihrer besten Freundin Leandra. Sie wollte checken, ob unsere Praxis zu Mila passt. Hat sich meinen und Mareikes kompletten Werdegang erzählen lassen. Angenehm war das Gespräch trotzdem und wir haben rasch festgestellt, dass wir dasselbe Ziel haben: Mila wieder fit kriegen.

Eske kommt zurück und rauscht fast in Krischan hinein, der wie aus dem Nichts mit einem Teller in der Hand aus dem Gang zur Küche tritt. Sekundenlang starren sich die beiden an. Selbst auf die Entfernung ist das Knistern greifbar.

Aus einem Impuls heraus wende ich den Kopf und bemerke, dass Mila Eske und meinen Bruder aufs Neue beobachtet, ehe ihr Augenmerk auf mich fällt.

Mila

Jetzt hat er mich zum zweiten Mal erwischt. Herrschaftszeiten! Irgendwann bringt mich meine Neugier noch um.

Ich will mich wegdrehen, bin jedoch wie versteinert. Sein Anblick lässt mich nicht los. Ich höre einen Boygroup-Mix und just in dem Moment startet *Open Your Heart.*

Die Frau mit den tollen Haaren kehrt an ihren Platz zurück, knallt einen Teller auf den Tisch und fuchtelt in der Luft herum. Sie wirkt aufgebracht. Alexandra stößt zu ihnen und bringt einen weiteren Teller.

Kopfschüttelnd widme ich mich wieder meinem Essen. Was interessiert mich das Tun fremder Menschen?

Etwas später verstaue ich meine AirPods im Case, lasse den Betrag von Alexandra auf mein Zimmer buchen und humple Richtung Rezeption.

Der Rezeptionist, laut Schild Thorsten Matther, lächelt mich freundlich an, als ich mich an ihn richte. »Entschuldigen Sie, aber Herr Hansen wollte auf meinen Krimi aufpassen.«

»Dann sind Sie bestimmt Frau Tersteden, hab ich recht?« Ich bejahe und er greift unter den Tresen. »Bitte sehr. Da haben Sie sich übrigens ein spannendes Buch ausgesucht.«

»Sie haben es gelesen?«

»In der Tat, das habe ich. Viel Spaß damit. Ich hoffe, Sie können hinterher noch schlafen. Die Geschichte ist nichts für Zartbesaitete.«

»Danke für den Hinweis, aber das kann ich ab«, entgegne ich lachend. »Gute Nacht.«

»Die wünsche ich Ihnen auch.«

Ich hinke zum Aufzug und drücke den Knopf. Kaum habe ich die Kabine betreten, tippe ich auf den Schalter für die erste Etage und lehne mich erschöpft an die Wand. Ich muss bald wieder fit sein, sonst wird das nichts mit einem Ausflug nach Süderstedt oder Stensdorp. Die Türen öffnen sich mit einem *Pling* und ich trete auf den kleinen Gang, der mit wenigen Lampen beleuchtet ist. Gefällt mir gut. Ich hasse es, wenn Hotelflure strahlen wie ein OP-Saal. Auf meinem Zimmer knipse ich das Licht an und schließe von innen ab. Den Schlüssel lasse ich im Schloss stecken.

Das Zimmer misst rund fünfzehn Quadratmeter und ist richtig schön. Ein Boxspringbett von einem Meter zwanzig Breite steht mittig an der Wand und gegenüber gibt es einen kleinen Schreibtisch. Links und rechts vom Fenster hängen Vorhänge aus schwerem beigefarbenem Stoff. Ich humple hin und linse flüchtig in die Dunkelheit, ehe ich die Vorhänge schließe und die Außenwelt aussperre.

Eine halbe Stunde später lümmle ich endlich mit meinem Krimi im Bett. Ich schaffe vier Seiten, da klingelt mein Handy.

»Hi, Leandra.«

»Guten Abend, du Trantüte. Wieso meldest du dich nicht?«

»Bitte? Ich hab dir ein Foto geschickt.«

»Ein Foto! Ich möchte deine Stimme hören und wissen, wie es dir geht. Fotos sind oft gestellt, weißt du? Außerdem bist du ja nicht mal selbst drauf.«

Ich lege das Buch auf die Matratze und richte mich auf. »Tut mir leid. Ich bin erledigt. Der Tag war anstrengend, obwohl ich kaum was gemacht habe, außer im Kaminzimmer zu sitzen und zu Abend zu essen.« Schuldbewusst spiele ich mit meinen kaputten Haarspitzen.

»Ach, Süße. Du darfst die lange Zugfahrt nicht vergessen. Die war mit Sicherheit nicht ohne.«

Hm, wohl wahr. »Was gibt es bei dir Neues? Genießt du die Ferien?«

»Eher erhole ich mich von dem Weihnachtsstress bei meinen Eltern.« Meine Freundin seufzt.

»So schlimm?«

»Schlimmer. Jedes Jahr der gleiche Mist. Wann suchst du dir einen Mann? Wann können wir mit Enkelkindern rechnen? Ich kann es nicht mehr hören.«

»Das tut mir leid. Schade, dass sie deinen Standpunkt nicht akzeptieren.« Leandra ist fünfunddreißig und hat kein Bedürfnis, sich fest zu binden. Ihr gutes Recht, wie ich finde. Sie wurde in der Vergangenheit des Öfteren betrogen und gönnt sich deshalb nur noch One-Night-Stands.

»Ach, vergessen wir das. Sie werden sich eh nicht ändern. Erzähl mir vom Hotel. Sind die Angestellten nett?«, wechselt sie das Thema.

»Bisher schon. Ich habe einen der vier Brüder kennengelernt, die das Strandhotel leiten. Kay Hansen. Er stand hinter der Rezeption und hat mich bei meiner Ankunft sehr freundlich empfangen.«

»Sieht der gut aus? O-N-S-Material?« Typisch Leandra.

»Du würdest garantiert auf ihn abfahren. Er trägt die Haare länger, also nicht meine Baustelle. Der Praxisinhaber ist einer seiner Brüder. Gott, Leandra, ich hab so gar keine Lust auf den Scheiß.«

»Na, na, na. Nicht fluchen!«

»Jaja. Wäre ich zu Hause, könnten wir zusammen abhängen, netflixen und uns die Bäuche mit gebrannten Mandeln vollstopfen. Stattdessen hocke ich auf einer verschneiten Nordseeinsel am Arsch der Welt.« Ups, das wollte ich gar nicht sagen. Das klang jetzt irgendwie undankbar. Ich schiebe die Bettdecke weg. »Versteh mich nicht falsch, ich hab sogar ein Zimmer mit Meerblick, aber ich wäre jetzt lieber in Köln.«

»Waaas?« Ihr Kreischen hallt durch den Hörer. »Meerblick? Ich werd nicht mehr. Und das sagst du mir erst jetzt? Wie geil ist das denn bitte? Ich beneide dich.«

»Musst du nicht. Ich kann mir nicht vorstellen, dass ich hier viel erleben werde. Wäre wenigstens Sommer, dann könnte ich am Strand in der Sonne liegen. Aber so?« Mir entweicht ein Seufzen.

»Gibt es dort kein Kino oder ein Museum?«

»Ein Kino gibt es wohl. Genauso wie ein Buchcafé, wie ich auf der Taxifahrt zum Hotel gehört habe. Ach, und einen großen Supermarkt gibt es auch. Sobald ich fitter bin, werde ich mir alles mal ansehen.«

»Klingt für den Anfang passabel.«

»Außerdem hat Jyltrum laut Infoflyer einen Leuchtturm. Aber wie soll ich bitte 250 Stufen schaffen, ohne dass mein Fuß anschließend wehtut?«

»Du könntest dich von diesem Kay huckepack nehmen lassen«, scherzt meine Freundin und ich lache.

»Ganz bestimmt nicht.«

»Du weißt, dass dir die Auszeit guttun wird, oder?« Mit einem Mal klingt Leandra ungewohnt ernst. »Du hast selbst gesagt, die letzten Monate waren nicht ohne. Genieß die Zeit, und wenn du zurück bist, hauen wir auf die Pauke.«

»Du könntest herkommen«, sprudelt es spontan aus mir heraus.

»Wie meinst du das?«

»Komm morgen her und wir feiern zusammen ins neue Jahr. Köln schafft es so lange ohne dich.«

»Äh, nicht böse sein, das ist mir zu viel Packerei. Außerdem muss ich mich vorher schon in der Schule blicken lassen, um ein paar Dinge vorzubereiten.«

»Och, schade. Aber ich kann dich verstehen.« Na ja, einen Versuch war es wert. »Wo bist du an Silvester?«

»Ich bin bei meinen Nachbarn zum Abendessen eingeladen. Wir machen Fondue. Danach verabschiede ich mich und ziehe mir irgendeine Serie auf Netflix rein.«

»Warum feierst du nicht mit ihnen, bis das neue Jahr anfängt?« Mir widerstrebt der Gedanke, dass sie beim Jahresübergang allein ist.

»Keine Lust. Ich komme mir eh wie das fünfte Rad am Wagen vor, aber sie haben nicht locker gelassen. Das war ein Kompromiss. – Und du? Eine Idee, wie du den Abend verbringst?«

Ich seufze. »Hier gibt es irgendeine Abendveranstaltung. Keine Ahnung, ob ich hingehe. Am liebsten würde ich mich im Bett verkriechen und wenn ich aufwache, ist alles gut und mein Knöchel wieder okay.«

»Schau dir das Ganze mal an. Vielleicht gefällt es dir ja und du lernst ein paar neue Leute kennen.«

»Ich überlegs mir, in Ordnung?«

»Sehr gut, das wollte ich hören.«

Kapitel 4

Filip

Pfeifend stehe ich hinter der Bar und poliere die letzten Gläser, bevor die Gäste eintreffen.

Hanna ist bei Eske und kommt in zwei Stunden mit meiner besten Freundin her, damit wir wenigstens ein bisschen gemeinsam feiern können.

Am Eingang zum Restaurant steht Mila und späht in den Saal.

Schmunzelnd stelle ich das Cocktailglas beiseite und mustere sie. Sie wirkt unschlüssig, dabei habe ich mitbekommen, wie Kay ihr heute noch mal unser Event schmackhaft gemacht hat. Er hat es als das Highlight der Insel angepriesen.

Wie gestern im Restaurant landet ihr Blick auf mir und sie starrt mich irritiert an. Ob sie mich wiedererkennt? Sie trägt eine schwarze Stoffhose und eine hellblaue Bluse. Ihre Füße stecken in schwarzen Riemchenballerinas. Vermutlich hat sie so besseren Halt.

Ich schenke ihr ein Lächeln und deute mit einem Nicken zu den Hockern vor der Theke. Erneut habe ich den Wunsch, in ihre Haare zu fassen. Himmel, bin ich gestört.

Nach kurzem Zögern setzt sie sich in Bewegung. Sie humpelt nach wie vor. Hoffentlich bekommen wir das hin, während sie bei uns ist.

»Hi.« Schüchtern zieht sie einen Hocker zurück und legt ihren Zimmerschlüssel auf den Tresen.

»Moin«, entgegne ich locker und warte, bis sie sitzt. »Was darf ich dir machen?«

»Überrasch mich! Und bitte ohne Alkohol.«

Es freut mich, dass sie das Du so bereitwillig annimmt. »Trinkst du grundsätzlich keinen?«, hake ich neugierig nach und widme mich dem Cocktail.

»Schon, aber da ich zurzeit nie weiß, ob ich eine Schmerztablette nehmen muss, verzichte ich lieber drauf.«

Ich gieße einen Viertelliter eiskalten Orangensaft in das Glas und füge langsam einen Esslöffel Himbeersirup hinzu. Dieser sammelt sich auf dem Boden des Gefäßes. Eine halbe Orangenscheibe an den Rand und den Strohhalm ins Glas stecken, fertig ist das Getränk. Ich stelle es vor Mila ab. »Bitte sehr. Lass es dir schmecken.«

»Was ist das?«

»Ein *Sonnenaufgang.* O-Saft und Himbeersirup, mehr nicht. Wieso musst du Schmerztabletten nehmen?« Vor fünf Sekunden habe ich beschlossen, mich nicht zu erkennen zu geben. Keinen Plan, warum.

»Fußballunfall.« Sie zuckt mit den Schultern.

Ich schneide nebenbei ein paar Zitronen in Scheiben und schiele zu ihr hoch. »Spielst du professionell?«

»Nee, ich bin Grundschullehrerin und das war ein Freundschaftsspiel gegen eine Schule aus einem anderen

Kölner Stadtteil. Aber lass uns nicht weiter darüber sprechen.« Mila zieht an ihrem Strohhalm. »Du bist also Barkeeper und hast gestern im Restaurant mit deiner Freundin zu Abend gegessen.«

»Soso, du hast mich beobachtet.« Wusste ich es doch. »Ich bin übrigens Filip.« Dass sie Eske offenbar für meine Partnerin hält, lasse ich unkommentiert. Ich bin es ja mittlerweile gewohnt.

»Mila.« Sie reicht mir ihre Hand, die ich einmal fest drücke.

»Freut mich, dich kennenzulernen, Mila.«

»Ebenso.«

»Hast du eine eigene Klasse?«

»Mmh, eine vierte.«

»Und welche Fächer unterrichtest du?«

»Deutsch, Mathe und Sport. Auch wenn der Job zeitweise echt stressig ist, vermisse ich meine Bande. Ich bin wegen der Verletzung bis mindestens Ende Januar krankgeschrieben. Dabei ist gerade die Vorweihnachtszeit eine der schönsten. Wir backen Kekse, ich lese Geschichten vor … Na ja, nächstes Jahr wieder.« Sie widmet sich ihrem Cocktail und schaut sich neugierig um.

Hanna hat ihre erste Adventszeit in der Schule ebenso geliebt. Ich kann mir vorstellen, dass das für die Lehrkräfte ein netter Ausgleich zum Rest des Jahres ist.

So langsam füllt sich der Saal und von überall dringt Gemurmel zu uns herüber.

»Wer tritt denn heute auf?«

»Samuel Lee. Er kommt ursprünglich aus Amerika und ist vor ein paar Monaten hergezogen. Drüben ist er schon ein Star. Jetzt möchte er mit seiner Musikkarriere in Deutschland durchstarten.« Bis er eine geeignete Unterkunft gefunden hat, wohnt er bei uns im Hotel.

»Krass, von Amerika auf eine gottverdammte Nordseeinsel.« Mit großen Augen mustere ich Mila. »Sorry, eigentlich fluche ich nicht so oft. Das versucht man sich als Lehrerin abzugewöhnen.« Sie senkt beschämt den Blick und legt die Lippen wieder um ihren Strohhalm.

Gespielt entsetzt lege ich eine Hand auf meine Brust. »Gefällt es dir bei uns etwa nicht?«

Mila neigt den Kopf zur Seite. »Bisher nicht unbedingt.« Kurz grübelt sie. »Vielleicht liegt es an meiner miesen Stimmung und nicht an Jyltrum. Vermutlich hätte ich in meiner Situation auch auf den Bahamas schlechte Laune.« Unvermittelt schiebt sie das leere Glas in meine Richtung. »Bekomme ich noch so einen?« Sie dreht sich auf dem Hocker und wendet mir den Rücken zu.

»Klar.«

Das Licht wird gedimmt und mein Bruder Jörn betritt die provisorische Bühne. Spätestens im Sommer wollen wir eine fest installieren lassen. Obwohl Jörn den Gästekontakt eher scheut, macht er sich da oben sehr gut. Sogar seinen Bart hat er gestutzt.

»Moin, alle zusammen, und herzlich willkommen bei unserer Silvesterveranstaltung. Wir freuen uns, dass ihr so zahlreich erschienen seid.« Applaus folgt und Jörn macht eine Pause, ehe er fortfährt. »Heute wird uns Samuel Lee beehren, ein Künstler, der in Amerika bereits sagenhafte Erfolge vorzuweisen hat. Nun möchte er die Herzen der deutschen Fans erobern. An das weibliche Publikum: Ja, er ist ein gut aussehender, netter Kerl und single.« Jörn zwinkert frech in die Runde und erntet ein Lachen von den Gästen. »Begleitet wird er von meinem Bruder Krischan am Klavier. Begrüßt sie bitte mit einem kräftigen Applaus. Hier sind Samuel Lee und Krischan.«

Das Publikum kreischt und klatscht, als die beiden die Bühne betreten.

Krischan hat in der Küche alles vorbereitet und den Rest seiner Crew anvertraut. Da für den ersten Teil des Auftritts nur eine halbe Stunde angesetzt ist, ehe es nach dem Essen weitergeht, sollten die Abläufe reibungslos klappen.

Inzwischen habe ich Mila ihren neuen Drink hingestellt, doch sie schaut wie gebannt zur Bühne. Hin und wieder reibt sie sich über das Sprunggelenk. Mal sehen, was Mareike übermorgen erwartet.

Mila

Ach, Mensch. Warum muss jetzt mein Fuß wieder wehtun? Es ist zum Verrücktwerden.

Krischan ist der Typ, mit dem Filips Freundin sich in den Haaren hatte. Er spielt die ersten Töne und wenige Sekunden später steigt Samuel mit der Gitarre ein. Wie berauscht lausche ich der sanften Melodie und bekomme augenblicklich eine Gänsehaut, als Samuel anfängt zu singen.

Ein wenig erinnern mich seine Stimme und sein Aussehen an James Arthur. Mein Blick schweift über die Menschen. Offenbar bin ich nicht die Einzige, die fasziniert ist. Obwohl ich das Lied nicht mal ganz gehört habe, bin ich mir sicher, dass es auch auf dem deutschen Musikmarkt bestehen kann.

Hinter mir räuspert sich jemand und ich drehe mich auf meinem Hocker. Filip deutet grinsend auf meinen Cocktail. »Nicht vergessen, hm?«

»Danke.« Ich beuge mich vor und ziehe an dem Strohhalm. Genüsslich schließe ich die Augen und sehe mich gedanklich bei einem Sonnenaufgang am Meer sitzen, mit Samuels Musik als Hintergrunduntermalung. Der nächste Song startet und ich blinzle.

Neben Filip steht ein Kerl, den ich bisher nicht kenne. Er bedient den Kaffeeautomaten. Filip fängt meinen Blick ein und lächelt mich an.

Mir wird spürbar warm und ich wende mich hastig ab. Wo Filips Freundin wohl ist? Ihr würde es bestimmt nicht gefallen, dass ich mit erhitzten Wangen auf ihren Freund reagiere. Ich kann mir ja selbst nicht erklären, warum das so ist, schließlich haben wir bloß ein paar Sätze miteinander gewechselt. Muss an dem leckeren Cocktail und der entspannten Atmosphäre liegen.

Alexandra flitzt zwischen den Tischen umher und serviert Kaffee, Kakao, Punsch und Glühwein.

Applaus brandet auf und ich richte meine Aufmerksamkeit zurück auf die Bühne. Krischan tritt die Stufen hinab und Samuel spielt alleine weiter.

»Coole Show, Alter«, sagt Filip, als Krischan sich wenige Meter von mir entfernt an die Bar stellt. »Vielleicht solltest du die Branche wechseln.«

Krischan winkt ab. »Nee, lass mal. Das ist nichts für mich. Ich bin in der Küche, falls du, Alexandra oder Robin Hilfe braucht.« Er klopft zweimal auf den Tresen und verschwindet.

Robin heißt der andere Kellner also.

Erneut sieht Filip mich an und mit einem Mal prickelt es in meinem Bauch. Abermals spüre ich, wie mein Gesicht warm wird.

Filips Mundwinkel zucken nach oben, als wüsste er ganz genau, was in mir vorgeht.

Innerlich seufzend trinke ich von meinem Cocktail. Schade, dass er eine Freundin hat. So ein kleiner Urlaubsflirt wäre möglicherweise nicht verkehrt.

*

Eine halbe Stunde später rutsche ich langsam vom Hocker. Mein Fuß zickt. Ein bisschen mulmig ist mir schon wegen der Therapie. Bei neuen Therapeuten dauert es immer, bis ich auftaue. Hoffentlich ist das am Dienstag schneller der Fall. Gegebenenfalls kann ich denjenigen, der für mich zuständig ist, bitten, ein paar Übungsvideos auf einen USB-Stick zu packen. Dann trainiere ich alleine auf meinem Zimmer. Je länger ich darüber nachdenke, desto besser gefällt mir die Idee. Leandras Worten zum Trotz. Wäre ja gelacht, würde ich das nicht schaffen.

»Du willst mich verlassen?«, fragt Filip, als ich die Drinks bezahle. »Es gibt jetzt ein Buffet. Das kannst du dir doch nicht entgehen lassen.« Er streicht sich über seinen Dreitagebart und schaut mich eindringlich an.

Heiliger Bimbam, diese Stimme. Konzentrier dich, Mila! »Ich bin total erledigt und mein Fuß macht Ärger. Ich will einfach aufs Zimmer und meine Ruhe haben. Meine mentale Verfassung ist im Moment nicht die beste.«

Filip öffnet den Mund, schließt ihn zunächst aber ungesagter Worte wieder und nickt lediglich. »Komm gut ins neue Jahr, Mila«, sagt er verspätet.

»Du auch. Und danke für die *Sonnenaufgänge*.« Ich drängle mich durch die Menschenmenge und verlasse das Restaurant. Herr Matther arbeitet an der Rezeption und ich hebe die Hand zum Gruß.

Er spiegelt die Geste und ich tappe zum Aufzug.

Als ich die Zimmertür hinter mir schließe, atme ich erleichtert auf. Ich knipse die Schreibtischlampe an, schiebe den Vorhang beiseite und öffne das Fenster. Augenblicklich strömt kalte Nordseeluft ins Zimmer. Ich sinke aufs Bett, ziehe die Schuhe aus und massiere meinen Knöchel. Ob ich je wieder die Alte sein werde? Niedergeschmettert schüttle ich den Kopf und beschließe, ein Bad zu nehmen. Gerade bin ich mehr als froh, dass mein Zimmer diesen Luxus bietet.

Wenig später liege ich mit meinem Krimi in der Wanne. Mein lädierter Fuß ruht auf einem Frotteetuch auf dem Rand, da er die Wärme nicht so toll findet. Komisch. Hätte gedacht, sie würde mir guttun.

Da ich keine Lust habe, die Haare heute noch zu waschen, habe ich sie zu einem unordentlichen Knoten gebunden.

Ich versinke in meinem Roman. Wie lang ich hier schon liege, bemerke ich erst, als ich mir des abgekühlten Wassers bewusst werde. Ich angle nach der Toilettenpapierrolle, reiße ein Stück ab und lege es als Lesezeichen ins Buch, ehe ich den Stöpsel ziehe und aus der Wanne klettere.

In ein Handtuch gewickelt stehe ich kurz darauf vor dem beschlagenen Spiegel und wische ihn frei. Ich habe dunkle Ränder unter den Augen und wirke nicht sehr erholt. Und meine Haare nerven mich zunehmend. Vielleicht sollte ich daran etwas ändern. Quasi alles auf Anfang. Neues Jahr, neue Mila. Eventuell kann Alexandra mir einen Tipp geben, wo man sich hier am besten die Haare schneiden lässt. Oder ich frage mal an der Rezeption nach.

Ich zerre das Gummi heraus und wuschle einmal durch meine Mähne. Offen trage ich sie selten, von daher steht einem Haarschnitt nichts im Weg. Besser gelaunt schlüpfe ich in meinen flauschigen roten Schlafanzug und in die farblich dazu passenden Kuschelsocken. Anschließend putze ich mir die Zähne, schließe das Fenster im Schlafraum und lege mich hin. Ich öffne die *Pinterest-App* auf dem Smartphone und mache mich auf die Suche nach Frisurenideen. Bestimmt wird sich das Richtige finden.

Ich speichere diverse Trends ab, ehe ich das Licht lösche und den restlichen Silvesterabend verschlafe.

Kapitel 5

Filip

Leise schließe ich die Wohnungstür. Nach einem kurzen Blick in Hannas Zimmer eile ich ins Bad und entledige mich meiner verschwitzten Joggingklamotten.

Der Silvesterabend im Hotel vorgestern war ein voller Erfolg. Die Gäste hatten ebenso ihren Spaß wie das Personal, Eske, Hanna, meine Brüder und ich.

Mila hat sich nicht mehr blicken lassen. Schade eigentlich, doch in zwei Stunden dürfte sie in meiner Praxis erscheinen.

Eine Viertelstunde später habe ich geduscht und die Haare mit Gel in Form gebracht. Nachdem ich meinen Bart getrimmt habe, sprühe ich ein wenig HUGO BOSS auf, ehe ich das Badezimmer verlasse und mir meine Koffeinration für den Morgen in einen Becher zum Mitnehmen fülle.

Im Flur nehme ich meinen Parka von der Garderobe und schlinge mir den Schal um den Hals. Anschließend schlüpfe ich in meine Winterboots und stecke Handy und Schlüssel in die Jackentasche. Mit meinem Kaffeebecher verlasse ich die Wohnung und gehe entspannt pfeifend zum Hotel.

Hanna schläft nach wie vor selig. Sobald sie wach ist, wird Jörn, der heute von zu Hause aus arbeitet und das Babyfon bei sich hat, zu ihr hochgehen. Der Gegenpart des Gerätes steht hinter einem Kuscheltier in Hannas Regal, schließlich ist sie kein Baby mehr und braucht so etwas nicht. Wenn sie wüsste, dass ich es heimlich versteckt habe, wäre der Teufel los. Aber ich fühle mich damit sicherer.

Ich erreiche das Hotel. Kay steht hinter der Rezeption und redet mit einem jungen Pärchen. Wenig später habe ich in der Praxis die Lichter angeknipst, die Schuhe gewechselt, den Computer hochgefahren und die Musikanlage eingeschaltet. Ich höre den Anrufbeantworter ab, checke meine E-Mails und reagiere schriftlich auf zwei Terminanfragen.

Die Tür öffnet sich und mein erster Patient für heute erscheint gemeinsam mit Mareike. Die beiden grüßen und ich erhebe mich.

»Moin, ihr zwei. Alles klar?« Ich trete um die Anmeldung herum und reiche Thilo die Hand, während Mareike nach hinten in die Personalküche verschwindet. »Was macht der Kiefer?« Bei Thilo wurde eine Craniomandibuläre Dysfunktion, kurz CMD, diagnostiziert. Bei dieser Funktionsstörung des Kauapparates stehen sich Ober- und Unterkiefer nicht sauber gegenüber. Thilo hat sich erst einmal für die Behandlung mit einer CMD-Schiene und Physiotherapie entschieden.

»Nicht so dolle«, antwortet er zerknirscht.

Ich deute auf das vordere Behandlungszimmer. »Die Schiene hast du regelmäßig getragen?« Aus Erfahrung weiß ich nämlich, dass viele Patienten sie nur nachts benutzen. Das reicht aber nicht. Und Thilo ist leider so ein Kandidat. In Extremfällen sollte man die Schiene lediglich zum Essen herausnehmen, um den Kiefer in der richtigen Position zu halten. Thilo weiß das, tut es aber nicht.

Verlegen reibt er sich den Nacken. »Ähm, nun ja, nicht so, wie ich vermutlich sollte.« Entschuldigend zuckt er mit den Schultern.

Dachte ich es mir. »Dann darfst du dich nicht wundern, mein Lieber.«

Im Behandlungsraum zieht Thilo sich die Schuhe aus, ehe er sein Handtuch ausrollt und es sich auf der Liege gemütlich macht.

Nachdem ich mir die Hände gewaschen habe, sinke ich auf den Rollhocker am Kopfende. Ich betätige den Fußschalter der Liege und fahre sie auf die passende Höhe. »Hast du es bequem?«

»Passt.« Thilo verschränkt die Hände auf seinem Bauch und schließt die Augen.

Auch hier läuft Entspannungsmusik, weil das in der Vergangenheit meinen Patienten beim Lockerlassen geholfen hat.

»Falls dir irgendetwas unangenehm ist, sag Bescheid.« Ich positioniere beide Daumen an Thilos Schläfen und massiere mit den restlichen Fingern ab Mitte der Wange abwärts Richtung Kinn. Den Vorgang wiederhole ich einige Minuten, bis sich die Kiefermuskulatur lockerer anfühlt.

*

Mit roten Ohren, weil ich sie ihm im wahrsten Sinne des Wortes während der Behandlung lang gezogen habe, verlässt Thilo die Praxis. Diese Technik stammt aus der craniosacralen Therapie und dient der Entspannung.

Mir bleiben zwanzig Minuten bis zu meinem nächsten Termin. In der Küche gönne ich mir einen zweiten Kaffee und plaudere mit Mareike.

»Und, habt ihr schön Silvester gefeiert?«

»Ja. Anna war um 22 Uhr im Bett und Moritz und ich haben es ganz entspannt angehen lassen. Und hier? Hat alles geklappt?«

»Es war super. Sogar deine neue Patientin hat kurz auf zwei Drinks vorbeigeschaut.«

»Was hattest du für einen Eindruck?« Mareike stellt ihre Kaffeetasse ins Spülbecken.

»Sie hat sich mehrmals über den Knöchel gerieben und gemeint, dass sie nach wie vor Schmerztabletten nimmt. Schau es dir einfach an.«

»Unterarmgehstützen?«

Ich schnalze mit der Zunge. »Habe ich leider keine entdeckt.«

»Gut, dann werde ich sehen, was sich machen lässt.«

Ich kippe meinen Espresso hinunter und gehe zusammen mit Mareike nach vorne zur Anmeldung.

Die Praxistür wird geöffnet und Krischan tritt ein. Verblüfft mustere ich meinen Bruder. »Hey, was verschafft uns die Ehre?«

»Verflucht, Mann, ich habe heute Nacht falsch gelegen und kann den Kopf kaum drehen. Würdest du mich um die Mittagszeit dazwischenschieben und mal nachsehen?«

»Klar, kein Problem«, entgegne ich, ohne im Computer nachzusehen. »Zwischen 13 und 14 Uhr habe ich Zeit. Schau, wie es bei dir passt. Bis dahin kommst du zurecht?«

»Ich habe mir von Eske ein Wärmepflaster geschnorrt. Das sollte klappen.«

Soso, von Eske also. Was er nicht sagt. »Bist halt nicht mehr der Jüngste, hm?«

Mareike lacht lauthals und erntet einen bösen Blick von Krischan.

»Haha, witzig. Ich jogge. Was soll ich denn noch tun?«

»Die Matratze wechseln. Hast du nicht letztens erzählt, die wäre nichts mehr?« Ich lehne mich gegen den Tresen. »Und ein spezielles Nackenkissen ergäbe auch Sinn.«

»Mag sein. Vielleicht wird es Zeit für einen Ausflug ins Inselmöbelhaus. Wir sollten außerdem endlich ein paar Fitnessgeräte fürs Hotel anschaffen. Das käme auch unseren Gästen zugute und ihr könntet Krankengymnastik am Gerät anbieten. Den Raum dafür haben wir immerhin.«

»Hab auch schon drüber nachgedacht. Wäre gar keine schlechte Idee.«

Erneut öffnet sich die Tür und Mila kommt herein. Sie trägt eine Jogginghose und einen Pullover, der ihr auf der einen Seite über die Schulter rutscht. Die Haare hat sie zu einem Zopf gebunden und … Warum zum Teufel fällt mir das alles so genau auf? Und warum zur Hölle wird mir so warm im Bauch?

Krischan schaltet als Erster. »Moin, Sie sind bestimmt die neue Patientin meines Bruders.« Nein, denke ich, sie ist immer noch nicht *meine* Patientin! »Ich bin dann mal weg. Bis später, Filip. Mareike.«

Mila

»Hallo.« Etwas Eloquenteres fällt mir nicht ein.
»Moin, Mila. Schön, dass du da bist. Das ist meine Kollegin Mareike. Sie wird sich um deinen Fuß kümmern.«

Erleichtert atme ich aus und schenke Mareike ein herzliches Lächeln, ehe ich mich an Filip wende. »Wieso bist du hier? Ich dachte, du wärst Barkeeper.« Zögerlich trete ich näher und schiebe ihm, gemeinsam mit meiner Versichertenkarte, den Umschlag mit dem Rezept über den Tresen.

»Danke.« Er greift danach und setzt sich auf den Schreibtischstuhl. »Getränke mixe ich nebenbei. Hauptberuflich mache ich tatsächlich das hier.« Filip macht eine ausladende Geste mit den Armen. »Physiotherapie.«

Nervös knete ich meinen weißen Stoffbeutel, in dem sich mein rosa Handtuch befindet. Vorwitzig sehe ich mich um, während Filip am Computer beschäftigt ist und vermutlich meine Daten eingibt.

Mareike schiebt sich in mein Sichtfeld und strahlt mich an. »Ist es okay, wenn wir uns duzen?«

»Ja, klar.«

»Sehr gut. Du kannst in Behandlungsraum 2 gehen.« Sie deutet auf eine Tür. »Ich bin sofort bei dir.«

Nickend verlasse ich die Rezeption und humple in besagtes Zimmer. Hinter mir schließe ich die Tür und plumpse auf die Liege.

Gott sei Dank. Ich hab eine Therapeutin.

»Tief durchatmen, Mila. Alles wird gut«, murmle ich leise vor mich hin.

Wie aus dem Nichts steht Mareike vor mir. Vor lauter Nervosität habe ich gar nicht bemerkt, dass sie hereingekommen ist.

»Alles okay?« Sie klingt unendlich sanft. Mareike zieht den Rollhocker heran und setzt sich mir gegenüber.

Auf ihrem Schoß liegt ein Brief. Vermutlich meiner aus dem Krankenhaus.

»Nicht wirklich«, antworte ich ehrlich.

Mareike neigt den Kopf. »Deine Freundin Leandra hat uns deinen Befund per E-Mail geschickt. Soweit ich das beurteilen kann, ist alles gut verheilt. Jetzt müssen wir wieder mehr Bewegung in dein Sprunggelenk bekommen.«

»Und wie machen wir das? Gibst du mir ein paar Übungen mit, die ich oben in meinem Zimmer machen kann?« Blöd fragen kann man ja mal.

Mareike grinst. »Nein, so funktioniert das leider nicht. Du wirst die Übungen hier bei mir machen, damit ich direkt korrigieren kann, wenn du sie nicht richtig ausführst. Andernfalls drohen Folgeschäden und das möchten wir ja beide nicht, hm? Ich fang auch ganz vorsichtig an. Magst du das Handtuch ausrollen und danach die Schuhe und den Strumpf ausziehen?«

»Okay.« Resigniert ergebe ich mich meinem Schicksal und hieve mich hoch. Kurz darauf bin ich fertig. »Und nun?«

»Bitte einmal hinlegen, dann schaue ich mir den Fuß an.« Ihre Stimmfarbe klingt angenehm und ich werde lockerer.

Während ich auf die Liege sinke, hantiert Mareike am Waschbecken herum und greift nach dem Desinfektionsmittel. Anschließend lässt sie sich am Fußende nieder. »Ist es in Ordnung, wenn ich dein Hosenbein bis zum Knie hochschiebe?«

»Mach ruhig.« Meine Arme liegen neben meinem Körper und ich trommle leicht mit den Fingerspitzen auf dem Handtuch herum.

Im nächsten Augenblick fühle ich Mareikes Hände an meinem Knöchel. Vorsichtig tastet sie ihn ab. »Du sagst bitte, wenn es an einer Stelle unangenehm ist.«

Just in diesem Moment zucke ich zusammen. »Da tut es etwas weh«, entgegne ich leise.

Mareike dreht meinen Fuß von links nach rechts. »Das verursacht dir keine Schmerzen?«

Ich verneine und räuspere mich. »Ich habe manchmal das Gefühl, dass Wärme nicht so förderlich ist. Kann das sein?«

»In welchen Situationen merkst du das? Hast du ein Körnerkissen benutzt?« Mareike legt meinen Fuß ab.

»Ich habe an Silvester gebadet. Irgendwie hatte ich das Gefühl, es tut mehr weh als vorher. Deshalb habe ich aufgepasst, dass der Fuß nicht mehr ins Wasser kommt.«

Mareike gibt ein leises Summen von sich. »Das kann durchaus sein und ist gar nicht so unüblich. Wenn du an dem Tag viel herumgelaufen bist, könnte aber auch eine Überlastung schuld sein.«

Kurz denke ich nach und schüttle den Kopf. »Ich bin bloß etwas im Hotel rumgelaufen.«

»Okay. Hast du es mal mit Kühlen versucht?«

»Nein, noch nicht.«

»Normalerweise kühlt man direkt nach dem Unfall, um ein Anschwellen zu verhindern. Aber auch, wenn der Gips wieder ab ist, kann das klug sein. Ich leg dir gerne nach der Behandlung ein Kühlpack auf den Knöchel und dann sehen wir, ob es klappt oder nicht. Du musst es nur gelegentlich umpositionieren, damit die Stelle nicht zu sehr runterkühlt.«

»Du hast doch mit Sicherheit noch andere Patienten und brauchst das Zimmer, oder?«

»Keine Sorge. Wir haben drei Behandlungsräume. Und während ich den nächsten Patienten in die Mangel nehme, bleibst du hier liegen und entspannst.« Mareike macht eine Pause, bevor sie fortfährt. »Ich denke, wir bekommen das hin. Hast du die Unterarmgehstützen mit hierhergebracht?«

»Du meinst die Krücken?«

Mareike schmunzelt. »Genau die meine ich.«

»Nee, Gott bewahre. Zum Glück bin ich die los.« Ich erwähne lieber nicht, dass ich bereits selbst darüber nachgedacht habe, ob es klug gewesen wäre, sie mitzunehmen.

»Wäre nicht verkehrt, würdest du die noch eine Weile benutzen. Filip hat welche hier. Die kann ich auf deine Größe anpassen.«

»Wieso denn? Der Bruch ist zusammengewachsen und alles sieht gut aus, hast du schließlich eben selbst gesagt.«

»Das ist richtig. Aber solange du Schmerzen hast, solltest du den Fuß weiter schonen. Vor allem bei längeren Strecken wäre es gut, würdest du sie benutzen. Sonst überlastest du deinen Fuß.«

»Aha«, entgegne ich.

»Ich gebe sie dir nachher mal mit und du versuchst es, einverstanden?«

Eine andere Wahl habe ich wohl nicht. »Na schön. Und nun? Zeigst du mir ein paar Übungen?«

»Wir fangen langsam an. Das ist wichtig.«

Es klopft und Filip tritt ein. »Entschuldigt die Störung. Mein Patient hat wieder kurzfristig abgesagt. Was dagegen, wenn ich zugucke?«

»Sofern es Mila nicht stört, darfst du gerne bleiben.«

Die beiden mustern mich. Bei seinem Anblick prickelt es schon wieder in meinem Bauch. »Sicher. Nur zu.«

»Mila, kannst du dich bitte einmal hinsetzen?« Mareike steht auf und öffnet eine Kommodenschublade. Sie befördert eine Küchenpapier-Rolle zutage und ich frage mich, was das wird.

Kapitel 6

Filip

Milas Blick drückt Unglaube aus. Was wohl in ihrem Kopf vorgeht?

Ich lasse mich auf dem Stuhl in der Nähe des Schreibtischs nieder. Normalerweise würde ich mich nicht in Mareikes Therapie setzen, aber da ich Zeit habe und ihr tatsächlich erst ein Mal über die Schulter geguckt habe, halte ich das für legitim. Wer weiß? Vielleicht kann ich ja von ihr noch etwas lernen.

Mila richtet sich auf und rutscht auf die Kante der Liege. Diese fährt Mareike so weit herunter, dass Mila mit den Füßen auf dem Boden steht, bevor sie den Rollhocker neben sie schiebt. Anschließend zupft meine Kollegin ein Blatt Papier von der Rolle und platziert es vor Mila auf dem Parkettboden.

»Bitte den Fuß einmal daraufstellen.« Sie tut, was Mareike sagt. »Jetzt mit dem Fuß das Papier langsam nach vorne und wieder zurückschieben – und zwar, ohne dass die Fußsohle abhebt.«

»Das soll meinem Fuß helfen? Ein Zewablatt hin- und herschieben?«

Ich schmunzle. »Ja, und das wird es. Vertrau uns«, mische ich mich ein.

Mila zögert, führt die Übung aber aus.

»Und immer im schmerzfreien Bereich bleiben. Sobald es wehtut, hörst du auf.« Eindringlich sieht Mareike sie an.

Stumm beobachte ich sie und zähle in Gedanken mit. Ich kann nicht anders.

Bei zwanzig bittet Mareike Mila aufzuhören. »Ausgezeichnet. Einmal anheben.« Sie beugt sich vor und zieht das Papier fort. »Den Fuß nun bitte auf die Ferse stellen und dann vorsichtig die Zehen Richtung Körper ziehen und wieder zurückbewegen.«

Ohne zu murren, kommt Mila der Aufforderung nach.

Wir mustern ihr Gesicht genau. Sie verzieht es nicht und hat somit vermutlich keine Schmerzen.

Nach weiteren zwanzig Wiederholungen stoppt Mareike sie. »Sehr gut. Kommen wir direkt zur dritten Übung. Du stellst den Fuß auf die Ferse und rollst dann nach vorne ab, bis du auf den Zehen stehst.« Das Wort *stehen* setzt sie mit den Fingern in Gänsefüßchen.

Mila seufzt. »Okay.«

»Tut dir dabei was weh?«

»Nee, passt.« Anscheinend hat sie sich gemerkt, wie wir vorgehen, denn nach zwanzig Wiederholungen stoppt sie von alleine und sieht Mareike neugierig an. »Und nun?«

»Ich denke, drei Übungen reichen für den ersten Tag vollkommen aus. Allerdings wäre es gut, würdest du die nachher in deinem Zimmer noch mal machen.«

»Geht klar«, entgegnet Mila locker. Ob sie das tatsächlich tut?

»Und immer im schmerzfreien Bereich bleiben«, betont meine Kollegin abermals und ich stehe langsam auf.

»Das bekomme ich hin.« Mila greift nach der Socke, aber Mareike hält sie am Ellbogen fest. »Wir kühlen noch.«

»Ich hatte die Hoffnung, du hättest es vergessen.«

»Nope, da bist du bei mir an der falschen Adresse. Ich vergesse nie etwas. Bin gleich wieder da.« Mareike wirft das Papiertuch in den Mülleimer und verlässt das Zimmer.

»Ich nehme an, Wärme hat nicht funktioniert?«, rate ich ins Blaue.

Mila schüttelt den Kopf. »Beim Baden hab ich gemerkt, dass es dem Fuß nicht so gut bekommt, und Mareike meinte, dann solle ich kühlen. Sie hat vorgeschlagen, das hier zu machen, auch wenn ich Bedenken wegen der Belagerung des Raums hatte.«

»Mach dir deshalb keine Gedanken, wir haben genug Platz.«

Mareike kommt mit einem Kühlpack zurück und wickelt es in ein Baumwolltuch. »Dein nächster Patient ist da, Filip.«

»Sehr gut, dann werd ich mal. Gute Besserung, Mila.« Ich zwinkere ihr zu.

»Danke schön.«

Voller Tatendrang verlasse ich den Raum und begrüße Herrn Kieseler. »Sie können in Zimmer 1 durchgehen, ich bin gleich bei Ihnen.«

Zwanzig Minuten später habe ich ihn verabschiedet und treffe an der Rezeption auf eine aufgelöste Mareike.

»Filip, ich muss sofort los. Kannst du meine drei Patienten heute übernehmen?«

»Sicher, was ist denn los?«

»Moritz hat angerufen. Er musste mit Anna ins Inselkrankenhaus fahren, weil sie auf dem Spielplatz vom Klettergerüst gefallen ist. Sie ruft die ganze Zeit nach mir und lässt sich nicht beruhigen.«

Eiskalt läuft es mir den Rücken hinab. Ich will mir gar nicht vorstellen, wie fertig ich wäre, würde das Hanna passieren. »Schon gut, ich kümmere mich um alles. Hau ab!«

»Danke, ich mach es wieder gut.« Mareike ist bereits mit einem Bein aus der Tür, als sie stoppt. »Ach so, Mila liegt nach wie vor im Behandlungsraum. Könntest du auf sie achtgeben? Und gib ihr auf jeden Fall die Unterarmgehstützen mit, auch wenn sie sich weigert.«

»Bekomme ich ebenfalls hin. Geh schon! Und meld dich heute Abend mal, damit ich weiß, wie es deiner Kleinen geht.«

In der Hoffnung, dass mit Mareikes Tochter so weit alles in Ordnung ist, verlasse ich den Eingangsbereich und husche zu Mila. Vorsichtig schiebe ich die Tür auf. Sie hat die Augen geschlossen und ihr Kopf ist zur Seite gekippt. Ob sie eingeschlafen ist? Ich räuspere mich, doch nichts geschieht. Leise trete ich an sie heran und entferne das Kühlpack. Sieht alles normal aus. Normalerweise würde ich meine Patienten wecken, aber bei ihr hemmt mich irgendwas. Ich wende mich ab und ziehe kurz entschlossen eine Wolldecke aus der Kommode, die ich über

Mila ausbreite. Noch immer rührt sie sich nicht. Für mich ein Zeichen, dass sie unglaublich erschöpft sein muss. Der Anblick der schlafenden Mila stellt etwas mit mir an. Da ist schon wieder dieses warme Gefühl. Vor ihrem Auftauchen habe ich lange nicht mehr so auf eine Frau reagiert.

Ein letztes Mal blicke ich in ihr Gesicht. Sie wirkt entspannt, daher lasse ich sie vorerst schlafen. Meine nächste Patientin kommt erst in einer Viertelstunde zur Massage. Mal sehen, ob Mila bis dahin wach ist.

Ich setze mich hinter die Anmeldung und gehe die Briefumschläge durch, die der Postbote eben hier hingelegt hat. Ein großer brauner Umschlag sticht mir ins Auge. Neugierig öffne ich ihn und bin erstaunt, eine Bewerbung vorzufinden.

Matti Rowertson ist auf der Insel geboren und war für sein Studium in den Niederlanden, genau wie ich. Jetzt ist er zurück und sucht eine Vollzeitstelle.

Bei seinem Familiennamen klingelt es in meinem Hinterkopf, ich kann ihn gerade aber nicht zuordnen. Obwohl ich abwarten wollte, wie es mit Mareike und mir klappt, greife ich nach dem Telefonhörer und wähle die aufgeführte Festnetznummer.

Fünf Minuten später beende ich das angenehme Telefonat mit Matti. Er kommt heute Abend vorbei, damit wir uns beschnuppern können und ich Zeit für weitere Fragen habe.

Es poltert und ich springe vom Stuhl. Alarmiert renne ich zu Mila. Sie steht am weißen Sessel, bückt sich und hebt ihr Smartphone vom Boden auf. »Sorry, bin eingenickt. Warum hat mich keiner geweckt?« Sie stopft Handy und Handtuch in den Stoffbeutel.

»Wie es aussieht, warst du müde, und es hat niemanden gestört, also alles gut. Lass mich eben die Unterarmgehstützen holen und dann werfe ich flott einen Blick auf deinen Fuß, um sicherzugehen, dass dir das Kühlen nicht geschadet hat. Setz dich ruhig hin und zieh bitte Schuh und Socke wieder aus.«

»Mach ich.«

Ich husche eine Tür weiter. In meinem kleinen Kabuff habe ich allerlei Kram, der dringend sortiert werden müsste. Die Krücken stehen zum Glück gleich vornan.

Zurück bei Mila hocke ich mich hin und fasse vorsichtig nach ihrem Knöchel, um ihn zu betrachten. Sie zuckt leicht zusammen. »Tut das weh?«

»Nee, alles in Ordnung.« Sie windet sich. Seltsam.

»Sieht gut aus. Wie fühlt es sich an?«

»Okay, denk ich. So genau kann ich das noch nicht sagen.« Mila zieht sich an und steht auf.

»Schön, jetzt passe ich die Unterarmgehstützen an, dann wars das für heute. Bitte einmal hinstellen und die Arme locker neben dem Körper hängen lassen, damit ich Maß nehmen kann.«

An ihrem verkniffenen Gesichtsausdruck sehe ich, dass ihr das nicht gefällt. Trotzdem muss sie da durch, wenn sie nicht auf Dauer Probleme bekommen möchte.

Wenig später bin ich fertig. »Hier. Probier mal.«

Mila tut, was ich sage. »Ja, ist genehmigt.«

Ich öffne die Kommodentür und nehme eine Zewarolle heraus. »Hier, damit du deine Übungen nicht vergisst.«

Mila sieht aus, als hätte sie auf eine Zitrone gebissen. »Wie könnte ich?« Ein wenig unzufrieden stopft sie die Rolle in ihren Stoffbeutel, hängt ihn sich über die Schulter und humpelt los.

Ich folge ihr. »Du musst die Gehhilfen nicht die ganze Zeit benutzen«, versuche ich sie zu besänftigen. »Aber bei längeren Strecken wäre es gut, um das Gelenk nicht voll zu belasten. Auch wenn du zum Essen ins Restaurant gehst, solltest du sie mitnehmen.«

»Jaja, das hat Mareike schon erwähnt. Trotzdem hasse ich diese Dinger. Man kommt sich hilflos vor und wird von allen doof angestarrt.« Mila schnaubt unleidlich.

»Hier starrt dich keiner doof an. War das in deiner Heimat der Fall?«, hake ich interessiert nach.

»Ja, und ich habs gehasst. Zum Glück kennt mich hier niemand.«

Ich schenke ihr ein leichtes Lächeln und frage mich insgeheim, ob sie die Physio durchziehen wird. Aktuell wirkt sie ziemlich resigniert. »Du machst dir zu viele Gedanken.«

Mila brummt. »Tschüss, Filip. Bis morgen.«

Oje, da haben wir sie heute aber wirklich geärgert. »Einen Moment. Du musst mir an der Anmeldung noch das Rezept unterschreiben, das habe ich in der Eile vorhin vergessen. Und deine Versichertenkarte bekommst du auch zurück.«

Zusammen gehen wir nach vorne und ich schiebe Mila die Verordnung über den Tresen. Ich drehe das Blatt um und deute auf die entsprechende Zeile, in der ich das heutige Datum notiert habe.

Sekunden später ist das Ganze erledigt und sie steckt die Karte ein. »Hab einen angenehmen Tag.«

»Den wünsche ich dir auch, Mila. Bis morgen.« Hoffentlich.

Mila

Was für ein verdammter Scheiß! Übungen mit Küchenpapier. Das glaubt mir kein Mensch.

Auf Krücken hinke ich zur Hotelrezeption. Kay Hansen steht dahinter und blickt mir freundlich entgegen.

»Frau Tersteden. Wie war die erste Behandlung?«

Ich pruste. »Kann mir nicht vorstellen, wie mir der Kram helfen soll, aber nun gut.«

Herr Hansen schmunzelt. »Filip und Mareike wissen, was sie tun. Sie müssen nur Geduld haben.«

»Kann man die hier kaufen?« Galgenhumor? Kann ich! Kaum habe ich die Frage gestellt, lacht Herr Hansen lauthals auf und ich schaue mich entsetzt um.

»Der war klasse.« Er schüttelt den Kopf. »Womit kann ich Ihnen behilflich sein?«

»Ich brauche einen Friseurtermin. Können Sie mir jemanden empfehlen? Wenn machbar, eine Frau.«

»Eske hat bei uns im Hotel ihren eigenen Laden. Morgen ist sie wieder vor Ort. Sie war heute nur kurz im Haus. Ich kann Ihnen die Handynummer geben. Mit Sicherheit hat sie einen Termin für Sie frei.«

»O Gott, nein. Ich möchte sie nicht in ihrer Freizeit stören.« Das wäre mir furchtbar unangenehm.

Die Mundwinkel von Herrn Hansen zucken und ein beinahe schelmisches Funkeln blitzt in seinen Augen auf. »Keine Sorge, sie ist heute durchaus weiter im Dienst. Sie fährt mit ihrem Auto über die Insel und besucht ihre Kundschaft zu Hause.«

»Echt? Wie cool.«

Herr Hansen fischt eine Visitenkarte aus der Schublade und drückt sie mir in die Hand. »Einfach durchklingeln. Eske freut sich. Ganz bestimmt.«

Ich verstaue die Karte in meiner Hosentasche. Die Aussicht auf einen Haarschnitt hebt meine Laune. »Vielen Dank. Ich werd mal auf mein Zimmer gehen und mich ausruhen. Aus irgendeinem Grund bin ich wieder müde und habe Hunger.«

»Der Appetit kommt von unserer guten Nordseeluft. Haben Sie schon gefrühstückt?«

»Nein, mir war vor der Behandlung nicht danach. Vielleicht hole ich das nach. Bis 11 Uhr, sagten Sie bei meiner Anreise, richtig?«

»Korrekt. Soll ich Ihnen eine Kleinigkeit zusammenstellen und aufs Zimmer bringen lassen? Dann müssen Sie mit den Krücken nicht noch mal runter.«

Zugegeben, der Service ist super und das Personal ziemlich zuvorkommend. Daran könnte ich mich glatt gewöhnen. »Das wäre wunderbar. Mir reicht ein Brötchen mit Butter und Marmelade.«

Herr Hansen nickt. »Ich sag Alexandra Bescheid.«

»Vielen Dank.« Lächelnd schleppe ich mich zum Aufzug. Möglicherweise wird der Aufenthalt nicht ganz so schlecht, wie ich befürchtet habe.

*

Mit Blick aus dem Zimmerfenster stopfe ich mir das letzte Stück des Brötchens in den Mund. Himmel, war das gut! Die Erdbeermarmelade ist ein wahr gewordener Traum. Ob sie hier auf Jyltrum hergestellt wird?

Erstaunlicherweise fühle ich mich nach einem erneuten Nickerchen wieder fit. Und meinem Fuß geht es zur Abwechslung ganz gut. Zumindest nicht schlimmer als vorher.

Während des Frühstücks habe ich im Internet gegoogelt und tatsächlich ein Video mit genau den komischen Übungen entdeckt, die Mareike mir aufgebrummt hat. Wer hätte das gedacht? Meine Recherche hat mich beruhigt und ich habe den Eindruck, ganz gut aufgehoben zu sein.

Ich kippe den letzten Schluck Kaffee herunter. Zu meiner Freude hat das Hotelzimmer eine Padmaschine und diverse Padsorten im Angebot. Als ich fertig bin, schiebe ich den Servierwagen nach draußen auf den Flur und platziere ihn neben meiner Zimmertür. Anweisung von Alexandra. In zwei Stunden lässt sie ihn einsammeln.

Als ich fünf Minuten später mit meinem Krimi auf dem Bett liege, horche ich in mich hinein und stelle fest:

Mir geht es seit dem Unfall zum ersten Mal ganz passabel. Schon komisch. Zwar gehen mir sowohl die Übungen als auch die Krücken gegen den Strich, dennoch bin ich deutlich besser drauf. Obwohl Filip mir die nervigen Dinger aufgebrummt hat, erscheint er mir ziemlich sympathisch. Ich war eben grundgenervt und konnte es nicht so zeigen, aber jetzt, wo ich darüber nachdenke, fasziniert er mich. Es kommt selten vor, dass ein Mann so schnell mein Interesse weckt, doch er hat es geschafft. Auch wenn er vergeben ist.

Draußen schneit es und obgleich ich normalerweise nichts für Schnee übrig habe, würde ich am liebsten einen Strandspaziergang machen. Was war bitte in meinem Kaffee?

Kichernd schlage ich das Buch auf und bin gespannt, wie es weitergeht.

*

Ich schrecke hoch. Was war das für ein Geräusch?

Es klopft an der Tür. Sekundenbruchteile denke ich darüber nach, nicht zu reagieren, bis eine männliche Stimme meinen Namen ruft.

»Mila? Alles okay bei dir?«

Ich lege das Buch auf den Nachttisch und hieve mich aus dem Bett, um die Tür zu öffnen. »Filip. Was machst du denn hier?« Sofort kribbeln meine Nerven. Jetzt, wo meine Abwehrhaltung gegenüber der Therapie etwas abgeflaut ist, fällt mir das stärker auf als vorher. Na super.

»Ich wollte nach dir sehen.« Sein Blick gleitet zu meinem Knöchel. »Was macht der Fuß? Tut dir von den Übungen irgendwas weh?«

»Nee, nichts dergleichen. Machst du das bei allen Patienten, die ihr betreut?« Ich lehne mich gegen den Türrahmen und verschränke schmunzelnd die Arme vor der Brust.

Er schaut unschuldig wie das Reh im Scheinwerferlicht. »Was genau meinst du?«

»Persönlich nach dem Rechten schauen.«

Filip grinst beinahe ertappt. »Nein. Aber für gewöhnlich sind unsere Patienten Inselbewohner, die wir im Laufe unseres Lebens kennengelernt haben. Dich kennen wir bislang nicht und wissen daher nicht, wie wir dich einschätzen müssen. Ob du mir die Wahrheit sagst, wenn ich dich nach deinem Gesundheitszustand frage, oder ob du flunkerst.« Sein Strahlen ist entwaffnend.

»Verstehe. Ich kann dich beruhigen. Mit mir ist alles in bester Ordnung. Der Fuß tut wirklich nicht weh.« Kurzerhand gebe ich mir einen Ruck. »Und wenn wir schon beim Thema Ehrlichkeit sind: Ich habe im Internet tatsächlich ein Video zu Mareikes Übungen gefunden.« Ich kaue auf meiner Unterlippe herum. Jetzt macht mich Filips Anwesenheit also nervös, ja? Danke für nichts, Körper!

Wieder ist da diese gespielte Empörung, die sich auf seine Züge schleicht. »Soso, du vertraust nicht darauf, dass unsere Übungen dir Linderung verschaffen. Ich verstehe schon.« Er gluckst.

Wenn er wüsste, wie schwer es mir fällt, zu jemandem Vertrauen aufzubauen … besonders zu Männern.

Filip klopft gegen den Türrahmen. »Na dann. Ich werd mal wieder. Hab einen entspannten Tag.«

»Den werde ich haben. Danke, dass du vorbeigeschaut hast.«

»Immer wieder gern.« Er dreht sich um und verschwindet durch die Tür, die zum Treppenhaus führt. War ja klar, dass er nicht den Aufzug nimmt. So wie er aussieht, ist er bestimmt supersportlich.

Verwirrt von mir selbst und dem gesamten Morgen schließe ich die Zimmertür und werfe einen Blick auf meine Smartwatch. 13 Uhr. Vermutlich hat Filip gerade Mittagspause.

Ich humple ans Fenster, schiebe den Vorhang beiseite und schaue hinaus. Am Strand baut eine dreiköpfige Familie einen Schneemann.

Impulsgetrieben beschließe ich, es mit einem Spaziergang zu versuchen. Was soll schon groß passieren?

Kapitel 7

Filip

Krischan reibt sich den Nacken. »Mensch, Alter, bist du bescheuert? Wieso hat das so geknackt?«

»Ich habe deinen Nacken mobilisiert, da darf es schon mal knacken. Und keine Bange, ich kann das, sonst hätte ich es nicht gemacht. Wie fühlt es sich an?«

Ganz vorsichtig dreht Krischan den Kopf von links nach rechts. »Noch nicht wie vorher, aber angenehmer.«

»Na also. Ich denke übrigens, dass Kälte dir besser helfen würde als das Wärmepflaster.« Es war gut, Mareike heute zuzusehen. Sonst wäre ich jetzt vielleicht nicht auf die Idee gekommen, auch in diesem Fall eher mit Kälte als Hitze zu arbeiten. Ich stehe auf und hole ein Spray aus der Schublade. »Hier, versuch das mal.«

Krischan nimmt es mir ab und dreht es unschlüssig in den Händen. »Bist du sicher? Das habe ich noch nie versucht.«

Überzeugt stemme ich die Fäuste in die Seiten. »Dann wird es Zeit.«

Er runzelt die Stirn und beäugt skeptisch das Kältespray,

bevor er den Blick hebt. »Wie war es mit eurer neuen Patientin?«, lenkt er ungeschickt ab.

»Schweigepflicht, weißt du doch.«

»Ach, komm. Sie war vorhin übrigens bei Kay und hat nach einer Friseurin gefragt.«

»Ja und?« Der Zusammenhang erschließt sich mir nicht.

»Vielleicht möchte sie sich für dich aufhübschen. Du hast Interesse an ihr, oder?«

Wo sind wir denn jetzt abgebogen? Trotz meiner Verwunderung gebe ich mir einen Ruck. »Sie löst etwas in mir aus, ja.« Ein tiefes Seufzen schält sich aus meiner Kehle und ich reibe mir über den Nacken. »Und ich glaube, ich habe mich vorhin unprofessionell verhalten.«

Krischan zieht die Augenbrauen hoch. »Wieso, was hast du gemacht?«

Ich erzähle ihm von der Therapiestunde und was danach passiert ist. »Meinst du, ich war heute zu aufdringlich?« Unsicher fahre ich mir über das Gesicht.

»Filip? Zerbrich dir nicht den Schädel. Oder hast du sie gegen ihren Willen angefasst oder verbal angegriffen?«

»Nein! Was denkst du denn von mir?«

»Dann ist ja alles gut. Und dass es endlich wieder eine Frau schafft, deine Aufmerksamkeit zu erregen, gefällt mir. Hat ja lange genug gedauert.«

Ich zucke mit den Achseln. Es lässt sich nicht leugnen, dass Mila etwas an sich hat, was ich gerne näher ergründen würde. Trotzdem ist da diese unterschwellige Angst. Was, wenn sie ist wie meine Ex? Ich schiebe die Überlegung beiseite und gucke auf die Uhr. Zeit, meinen Bruder abzuwimmeln. »Meine Pause ist bald vorbei und ich muss vorher eine Kleinigkeit essen, daher würde ich mich gerne von dir verabschieden. Falls es im Laufe des Tages wieder schlimmer wird: Du weißt ja, wo ich wohne.«

Krischan erhebt sich von der Liege. »Alles klar. Dann noch einen schönen Arbeitstag. Bis später.« Er verlässt die Praxis. Ich schlüpfe in meinen Winterparka und wechsle die Schuhe. Ich muss eine Runde an die frische Luft. Im Kühlschrank finde ich ein halbes Salamibrötchen. Etwas wabbelig, aber nun gut. Bis heute Abend muss das reichen. Zur Not habe ich einen Proteinriegel in der Schublade rumfliegen. Ich verschließe die Praxis, grüße im Vorbeigehen Thorsten an der Rezeption und husche durch den Personaleingang.

Entspannt schlendere ich die Treppe neben dem Hotel hinunter und atme die kühle Luft ein. Zwar mag ich den Winter, keine Frage, aber der Sommer ist mir bedeutend lieber.

Ich stapfe durch den Schnee ans Wasser und erspähe eine der Fähren, die zum Festland tuckern. Insgesamt gibt es drei, die sich abwechseln.

Während ich ein wenig hin und her wandere, verspeise ich das Brötchen. Ich starre auf die raue Nordsee und lasse mir Krischans Worte durch den Kopf gehen.

Auf einmal flucht jemand lautstark.

»Menschenskind noch mal, das darf doch alles nicht wahr sein!«

Ich suche den Strand ab und werde flott fündig. Mila sitzt wenige Meter entfernt am Ende der schmalen Holztreppe im Schnee und verzieht das Gesicht.

Schlagartig macht sich Unwohlsein in mir breit. So schnell ich kann, renne ich zu ihr. »Was tust du da?«

Entsetzt schaut sie zu mir hoch. »Wieso bist du am Strand?« Meine eigene Frage übergeht sie.

»Mittagspause. – Bist du gestürzt, tut dir irgendetwas weh?« Ich greife ihr unter die Arme.

»Hab die letzte Stufe übersehen und bin hingeplumpst. Was machst du in deiner Pause hier draußen?«

»Frische Luft schnappen.« Prüfend blicke ich einmal an ihr hinab, da sie meine Frage abermals nicht beantwortet hat.

Kaum steht Mila, krallt sie sich am Treppengeländer fest und sieht mir stur in die Augen. »Aha, also dasselbe wie ich auch. Mir ist im Zimmer die Decke auf den Kopf gefallen.«

»Und da dachtest du, lauf ich mal am Strand entlang. Super Idee mit deinem kaputten Knöchel«, sprudelt es ungläubig aus mir heraus.

»Der ist nicht mehr kaputt. Er ist längst wieder zusammengewachsen«, schnauzt sie mich an und bringt mich damit zum Schmunzeln.

»Das klang heute Morgen ganz anders. Du hast nach wie vor Schmerzen und Mareike und ich haben dir geraten, die Unterarmgehstützen zu benutzen, um das Gelenk weiterhin zu schonen. Wieso hörst du nicht auf das, was man dir sagt?« Mist, so herrisch sollte das gar nicht klingen. Und das, nachdem ich Krischan gerade erst wegen meiner vermeintlich aufdringlichen Art vollgejammert habe! Aber aus irgendeinem Grund mache ich mir Sorgen. Weil du sie magst, flüstert eine Stimme in meinem Hinterkopf. Deshalb!

»Bist du jetzt fertig?«, zischt Mila angriffslustig.

»Fürs Erste, ja.« Ich gebe mir Mühe, versöhnlicher zu klingen. »Also?«

»Wie soll ich denn mit Krücken an den Strand? Da bin ich ja ewig und drei Tage unterwegs.« Sie seufzt und wirkt mit einem Mal niedergeschlagen.

Ich versinke in ihren braunen Augen, bei deren Anblick ich sofort an Pralinen denken muss. »Dann hättest du mit deinem Ausflug vielleicht noch eine Woche warten sollen.« Frustriert fahre ich mir durch die Haare. »Das ist kein Spaß, Mila«, sage ich sanft. »Wenn du stürzt, ist die Arbeit der letzten Wochen für die Katz.« Mit einem Mal sind meine Ängste vor Beziehungen nicht mehr relevant. Ich möchte mich um sie kümmern und dafür sorgen, dass es ihr an nichts fehlt. Wie macht sie das bloß?

»Welche Arbeit? Ich hab lediglich einen Gips getragen.« Mürrisch rümpft sie die Nase.

»Genau das meine ich. Du hast diese sechs Wochen überstanden. Tu mir bitte einen Gefallen und werde nicht leichtsinnig, okay? Immerhin möchtest du deine Kids in der Schule bald wiedersehen.«

Mila

Scheiße, er hat recht. Sofort habe ich Tränen in den Augen und sacke erneut auf die schneebedeckte Treppe.

»Nicht.« Behutsam zieht Filip mich hoch. »Sonst bist du gleich total durchnässt. Komm, ich nehm dich mit zurück.« Filip lugt auf seine Uhr. »Zehn Minuten, bis mein nächster Patient kommt. Das wird sportlich.«

Während ich mich mit der linken Hand am Geländer festhalte, stützt Filip meinen rechten Arm. Auf einem Bein hüpfe ich nach oben und bin völlig außer Puste, als wir am Treppenende ankommen. Schweiß rinnt meine Wirbelsäule hinab. Bäh.

»Gehts?«, erkundigt er sich warmherzig und ich schließe für einen Moment die Augen, weil sich alles dreht.

Flatternd öffne ich die Lider. »Hm.« Ich wische meine Tränen fort. Zu allem Überfluss läuft meine Nase.

Filip ist anscheinend für jede Situation gerüstet und reicht mir ein Taschentuch. »Bitte sehr.«

»Danke.« Schniefend wende ich mich ab und werfe das benutzte Tuch in den Mülleimer neben uns.

»Können wir weiter?«

»Geh ruhig vor, den Rest schaffe ich alleine«, gebe ich kleinlaut zurück.

»Auf gar keinen Fall. Sonst frage ich mich den restlichen Tag, ob du heile angekommen bist.«

Im Schneckentempo machen wir uns auf den Weg und ich bin mehr als dankbar, als wir in der Hotellobby stehen. Mein Körper reagiert mit einer Gänsehaut auf seine Nähe. Oder kommt das von der Kälte?

Sofort eilt Kay Hansen auf uns zu. »Was ist passiert? Brauchen wir einen Arzt?«

Filip gluckst ungläubig. »Wie kommst du denn auf den Quatsch? Mila muss sich nur ausruhen. Hat sich ein wenig übernommen.«

Wütend funkle ich ihn an. »Ich stehe neben dir und kann für mich selbst sprechen, vielen Dank auch.«

Herrn Hansens Mundwinkel zucken schon wieder erheitert. Und was findet der jetzt so lustig? »Wo wolltest du denn hin?«

»Ich kann mich nicht erinnern, Ihnen das Du angeboten zu haben.« Gott, warum bin ich so zickig?

Nun ist Filip derjenige, der grinst.

Verdattert blinzelt sein Bruder. »Verzeihung, kommt nicht noch mal vor.«

Ich verdrehe die Augen. »Wenn die Herren mich entschuldigen würden. Ich will auf mein Zimmer.« Ohne weitere Verabschiedung schleiche ich zum Aufzug, dessen Türen sich sofort öffnen, nachdem ich den Knopf gedrückt habe. Ächzend sinke ich gegen die Kabinenwand und bin froh, als der Lift im ersten Stockwerk anhält. Leicht schwankend hangle ich mich an der Wand entlang bis zu meiner Zimmertür und krame in meiner Jackentasche nach dem Schlüssel.

Der Ausflug war eine Scheißidee und meine Laune ist

wieder auf dem Niveau vor meinem ersten Kaffee. Also alles beim Alten, beruhigend.

*

Gegen 18 Uhr klingelt das Zimmertelefon. »Ja, hallo?«

»Hey, hier ist Filip. Wie geht es dir?«

Habe ich erwähnt, wie toll seine Stimme klingt? Okay, offenbar ist nicht alles wieder beim Alten. Trotz seiner Bevormundung vorhin prickelt es in meinem Bauch. »Den Umständen entsprechend gut. Ich habe gelesen, fühle mich aber trotzdem erschöpft.«

»Das ist normal. Dein Körper muss sich erst wieder an all das gewöhnen. Ich kann kaum glauben, dass du mit dem Zug angereist bist.«

»Ja, das war enorm anstrengend. Aber ich wollte meine beste Freundin nicht darum bitten, mich zu fahren, und es hat ja geklappt.« Auch wenn mich die Fahrt ziemlich ausgelaugt hat.

»Glücklicherweise. – Sag mal, hast du schon zu Abend gegessen?«

»Ein paar Kräcker. Hatte nicht die Muße, ins Restaurant zu humpeln«, gestehe ich.

Einige Sekunden lang herrscht Stille. »Was dagegen, wenn ich dir gleich eine Pizza vorbeibringe?«

»Von Dr. Oetker?«, witzle ich.

Filip lacht. »Nein. Ich würde meinen Bruder fragen, ob er eine zaubert, auch wenn er sich dafür eigentlich zu schade ist.«

Mir wird ein bisschen mulmig. »Das musst du nicht tun.«

Geflissentlich übergeht er meinen Kommentar. »Was ist dein Lieblingsbelag?«

»Spinat«, murmle ich nachgiebig.

»Das bekommen wir hin. Gib mir eine halbe Stunde, okay?«

»Filip, wirklich, du musst das nicht machen«, versuche ich es noch einmal.

»Weiß ich. Möchte ich aber.«

Ich will zu einer Antwort ansetzen, da tutet es im Hörer. Aufgelegt.

Als es vierzig Minuten später klopft, bin ich mächtig aufgeregt. Sogar meine Haare habe ich neu geflochten. Zögerlich öffne ich die Tür und tatsächlich: Filip lehnt lässig am Türrahmen, in der einen Hand den Teller samt Pizza, in der anderen Besteck.

»Zimmerservice, Sie hatten eine Spinatpizza geordert. Hat leider ein bisschen länger gedauert. Sorry.«

Ich trete ein Stück beiseite, um ihn ins Zimmer zu lassen. Während er an mir vorbeigeht, weht mir sein Parfum um die Nase. Leise schließe ich die Tür und drehe mich in seine Richtung.

»Wo möchtest du essen? Im Bett oder am Schreibtisch?«

»Am Tisch.«

Filip nickt, stellt den Teller dort ab und legt das Besteck daneben. »Soll ich mir deinen Fuß noch mal ansehen?«

Der Gedanke, dass Filip mich berührt, gefällt mir, trotzdem lehne ich ab. Nicht umsonst wollte ich eine Therapeutin und mein Körper ist seinetwegen bereits genug in Aufruhr. »Mit meinem Fuß ist alles paletti. Also, bis auf das Übliche eben. Hab sogar eure Übungen wiederholt.« Leandra wäre stolz auf mich.

»So lob ich mir das.« Filips Handy klingelt. »Warte kurz.« Er wendet sich ab und nimmt das Gespräch entgegen. »Ja, Süße?«

Süße? Also hatte ich recht und er und die Brünette sind ein Paar. Mein Magen zieht sich schmerzhaft zusammen. Ist vermutlich der Hunger, Mila.

»Ich bin gleich da, okay? Ich beeile mich und dann machen wir uns einen gemütlichen Abend, versprochen.«

Ein wenig enttäuscht, setze ich mich hin und schneide die Pizza in vier Teile. Mal im Ernst: Ich bin überhaupt nicht auf der Suche nach einem Mann. Also habe ich keinen Grund, geknickt zu sein.

»Ich dich auch, bis gleich.« Filip legt auf.

»Danke für die Pizza«, sage ich so neutral wie möglich. »Wir sehen uns morgen.«

Filip runzelt die Stirn. »Schmeißt du mich etwa raus?«

»Du musst los, also geh.« Nun klinge ich doch zickiger als geplant.

Er mustert mich intensiv, ehe er ohne einen Abschiedsgruß verschwindet.

Kaum fällt die Tür hinter ihm ins Schloss, platziere ich das Besteck am Tellerrand und stöhne. Mein Gott, es kann mir schnurzegal sein, ob Filip eine Freundin hat oder nicht. Ich kann nicht glauben, was mir hier durch den Kopf schwirrt. Und die Reaktionen meines Körpers auf ihn ärgern mich ebenfalls.

Ich schnappe mir das erste Pizzastück, beiße hinein und schließe stöhnend die Augen. Menschenskind, ist das gut. Dass Filips Bruder kochen kann, davon konnte ich mich ja bereits überzeugen. Selbst die schlichte Pizza ist traumhaft.

Ich stehe auf und hinke mit dem Teller zum Bett. Ein Abend mit Trash-TV hört sich auf einmal unglaublich verlockend an.

Kapitel 8

Filip

Vorsichtig decke ich Hanna zu und knipse die kleine Lampe auf der Fensterbank aus. In der Steckdose neben der Tür brennt ein Nachtlicht. So findet Hanna nachts ohne Probleme den Weg hinaus, falls etwas sein sollte. Janosch liegt in seinem Körbchen am Bettende und schnurrt. Auf Zehenspitzen husche ich aus dem Zimmer und lasse die Tür einen Spaltbreit offen. Für einen Moment verweile ich dort und Mila kommt mir aufs Neue in den Sinn. Wieso hat sie mich so holterdiepolter rausgeworfen? Ob ich irgendetwas falsch gemacht habe? Vielleicht war ich doch zu aufdringlich.

Plötzlich klopft es.

Ich durchquere den Flur und öffne die Wohnungstür. »Hey, Krisch.« Fragend ziehe ich die Augenbrauen zusammen. »Macht dein Nacken wieder Probleme?«

»Nein, im Moment ist es dank deines Kältesprays besser, auch wenn ich das nicht vermutet hätte.« Er hebt zwei Bierflaschen in die Höhe. »Hab gedacht, du hast vielleicht Redebedarf. Schläft Hanna schon?«

Ich bejahe und gehe einen Schritt beiseite, um Krischan in die Wohnung zu lassen. Ein wenig Ablenkung kommt mir gerade recht. Es stimmt, ich zerbreche mir unnötig den Kopf.

Im Wohnzimmer fallen wir synchron auf das große braune Sofa und öffnen die Flaschen.

Neugierig wende ich mich Krischan zu. »Über was, denkst du, möchte ich mit dir reden?«

»Dein Ernst, Mann? Ist das nicht offensichtlich?«

»Nö, für mich nicht.« Auch wenn ich ahne, was jetzt kommt.

»Mila Tersteden! Klingelt da was bei dir?«

»Was soll mit ihr sein? Sie ist Mareikes Patientin und gut ist.« Ich nippe an meinem Bier und hoffe, er belässt es dabei. Immerhin wollte ich mich von ihr ablenken!

»Am Mittag waren wir weiter«, erwidert Krischan entschieden. »Du hast Interesse an ihr. Streite es bitte nicht ab. Und nach der Aktion heute Abend glaube ich dir deine Ausreden eh nicht mehr.«

Ich ziehe die Knie an und lege die Arme darauf ab, während ich die Bierflasche in meiner Hand drehe. »Welche Aktion meinst du?«

»Du hast extra für sie eine Pizza bei uns geordert.« Krischan hat den Kopf schräg gelegt und grinst selten dämlich. »Wieso hast du das gemacht? Kann mich nämlich nicht erinnern, dass du das schon mal für jemand anderen getan hättest.«

»Ich wollte einfach nett sein. Weißt du, was das ist?« Dass ich tatsächlich ihre Nähe gesucht habe, kehre ich mal geschickt unter den nicht vorhandenen Teppich.

»Haha! Und weiter? Das hast du ja wohl nicht aus reiner Nächstenliebe gemacht.«

Seufzend trinke ich erneut von meinem Bier. Dann erzähle ich meinem Bruder, was heute gegen Ende meiner Pause am Strand passiert ist.

»Also hattest du Mitleid mit ihr?«

»So ist das nicht. Ich … Keine Ahnung, sie hat irgendwas in mir ausgelöst. Schon als ich sie an ihrem Anreisetag im Kaminzimmer gesehen habe, hat sie mich fasziniert. Das wurde stärker, als sie an Silvester in der Bar aufgetaucht ist. Ich bin aber davon ausgegangen, ich wäre in erster Linie an ihrer Krankengeschichte interessiert, weil sie eine Patientin von uns ist. Zumindest habe ich versucht, mir das einzureden.« Ich fingere am Etikett der Flasche herum. »Ihre Freundin wollte übrigens unbedingt, dass Mila zu einer Therapeut*in* kommt. Keine Ahnung, wieso.«

»Vielleicht hat sie schlechte Erfahrungen gemacht.«

»Wer weiß?« Aus den Augenwinkeln gucke ich zu Krischan rüber.

»Ich bin jedenfalls froh, dass sie es schafft, dich aus deinem Schneckenhaus hervorzulocken.«

Ich springe auf die Füße, stelle die Bierflasche auf den Tisch und laufe kopfschüttelnd durchs Wohnzimmer. »Und wo soll das hinführen? Beziehungen bringen nichts als Schmerz und Ärger. Hab ich ja bei Ida gesehen. Außerdem habe ich ein Kind.« Gott, wie beschränkt ist er eigentlich?

»Filip, ehrlich. Was hat Hanna mit der Sache zu tun? Kay hat gesagt, Mila ist Grundschullehrerin. Dann hat sie mit Sicherheit nichts gegen Kinder, andernfalls hätte sie nämlich den falschen Beruf. Und deine andere Begründung ist lächerlich. Wenn alle so denken würden, gäbe es gar keine Paare mehr. Streit gibt es in jeder Beziehung. Wer behauptet, er würde nie streiten, der lügt. Meine Meinung!«

»Ich rede hier nicht vom Streit…« Abrupt stoppe ich, als Krischan aus seinen Schuhen schlüpft und die Füße auf den Couchtisch legt. »Fühl dich wie zu Hause.« Meine Stimme tropft vor Ironie.

»Danke, bin dabei. Weiter im Text.«

Haare raufend sinke ich zurück aufs Sofa.

Krischan lässt mich nicht aus den Augen. »Du könntest ihr die Insel zeigen. Schließlich ist sie Mareikes Patientin und nicht deine.« Klar, jetzt auf einmal kann er das differenzieren.

»Ich warte erst mal ab. Sobald sie mobiler ist, vielleicht.«

»Na, siehst du, das wäre ein Anfang. Ich bin gerne bereit, auf Hanna aufzupassen, wenn du sie nicht mitnehmen willst.« Sein Blick wird weicher. »Sie ist so goldig. Ich bin froh, dass wir sie haben und dass sie nicht dabei war, als das mit Ida passiert ist.«

»Wohl wahr.« Abgespannt lasse ich die Schultern hängen. »Auch wenn sie oft ihre Launen hat, an ein Leben ohne Hanna mag ich gar nicht denken. Hoffentlich öffnet sie sich demnächst wieder ein bisschen mehr. Natürlich ist es gut, Fremden gegenüber erst mal misstrauisch zu sein. Und dennoch …«

»Das wird schon. Gib ihr ein wenig Zeit. Innerhalb der Familie und unseres Freundeskreises klappt das doch mittlerweile prima. Und was Fremde angeht … Da wird sie erst einmal Vertrauen fassen müssen. Ist leider nicht zu ändern.«

»Du hast recht. Ich hatte übrigens heute jemanden zum Vorstellungsgespräch da«, wechsle ich das Thema.

»Ach? Hast du nicht neulich gesagt, du wartest ab, wie das mit dir und Mareike funktioniert?«

»Korrekt, aber heute Morgen hatte ich eine Bewerbung in der Post und habe Matti Rowertson direkt mal angerufen.«

»Der Matti Rowertson? Der, auf den unsere Mutter früher öfter aufgepasst hat?«

»Jepp, genau der. Ich habe einen Moment gebraucht, bis ich kapiert habe, woher ich den Namen kenne. Er ist mit seiner Freundin und dem gemeinsamen Kind zurück auf Jyltrum und sucht nun eine Stelle. Seine Freundin hat eine Dreiviertelstelle im Supermarkt und die Tochter ist seit Herbst in der Kita. Zeit für Matti, ins Berufsleben zurückzukehren, damit sie nicht jeden Euro dreimal umdrehen müssen. Wir haben für nächste Woche ein Probearbeiten vereinbart und dann sehen wir weiter.«

»Cool, so habt ihr die Chance, mehr Patienten aufzunehmen, und müsstet in den Ferien nicht mal schließen, weil ihr euch abwechseln könnt.«

»Ja, das wäre eine Möglichkeit.«

Mila

Stunden danach denke ich immer noch an Filip. Es hat mir gar nichts ausgemacht, dass er bei der Behandlung dabei war. Das ist ungewöhnlich. Die Sache am Strand und die Pizza waren total nett von ihm, aber wieso tut er das, wenn er eine Freundin hat? Ich bin durcheinander. So richtig. Zudem habe ich mich ihm gegenüber unmöglich verhalten, als er bei mir im Zimmer war. Wenn wir uns das nächste Mal sehen, muss ich mich entschuldigen.

Ich öffne meinen Laptop, der neben mir auf der Matratze liegt, und lasse die Suchmaschine arbeiten. Und siehe da: Das Hotel hat eine Website, die auf Filips Praxis verweist. Ich nehme die Homepage unter die Lupe und klicke den Reiter *Über mich* an. Die Seite baut sich auf und auf dem Bildschirm erscheint ein Foto von einem lächelnden Filip in Sportklamotten. In sexy Sportklamotten. Neben dem Foto steht sein Werdegang. Oh, er hat in den Niederlanden studiert. Ich wusste gar nicht, dass es zu dem Beruf ein Studium gibt. Interessant. Unter den anderen Reitern stehen die Öffnungszeiten der Praxis und das Leistungsangebot. Physiotherapie, klassische Massagetherapie, manuelle Lymphdrainage, Fango und Heißluft, Infrarot, Kältebehandlung, Krankengymnastik auf neurologischer Basis nach Bobath, manuelle Therapie, Skoliosebehandlung nach Schroth … Himmel, was gibt es denn alles? Er behandelt Kassen- sowie Privatpatienten und es gibt jede

Menge Angebote für Selbstzahler. Plötzlich liegt mein Augenmerk auf dem Punkt *Wellnessmassage*. Wie die sich bei Filip wohl anfühlt? Von jetzt auf gleich wird mir warm, um nicht zu sagen heiß. Abrupt klappe ich den Laptop zu und lege ihn auf den Fußboden.

Ich schaue zum schwarzen Funkwecker auf dem Nachttisch. 23:50 Uhr. Zu spät, um Leandra anzurufen und eine Runde mit ihr zu plaudern.

Um mich abzulenken, schlage ich den Inselkrimi auf. Es fehlen noch dreißig Seiten, dann bin ich fertig und weiß hoffentlich, wer der Mörder in dem ganzen Beziehungsdrama ist.

Als ich das Buch etwas später schließe, sitze ich fassungslos da. Mit so einem Ende habe ich nicht gerechnet. Grandios!

Sobald ich zu Hause bin, muss ich mir mehr Freizeit einräumen. An mich und meine Bedürfnisse denken, vielleicht mehr lesen oder anderen Hobbys nachgehen. Seit zwei Jahren lebe ich einzig und allein für meine Arbeit und selbst zu Hause dreht sich alles um die Schule und die Unterrichtsvorbereitungen. Dem muss ich dringend ein Ende setzen. Je länger ich darüber nachdenke, desto besser gefällt mir der Gedanke, wieder mehr Me-Time zu haben.

Ich lege das Buch auf den Nachttisch und reibe über meinen Knöchel. Nun zieht es im Gelenk. Ob das an meinem Ministurz liegt? Als Filip mir eine Predigt gehalten hat, sind die Tränen von ganz alleine geflossen, dabei bin ich mir im Klaren darüber, dass er mit allem recht hat. Nicht ohne Grund hat er mir die Krücken gegeben, und mein behandelnder Orthopäde in Köln hat das Gleiche gesagt. *Für lange Strecken weiterhin die Unterarmgehstützen benutzen, um das Gelenk nicht sofort wieder einer Dauerbelastung auszusetzen.*

Im Grunde habe ich es nicht anders verdient. Hätte ich auf Filip und Mareike gehört, wäre ich bestimmt nicht auf den Hintern gefallen.

Ich schnaube und kuschle mich tiefer in die Kissen.

Nach meinem verunglückten Ausflug am Mittag habe ich Eske kontaktiert und bin unheimlich erleichtert, dass sie mich morgen um 11 Uhr drannehmen kann. Eine andere Kundin hat abgesagt. Meine Therapiestunde findet erst um 12:30 Uhr statt. So kann ich von Eske direkt zu Mareike gehen.

Ich schalte das Licht aus und zupfe die Decke zurecht. Hoffentlich entfaltet mein Melatonin-Schlafspray, das ich mir vor einer halben Stunde auf die Zunge gesprüht habe, bald seine Wirkung.

Kapitel 9

Filip

Seit fünf Minuten diskutiere ich mit meiner Tochter und ein Ende ist nicht in Sicht. »Ich will nicht in die doofe Betreuung. Ich will mit dir gehen.«

»Nein, Hanna, das funktioniert so nicht. Sieh mal, seit Weihnachten warst du zu Hause, da ich freihatte. Nun muss ich wieder arbeiten und du so lange anständig versorgt sein. Der Tag gestern war eine Ausnahme, weil Onkel Jörn auf dich aufgepasst hat.«

»Kann er heute ja auch.« Trotzig schiebt Hanna die Unterlippe vor.

»Das klappt nicht, er muss genauso ins Hotel. Außerdem siehst du Tilda und der Ausflug nach Stensdorp ins Aquarium steht auf dem Plan. Den willst du doch nicht verpassen, oder? Also tu mir einen Gefallen und zieh dich endlich an, damit ich dich zu Tilda bringen kann. Ihr Papa lässt euch dann an der Schule raus.«

Murrend rennt Hanna in ihr Zimmer und knallt die Tür hinter sich zu. Meine Güte, was ein Drama!

Janosch schleicht um meine Beine und ich gebe ihm sein Futter.

Es klopft an der Wohnungstür. »Ist offen«, rufe ich abgekämpft und stehe kurz darauf Jörn gegenüber.

»Moin, alles okay? Man hört euch bis ins Treppenhaus.« Er schnappt sich eine Tasse aus dem Regal und stellt sie unter meinen Kaffeeautomaten. Während die Bohnen durch das Mahlwerk rutschen und einen Heidenlärm veranstalten, verdrehe ich die Augen. »Passt schon.«

Jörn grinst. »Nicht einfach mit den Frauen, hm?«

»Wem sagst du das?«

Mein Bruder nippt an seinem Espresso und starrt mich an.

»Was ist?«, hake ich verunsichert nach. Er guckt, als hätte ich seinen Geburtstag vergessen.

»Nichts. Ich überlege nur. Pass auf, ich möchte mich am Wochenende gerne mit dir, Kay und Krischan zusammensetzen zwecks weiterer Umbauten im Wellnessbereich, damit wir auch wirklich Wellness anbieten können. Ich habe mit Bastian gesprochen. Er ist der Bauleiter von Müllersheim.«

»Ja, ich kenne ihn. Und?«

»Er meinte, es wäre gar nicht so aufwendig, wie wir gedacht haben. Und das Beste ist: Er hat ab nächsten Montag Zeit. Ein Auftrag ist geplatzt. Und wenn wir richtig Glück haben, ist er Anfang Februar fertig.«

»Echt? Das wäre genial. Wir könnten tatsächlich den Valentinstag nutzen, um mehr Pärchen anzulocken. Wenn wir das auf den ganzen Tag verteilen, also zwischen 10 und 22 Uhr, bekommen wir locker acht Paare unter. Immer eine Stunde und dann dreißig Minuten dazwischen für unsere Putzfeen.«

Jörn zieht die Stirn kraus. »Das hast du jetzt aber schnell ausgerechnet.«

Mir entweicht ein Lachen. »Sorry, der Gedanke schwirrt schon länger in meinem Kopf herum.«

»Klingt nicht verkehrt. Sobald ich im Hotel bin, schreibe ich mir das auf. Was ist mit den Wellnessmassagen? Kannst du das übernehmen?«

»Ab nächster Woche kommt zwar Matti Rowertson zum Probearbeiten, aber mir wäre es lieber, wir suchen von Anfang an nach neuen Fachtherapeuten.«

»Stimmt, ist vermutlich besser. Du hast so oder so genug zu tun.«

»Über die Sportgeräte für den Fitnessraum sollten wir auch endlich mal nachdenken, so am Rande erwähnt. Eventuell könnte ich die für meine Patienten nutzen. Krisch hat das gestern ebenfalls vorgeschlagen.«

Jörn pustet die Wangen auf und fährt sich durch die Haare. »Okay, wird notiert.«

»Prima.« Wo das geklärt ist, schwenke ich um: »Hoffentlich klappt der Tag heute. Mareike hat sich krankgemeldet.«

»Was ist denn mit ihr?«

»Sie musste gestern kurzfristig weg und ich habe ihre Patienten übernommen. Ihre Tochter hatte einen Unfall auf dem Spielplatz. Sie hat sich den Fuß verstaucht und soll heute nicht in die Kita.«

»Schöner Mist. Ich drück die Daumen, dass du die Termine verlegt bekommst. Hältst du dir den Samstagmorgen bitte frei? Alternativ den Freitagabend, wie es euch lieber ist. Dann können wir zu viert die wichtigsten Dinge für den Umbau durchgehen.«

Abwehrend hebe ich die Hände. »Mir ist das schnuppe. Ich kann an beiden Tagen, hab ja sonst nichts weiter vor.«

In dem Moment öffnet sich die Kinderzimmertür und Hanna kommt in die Küche gerannt. Sie wirft Jörn einen kurzen Blick zu, ehe sie sich ihren Einhornrucksack vom Küchenstuhl schnappt und wortlos zurück in den Flur rauscht.

Mein Bruder schmunzelt und beugt sich zu mir herüber. »Mit ihr bekommst du noch jede Menge Spaß. Denk an meine Worte.« Er haut mir auf den Rücken, ext seinen Espresso und verstaut die Tasse im Geschirrspüler. Na klar, Jörn ist Ende dreißig und kinderlos. Was will er mir erzählen?

Gemeinsam stoßen wir zu Hanna, die mit verkniffenem Gesichtsausdruck ihre Winterstiefel anzieht.

»Guten Morgen, Hanna, mein Schatz. Was ist denn los?« Jörn hockt sich vor sie und greift nach ihrer Hand.

»Ich muss in die Betreuung, obwohl Ferien sind. Das ist doof.« Sie stampft mit dem Fuß auf.

Mein Grinsen unterdrücke ich und warte ab.

Janosch gesellt sich zu uns.

»Weißt du, manchmal klappt es nicht anders. Der Papa, Onkel Kay, Krischan und ich müssen leider arbeiten. In der Schulbetreuung hast du mehr Spaß als im Hotel. Steht nicht heute ein Ausflug auf dem Plan?«

»Ja, ins Aquarium«, murmelt Hanna.

»Echt? Da würde ich auch gerne mal hin. Die haben umgebaut und es soll dort nun viel schöner aussehen. Außerdem haben die jetzt Schildkröten, habe ich gehört.«

Hannas Augen beginnen zu strahlen. Seit wir *Findet Nemo* gesehen haben, ist sie total verrückt nach diesen Tieren und möchte unbedingt zwei als Haustier haben. Bisher hat es aber lediglich für eine Stoffschildkröte gereicht, in deren Panzer zwei Babyschildkröten versteckt sind. Von Eske hat sie zusätzlich zwei geschenkt bekommen, die mit Sand gefüllt sind und nun in Hannas Kinderzimmer auf der Fensterbank liegen. »Heißen die Crush und Squirt?«, fragt sie aufgeregt.

»Du meinst wie bei *Findet Nemo*?« Jörn kennt sich aus, immerhin musste er sich den Film zigmal ansehen und kann ihn vermutlich mitsprechen, genau wie ich. Hanna nickt. »Das weiß ich leider nicht, aber du kannst es herausfinden, wenn du heute mitfährst.«

Eins muss ich meinem Bruder lassen, raffiniert ist er. Vielleicht sollte ich meine Meinung revidieren: Jörn hat schon ein Händchen für Kids. Womöglich sollte ich mich wirklich mental auf Hannas Pubertät einstellen.

»Na gut.« Damit zerrt Hanna ihre Winterjacke vom Kleiderhaken.

Jörn richtet sich auf und zwinkert mir zu. »Soll ich Hanna bei Tilda abliefern?«

Dankbar atme ich auf. »Wäre super. Dann kann ich mir noch einen Kaffee durchlaufen lassen.«

»Kein Thema, das mach ich gerne.« Er schnappt sich Hannas Rucksack.

Ich beuge mich zu meiner Tochter hinunter. Sie versteht den Hinweis und drückt mir einen Kuss auf die Wange, als hätte es das Theater nicht gegeben. »Bis später, Papi. Hab dich lieb.«

Händchen haltend verlassen die beiden die Wohnung.

Ich eile zurück in die Küche, stelle einen To-go-Becher unter den Auslauf der Maschine und drücke den Startknopf.

Fünf Minuten später bin ich auf dem Weg zum Hotel.

Mila

»O mein Gott, ich fasse es nicht. Das sieht so toll aus.« Eske lacht. »Freut mich, dass es dir gefällt.«

Nachdem ich den ersten Schreck überwunden habe, weil es sich bei Eske um Filips Freundin handelt, ist alles wie am Schnürchen gelaufen. Wir haben uns kurioserweise sofort verstanden und hatten jede Menge Stoff zum Quatschen. Ich habe mich bei ihr ausgekotzt und nun ist Eske total im Bilde, was die letzten zwölf Monate meines Lebens betrifft. Als Friseurin ist sie das sicher gewohnt. Ich kann mir vorstellen, dass Kundschaft häufiger Probleme bei ihr ablädt.

Sie zupft meine frisch geschnittenen Haare zurecht. Satte zwanzig Zentimeter hat sie abgeschnitten und ich bin superfroh mit dem Ergebnis.

»Und wie anders die direkt fallen. Wahnsinn!«

»Du wirst den Kerlen den Kopf verdrehen. Hundertpro.« Eske ist sichtlich zufrieden mit ihrem Werk. »Könnte ich das mal von mir behaupten.«

»Das will ich gar nicht«, nuschle ich mehr zu mir selbst. Erst im zweiten Moment fällt mir auf, was sie da gesagt hat. Huch? Ist sie etwa nicht Filips Freundin?

»Stehst du auf Frauen?« Eskes Frage reißt mich aus meiner Irritation.

Ich setze ein Grinsen auf. »Nein, aber zurzeit habe ich nicht das Bedürfnis nach einer Beziehung. Und du? Bist du vergeben?« Womöglich habe ich irgendetwas komplett falsch verstanden.

»Nee, ich bin solo.«

Okay, das kommt überraschend. Aber wer ist dann Filips *Süße*?

»Der Typ, an dem ich Interesse habe, sieht mich nicht als Frau und ist zudem liiert.« Eske klingt betrübt und sortiert die Bürsten auf dem Rollwagen.

Einen Moment beobachte ich sie, bis es auf einmal Klick macht. »Meinst du etwa den Koch, mit dem du dich angelegt hast?«

»Genau den meine ich.« Eske blickt hoch und schaut mich im Spiegel an. »Er ist Filips Bruder.«

Mann, bin ich doof! Wie bin ich denn zu dem Trugschluss gekommen, sie wäre Filips Freundin? Innerlich schlage ich mir vor die Stirn und richte meine Aufmerksamkeit zurück auf Eske. »Falls du reden magst, jederzeit, hörst du? Immerhin hast du dir meinen Mist ja auch angehört.«

Ein zartes Lächeln legt sich auf ihr Gesicht. »Danke. Ich nehme dich beim Wort.« Sie dreht sich um und schlendert zu ihrem Computer auf dem kleinen Tresen.

Ich sammle mich, angle meine Tasche vom Haken und stelle mich zu ihr. »Was bekommst du von mir?«

»38 Euro, bitte.«

Ich lege ihr 42 Euro hin. »Danke schön. Auch dafür, dass es so schnell mit dem Termin geklappt hat. Und die Kopfmassage war allererste Sahne. Du bist ein Goldstück, Eske.«

Sie grinst. »Das hast du aber nett gesagt.«

»Mir ist unbegreiflich, warum der Typ dich nicht als Frau wahrnimmt. Der muss blind sein!« Ich drücke sie kurz aufmunternd und schnappe mir dann die Krücken, die an der Garderobe lehnen. »Ich wünsche dir noch einen angenehmen Arbeitstag. Bin gespannt, was Mareike heute mit mir anstellt.«

Eske lacht. »Sie weiß, was sie tut.« Sie öffnet mir die Tür und ich gehe langsam hinaus. Da ich noch zwanzig Minuten Zeit habe, beschließe ich, einen Abstecher ins Kaminzimmer zu machen.

Kapitel 10

Filip

Fast 12:30 Uhr und keine Mila in Sicht. Ob sie den Termin verbummelt? Vielleicht ist ihr die Sache gestern am Strand peinlich und sie traut sich nicht her?

Unruhig laufe ich hinter der Rezeption auf und ab. Sollte sie auftauchen, wie erkläre ich ihr, dass Mareike heute nicht hier ist? Verfluchter Mist. Ausgerechnet am ersten Tag, an dem keine Physiotherapie auf dem Programm steht, muss so was passieren! Wenn Leandra nicht mittlerweile gepetzt hat, hat Mila keine Ahnung, was ihr blüht.

Just in dem Augenblick stößt Mila die Tür auf und betritt die Praxis. »Hi, Filip«, begrüßt sie mich zaghaft und beißt sich auf die Lippe.

»Hey.« Bewundernd bleibt mein Blick an ihren Haaren haften. »Du warst beim Friseur. Steht dir ausgezeichnet.«

Ihr Gesicht erhellt sich und sie grinst mich breit an. »Danke. Ich war bei Eske.«

Hätte ich mir denken können. »Sie hat echt ein Händchen für ihren Job. Magst du mit durchkommen? Zimmer 3 ist vorbereitet. Allerdings werde ich dich behandeln, wenn das in Ordnung ist. Mareike hat sich krankgemeldet.«

»Okay. Kein Problem«, entgegnet sie leise, doch ihr Unterton lässt mich am Wahrheitsgehalt der Aussage zweifeln. Trotzdem lasse ich mir zunächst nichts anmerken.

»Na dann, immer mir nach. Was macht der Fuß? Kommst du zurecht?« Ich deute auf die Unterarmgehstützen.

»Passt. Du, wegen gestern … Tut mir leid, dass ich dich aus meinem Zimmer geworfen habe. Ich war nicht gut drauf.«

»Schon okay.« Auch wenn ich mich weiterhin frage, was ihren Stimmungsumschwung ausgelöst hat, immerhin war sie bei meinem Eintreffen nicht so.

»Hier riecht es nach Lavendel. Hast du eine Duftkerze an oder so was?«

»Jepp.« Ich schiebe die Zimmertür auf und bitte sie einzutreten.

Mila humpelt an mir vorbei und bleibt wie angewurzelt stehen.

In der Mitte des Raumes habe ich die Behandlungsliege platziert, die mit einem Tuch abgedeckt ist. Direkt neben der Tür gibt es ein Highboard mit einem Musiklautsprecher und einem Tablett mit diversen Ölen.

»Ich versteh nicht, was das hier soll. Erklärst du es mir? Bitte!« Milas Stimme zittert.

Ganz vorsichtig nehme ich ihr die Krücken ab und lehne sie gegen die Wand, ehe ich ihren Stoffbeutel auf der Fensterbank platziere. Anschließend fasse ich zögerlich nach Milas eiskalten Händen. Ich lotse sie zu dem roten

Sessel unter der Fensterbank. »Setz dich«, flüstere ich und sie folgt meiner Aufforderung. »Deine beste Freundin wollte dir etwas Gutes tun und hat dafür gesorgt, dass du zwischen den Behandlungstagen massiert wirst. Das Rezept hat sie uns per Post zukommen lassen.«

»Oh, okay.« Mila reibt sich überfordert die Stirn und pustet ihre Wangen auf. »Massieren heißt, ich muss mich ausziehen, richtig? Dämliche Frage, sorry.«

»Das ist keine dämliche Frage, aber ja, du hast recht. Den Oberkörper müsstest du frei machen. Wenn dir das nicht liegt, können wir den heutigen Termin auch canceln.« Bestenfalls ist Mareike bei den nächsten Behandlungen wieder da.

Mila räuspert sich. »Müssen wir nicht. Besteht die Möglichkeit, dass du mich massierst, wenn ich bloß den Pullover ausziehe?«

Ich wiege den Kopf hin und her. »Hast du ein Trägershirt darunter?« Sie nickt. »Na dann. Einmal die oberste Schicht entblättern und bitte auf den Rücken legen. In der Position kann ich jede Menge für deinen Nacken tun.«

»Der tut tatsächlich weh. Wir versuchen es mal.«

Erleichtert erhebe ich mich und hole eine Wolldecke aus dem Board. Vielleicht fühlt Mila sich dann wohler. Hat beim ersten Mal immerhin auch funktioniert.

Als ich mich umdrehe, hat sie es sich bereits auf der Liege bequem gemacht und spielt am Tuch herum.

»Ist es okay, wenn ich deinen Unterkörper zudecke?«

»Ja, mach ruhig.«

Kurz darauf rolle ich den Hocker ans Kopfende und setze mich hin.

Gespannt schaut Mila zu mir hoch. »Und jetzt?«

»Ich würde dir gerne die Träger des Tops über die Schultern ziehen, damit ich besser an den Nacken komme.« Mila stimmt zu und ich schiebe ihr Oberteil ein wenig nach unten. »Wenn du magst, schließ die Augen.« Erneut zögert sie. »Du musst nicht. Sollte dir gleich danach sein, mach es einfach.« Um ihr Zeit zum Akklimatisieren zu geben, stehe ich auf und sorge für Entspannungsmusik. Leandra hat uns freundlicherweise Milas Lieblingsplaylist geschickt. Die starte ich nun, ehe ich an meinen Platz zurückkehre.

Der Lautsprecher knistert und in der nächsten Sekunde schweben die sanften Töne von dem Lied *Achievement* durchs Zimmer.

»Ich werde gleich eine Hand unter deinen Nacken legen und die andere auf dein Brustbein. Das hilft beim Ankommen und Runterfahren.«

»Ist gut.«

»Soll ich die ganze Zeit reden, damit du weißt, was als Nächstes passiert, oder lieber nicht?«

»Du bleibst im Nacken und auf dem Brustbein, richtig?«

Mich verwundert die Frage und allmählich schleicht sich eine unschöne Vorahnung in mein Bewusstsein. Wo sollen meine Hände denn sonst hin? Da ich spüre, dass die Information für Mila tatsächlich von enormer Bedeutung ist, antworte ich fest: »Ja, selbstverständlich. Du kannst mir vertrauen.«

»Dann musst du nichts ankündigen.«

Etwas später wechselt die Musik zu *Beyond the Horizon.* Mit beiden Händen fasse ich in Milas Nacken und massiere ihn sanft. Abwechselnd gleiten meine Hände von unten nach oben zum Haaransatz und ich spüre deutlich, wie Mila nach einigen Augenblicken locker lässt und sogar die Lider schließt. Ein kleines Erfolgserlebnis. Prompt schlägt mein Herz schneller. Fuck, Filip, konzentrier dich!

Nach ein paar Wiederholungen lasse ich die linke Hand im Nacken liegen, fasse mit der rechten an Milas Kinn und drücke behutsam von unten dagegen. Eine simple Bewegung, die den Hals streckt und für viele Menschen sehr wohltuend ist. Ich warte sechzig Sekunden, ehe ich zunächst wieder sanft den Nacken massiere und anschließend meine Fingerkuppen am Übergang vom Hals zum Kopf platziere. »Jetzt bitte den Kopf ganz schwer machen, Mila.« Sie tut, wie ihr geheißen, und ich verweile für zwei Minuten. Dabei merke ich, wie Milas Körper noch weicher wird. Auf ihrem Gesicht deutet sich ein Lächeln an und ich bin mehr als glücklich, dass es funktioniert.

Mila

O mein Gott, tut das gut. Filip macht gar nicht viel und dennoch habe ich das Gefühl, meine ganzen Muskeln entspannen sich. Seine fachkundigen Hände sind eine Wohltat für meinen Körper. Sogar meine Augen halte ich seit einer Weile geschlossen. Nie hätte ich gedacht, dass ich das kann.

Auf einmal startet *Breath and Life* und so langsam, aber sicher denke ich, dass Leandra bei der Musik ihre Finger im Spiel hat.

Meine Nachfrage bringt Filip zum Glucksen. »Sie hat uns die Playlist geschickt, ja.«

»Hab ichs doch gewusst. Ist das denn zu fassen?«

»Sie hat es gut gemeint. Und jetzt versuch weiter zu relaxen. Je lockerer du lässt, desto angenehmer wird es für dich.« Er knetet sanft meine Schulter. »Einige Stellen sind ziemlich hart. Möglicherweise sind deine Unterarmgehstützen zu Hause falsch eingestellt. Kann das sein?«

»Zumindest sind sie nicht so angepasst wie deine.«

»Schätze, damit haben wir den Grund für deine Beschwerden gefunden. Eigentlich sollte man bei einem Krankenhaus voraussetzen, dass die Fachkräfte es richtig machen. Vermutlich waren sie in der Notfallambulanz einfach überlastet.«

Ich sage nichts dazu. An der Kompetenz des Arztes zweifle ich bis heute und ändern lässt es sich nicht mehr.

*

»Mila? Die Zeit ist um.«

Verwirrt öffne ich die Augen und blicke in Filips erheitertes Gesicht. Er steht am Fußende und beobachtet mich.

»Jetzt sag nicht, ich bin zum zweiten Mal hier weggenickt?«

»Gut, dann sag ich es nicht.«

»O Mann.« Ich rapple mich hoch und falte die Wolldecke zusammen. Im Anschluss lasse ich meine Schultern kreisen und habe tatsächlich das Gefühl, der gesamte Bereich fühlt sich besser an. »Wow. Du hast magische Hände.« Filip schmunzelt und meine Wangen werden warm. Alle Jahre wieder. Mensch, Mila, was faselst du denn da?

»Freut mich, dass es dir besser geht und dass du dich entspannen konntest.«

»Mich auch. Und Massagen bekomme ich ab sofort jeden zweiten Tag?«

»Zweimal in der Woche«, korrigiert Filip. »Dann würde ich sagen, bis morgen früh um 9 Uhr. Vermutlich wirst du mich an der Backe haben, wenn Mareike weiterhin ausfällt. Das erfahre ich leider erst heute Abend. Ich kann dir aber Bescheid geben, wenn du magst.«

»Musst du nicht. Seh ich ja morgen«, entgegne ich lächelnd. Komischerweise ist es mir auf einmal egal, wer meine Therapie übernimmt.

»Okay. Und heute trotzdem brav deine Übungen machen, ja?«

»Ist gut.« Ich schlüpfe in meine Klamotten und die Schuhe.

Filip reicht mir die Krücken und den Stoffbeutel und begleitet mich zur Tür. »Unterschreiben kannst du morgen. Ruh dich ein bisschen aus.«

»Wird gemacht. Bis dann.« Ich humple zum Aufzug und bin erleichtert, als ich endlich in meinem Zimmer auf dem Bett sitze. Die Krücken werfe ich achtlos auf den Boden.

Kurz entschlossen nehme ich mein Smartphone zur Hand und wähle Leandras Nummer.

»Hi, Süße. Und, wie war die Massage?«, fragt sie fröhlich.

»Im Ernst? Wie konntest du mich einfach so ins offene Messer rennen lassen?«

»Ist was passiert?« Die Stimme meiner Freundin klingt schlagartig alarmiert.

Ich kichere. »Nein, aber Strafe muss sein.«

»Echt jetzt, Mila? Erschreck mich nicht so!«

»Geschieht dir recht. Wie bist du eigentlich an das Rezept gekommen?«

»Ich habe mich bei der Helferin mit den blonden Locken eingeschleimt und ein bisschen auf die Tränendrüse gedrückt, als du im Behandlungszimmer warst.« Ich verdrehe die Augen. Typisch Leandra. »Erzähl mal, hat diese Mareike was auf dem Kasten?«

»Es war nicht Mareike, die mich massiert hat, sondern Filip.« Es bleibt still in der Leitung. »Leandra, bist du noch da?«

Meine Freundin räuspert sich. »Ähm, ja. Bin ich. Wieso hat sie es nicht gemacht?«

»Sie hat sich heute krankgemeldet. Und es war keine klassische Massage. Ich habe bloß den Pullover ausgezogen und Filip hat meinen Nacken massiert, während ich auf dem Rücken gelegen habe.«

»Das funktioniert?«

»Ja, und es war unglaublich.«

»Und du konntest dabei wirklich abschalten?«, stochert sie fassungslos weiter.

»Seltsamerweise hat es nicht lange gedauert, bis ich das konnte. Irgendwie erstaunlich, oder? Ich bin sogar weggedöst.« Ich kann mir vorstellen, wieso meine Freundin sich Gedanken macht. Immerhin war sie damals nach dem Vorfall für mich da und bekommt regelmäßig mit, wie schwer es mir fällt, fremden Männern über den Weg zu trauen.

»Ich bin froh, dass es so ist, Mila. Ehrlich. Zwar war das alles anders geplant, dennoch bin ich glücklich, dass du dich darauf eingelassen hast. Hat Filip eine Freundin?«

»Das hab ich zumindest gedacht, weil er und Eske – meine Friseurin – an meinem Anreisetag gemeinsam im Restaurant zu Abend gegessen haben. Aber sie hat mir erzählt, sie sei single.« Dass Filip bei seinem Telefonat jemanden *Süße* genannt hat und ich nach wie vor der Ansicht bin, er habe eine Freundin, verschweige ich vorerst.

»So kann man sich irren. Dein Haarschnitt gefällt mir übrigens sehr gut.«

Während ich im Kaminzimmer gewartet habe, hat Leandra ein Selfie von mir bekommen. Dementsprechend ist sie über meine neue Frisur im Bilde. »Eske versteht was von ihrem Fach. Und die Kopfmassage! Ich sag dir, herrlich.«

»Für mich klingt das alles so, als würdest du endlich anfangen, dich auf Jyltrum wohlzufühlen, hm? Dort am Arsch der Welt!«

Mein Blick gleitet zum Fenster. Es hat wieder angefangen zu schneien. »Ja, das tue ich.«

Wir plaudern noch ein wenig, ehe wir uns verabschieden.

Kaum habe ich das Smartphone beiseitegelegt, greife ich nach dem Zimmertelefon und wähle aus einem Impuls heraus die Durchwahl 0.

»Kay Hansen, Rezeption. Wie kann ich Ihnen helfen?«

»Hallo, Herr Hansen, hier ist Mila Tersteden. Wären Sie so freundlich und würden mal bei Herbert nachfragen, ob er mich nach Süderstedt ins Buchcafé fahren kann?«

»Natürlich, das ist kein Problem. Bleiben Sie eben in der Leitung? Dann erledige ich das sofort.«

»Mach ich.« Warteschleifenmusik ertönt und eine Minute später ist Herr Hansen zurück am Apparat. »Herbert ist in einer halben Stunde hier, Frau Tersteden.«

»Perfekt, dann komme ich gleich runter. Dauert ja alles ein wenig länger bei mir.« Ich lege auf, mache mich fertig und sinke eine Viertelstunde später in einen der Sessel in der Hotelhalle.

Die Schiebetüren öffnen sich und herein kommt ein kleines blondes Mädchen mit einem Rucksack auf dem Rücken.

Auf meiner Höhe bleibt sie stehen. Ich lächle. »Na, du?«

Eine ganze Weile starrt sie mich an, ehe sie spricht. »Hallo«, entgegnet sie leise. »Deine Haare sehen so aus wie die von Papas Freundin.«

»Okay«, entgegne ich vorsichtig und warte mit fragender Miene ab. Vielleicht verrät sie mir mehr.

»Tschüss.« Anscheinend nicht. Offenbar ist alles gesagt und sie hopst zu Herrn Hansen.

Ich wende mich ab und erspähe Herberts Wagen vor dem Hotel. Nach einem letzten Blick zur Rezeption hinke ich auf Krücken hinaus.

In der Nähe der Treppe, die zum Strand führt, steht ein gut aussehender Typ und telefoniert, während er eine Zigarette raucht. Sein Augenmerk gleitet zum Hotel und über den Parkplatz. Warum müssen die heißen Typen immer zum Nikotin greifen?

Ich steige ins Taxi und freue mich tierisch auf meinen kleinen Ausflug.

Kapitel 11

Filip

Ich habe die erste Patientin nach der Mittagspause gerade in Raum 1 geschickt, da stehen plötzlich Kay und Hanna an der Rezeption der Praxis. »Hey, was machst du denn hier?« Ich gehe vor meiner Tochter in die Hocke.

»Tildas Papa hat angerufen und Hanna jetzt schon zurückgebracht. Sie haben einen Notfall in der Familie und können heute Nachmittag nicht auf Hanna aufpassen, wie es eigentlich ausgemacht war.« Kay sieht mich bedauernd an.

»Mist. Und nun? Hast du Zeit? Auf mich wartet die nächste Patientin und Mareike fällt heute auch aus. Ich kann hier nicht weg.«

Kay sieht auf die Uhr und überlegt. »Ich habe in einer Stunde Feierabend. Bis dahin verfrachte ich Hanna ins Büro hinter der Rezeption. Dort kann sie so lange malen. Oder, Hanna? Was meinst du?«

»Können wir nachher an den Strand und einen Schneemann bauen, Onkel Kay?«

»Das können wir machen. Aber erst gehen wir nach Hause, essen eine Kleinigkeit und ziehen uns um. Den Schneeanzug mit den Einhörnern drauf hast du noch?«

»Der hängt im Keller auf der Wäscheleine und müsste mittlerweile trocken sein«, mische ich mich ein.

»Sehr gut. Verabschiede dich vom Papa, er muss weiterarbeiten.«

»Tschüss, Papi.« Hanna küsst mich auf die Wange und schnappt sich Kays Hand.

»Danke«, murmle ich meinem Bruder zu und winke den beiden hinterher.

Seufzend betrete ich Raum 1 und widme mich endlich Frau Meibach. Sie ist dreiundachtzig Jahre alt. Mit ihr mache ich lediglich ein wenig Seniorengymnastik, damit sie beweglich bleibt. Außerdem hat sie so zweimal die Woche jemanden, mit dem sie plaudern kann, denn Kinder waren ihr nicht vergönnt. Da sie nur eine Straße von uns entfernt wohnt, besuche ich sie manchmal mit Hanna zu Hause.

»Na, Filip? Ist nicht immer leicht, wenn die Kinderbetreuung platzt, hm?«

»Nein, ist es nicht. Wie geht es Ihnen heute?« Ich rolle den Hocker neben die Liege und drücke kurz Frau Meibachs Hand.

»Gut, gut. In meinen Fingern zieht es ein bisschen. Die Arthrose, du weißt schon. Aber das kommt von dem kalten Wetter.«

»Lassen Sie uns nach nebenan gehen. Dort können wir am Esstisch ein paar Übungen für Ihre Hände machen.«

Auf dem Weg in die Küche schnappe ich mir ein paar kleine, weiche Bälle aus meiner Kammer und setze mich mit meiner Patientin an den Tisch.

»Vorab: Es darf nicht wehtun, andernfalls bitte sofort Bescheid geben.«

»Das weiß ich.« Sie klatscht mir locker mit der Hand auf den Arm. »Das musst du nicht immer sagen.«

Ich schmunzle und platziere den grünen Softball auf dem Tisch. »Legen Sie bitte die Handfläche auf dem Ball ab, Frau Meibach.«

Sie tut, was ich sage, und guckt mich neugierig an. »Und jetzt?«

»Drücken Sie ihn mit den Fingern zusammen und zählen langsam bis fünf. Dann lassen Sie den Ball los und wiederholen die Übung. Das Ganze machen wir zehnmal.«

Während sie die Aufgabe ausführt, mustert sie mich prüfend. »Wie kommt es eigentlich, dass du keine Frau an deiner Seite hast? So ein netter, hübscher Mann wie du sollte nicht alleine bleiben.«

War klar, dass wir über mich reden. Das machen wir nämlich meistens. Nur selten erzählt Frau Meibach von sich, lieber möchte sie in Erfahrung bringen, was bei mir so los ist.

»Es war halt noch nicht wieder die Richtige dabei. Außerdem habe ich keine Zeit für eine Beziehung. Ich arbeite den ganzen Tag und wenn ich heimkomme, wartet ein bezauberndes Mädchen auf mich, dem ich meine Aufmerksamkeit schenke.«

»Papperlapapp. Irgendwann ist Hanna im Bett. Und dann? Jeder sehnt sich nach Zärtlichkeiten.« Frau Meibach zählt zwischendurch leise mit und führt die Übung mit Bravour aus. »Das Leben ist zu kurz, um auf solche Dinge zu verzichten. Hast du schließlich bei deinen Eltern und

Ida gesehen. Ein Wimpernschlag und alles kann vorbei sein, mein Junge.« Sie wechselt die Hand und führt die Übung auf der anderen Seite durch.

Als Antwort summe ich lediglich kurz, anschließend schweigen wir und ich beobachte meine Patientin, bis sie stoppt. »Und nun?«

»Jetzt strecken Sie die Hand mit der Handfläche nach oben aus und bringen abwechselnd den Daumen mit den Spitzen der anderen Finger zusammen, sofern Sie das hinbekommen.«

»Na, hör mal. Wieso sollte ich das nicht schaffen?«

Ich übergehe ihre Frage. »Und immer, wenn Sie die Kuppen berührt haben, die Finger wieder strecken.«

Eine Viertelstunde später habe ich meine Patientin verabschiedet. Der Anrufbeantworter blinkt und ich drücke den Play-Knopf. Mein letzter Patient für heute hat abgesagt. Ein sechzigminütiger Termin für eine Massage. Na super. Wie ich so etwas hasse. Bisher habe ich gecancelte Termine nicht in Rechnung gestellt, da sich die Ausfälle allerdings seit einiger Zeit häufen, muss ich das wohl ändern.

Mila

Vor mir steht bereits mein zweiter warmer Kakao mit Sahne und ich mag hier gar nicht mehr weg. Der Schokokuchen war grandios und ich werde nachher auf jeden Fall ein Stück mit ins Hotel nehmen.

Sinja, die Besitzerin des Buchcafés, ist Mitte dreißig und hat die Räumlichkeiten von ihren Eltern übernommen, die vor drei Jahren in Rente gegangen sind. Sie hat knallrot gefärbte Haare, mit denen sie sofort auffällt. Die Brille, die sie trägt, erinnert mich ein wenig an Puck die Stubenfliege, aber ihr steht sie und bringt ihre grünen Augen vorteilhaft zur Geltung.

Da der Andrang heute nicht sonderlich groß ist, hatte sie Zeit, sich mit mir zu unterhalten, und ich habe jede Sekunde davon genossen. Sogar von Leandra und ihrer Überraschung habe ich ihr erzählt.

Das Café misst neunzig Quadratmeter, hat zwanzig Sitzplätze und eine lange Regalwand mit Büchern, die zum Verkauf stehen. Auf der anderen Seite des Raumes liegen Exemplare zum Lesen vor Ort auf einem Tisch. Die Wände hat Sinja in einem warmen Sandton gestrichen und der Rest der Einrichtung ist darauf abgestimmt. Vor dem bodentiefen Fenster mit Blick auf die Nordsee steht ein beigefarbenes Sofa samt Couchtisch und lädt zum Verweilen ein.

Des Weiteren gibt es einen kleinen Bereich mit Bilderbüchern und einer Holzeisenbahn auf einem Spielteppich.

Dazu einen Kindertisch mit Stühlen, auf dem Stifte und Malblätter verstreut sind. So haben die Eltern Zeit, in Ruhe eine Tasse Kaffee zu trinken, während die Kids sich beschäftigen. Sinja hat an alles gedacht.

Gerade berät sie einen Kunden, der verzweifelt vor den Liebesromanen steht. Ich grinse in mich hinein. Bestimmt sucht er ein Buch für seine Frau oder Freundin.

Ich trinke einen Schluck Kakao und schließe die Augen, während der Schokoladengeschmack auf meiner Zunge zergeht. Sofort ist das Bild von Filip und seinen Händen da und mein Körper beginnt zu prickeln. Es ist mir immer noch unbegreiflich, wie ich mich auf seine Behandlung einlassen konnte. Normalerweise benötige ich ewig, um fremden Männern zu vertrauen, doch bei Filip hatte ich keine Scheu, keine Angst vor seinen Berührungen.

Sinja lacht und ich öffne die Augen. Der Typ strahlt und nickt enthusiastisch.

So unauffällig wie möglich beobachte ich die beiden, während sie gemeinsam zur Kasse schlendern. Sinja packt dem Typen einen Keks in eine Papiertüte und reicht sie ihm zusammen mit dem Buch über die Theke.

Winkend verabschiedet er sich und verlässt das Café.

Sinja setzt sich neben mich. »Kann ich dir noch was Gutes tun?«

Ich deute auf die Tasse in meiner Hand. »Nö, alles super. Du hast mehr als genug getan. Ich bin so froh, dass ich hergekommen bin. Den ganzen Tag auf dem Hotelzimmer zu hocken, ist nichts für mich.«

»Ist es denn wenigstens ein schönes Hotelzimmer? Ich war vor dem Umbau zuletzt dort.«

»Das Zimmer ist atemberaubend. Mit Meerblick. Aber den hast du ja hier genauso.«

Sinja wohnt über dem Café und hat diese Aussicht rund um die Uhr, 365 Tage im Jahr. »Das stimmt. Ich möchte auch nirgendwo anders wohnen. Ehrlich nicht.«

»Vielleicht magst du mich ja mal besuchen? Wir könnten im Restaurant eine Kleinigkeit essen und anschließend in die Bar übersiedeln.« Ich trinke meine Tasse leer und stelle sie auf das kleine Tablett.

»Das hört sich wundervoll an. Samstags habe ich nur bis 14 Uhr geöffnet und sonntags komplett geschlossen. Vielleicht passt es dir an einem dieser Tage?«

»Klar. Weißt du was, lass uns direkt diesen Sonntag festhalten. 18 Uhr?«

»Ist gespeichert.« Sinja tippt sich gegen die Schläfe und lacht. »Wollen wir Handynummern tauschen?«

»Würde Sinn ergeben, falls was dazwischenkommt.« Ich krame mein Smartphone hervor und warte, bis Sinja ihres unter der Ladentheke hervorgeholt hat, ehe ich ihr meine Nummer diktiere. Sie klingelt mich an, damit ich ihre ebenfalls habe. »So gerne ich bleiben würde, aber ich sollte langsam den Rückweg antreten. Muss schließlich meine dämlichen Gymnastikübungen hinter mich bringen. Ich würde ein Stück Schokokuchen für später mitnehmen. Machst du mir bitte die Rechnung fertig?«

»Nö! Da du heute das erste Mal bei mir warst, geht das auf Kosten des Hauses. Den Kuchen gebe ich dir selbstverständlich mit. Freut mich, dass er dir so gut geschmeckt hat.«

»Sinja!«, tadle ich. »Du musst doch auch gucken, dass du über die Runden kommst. In den Wintermonaten ist bestimmt viel weniger los, oder?« Ich stehe auf, wickle mir den Schal zweimal um den Hals und schlüpfe in meine Winterjacke.

»Keine Sorge, das passt. Wenn gar nichts mehr geht, biete ich Wellnessmassagen an. Ich hab mal einen Kursus absolviert, weil mich das total gereizt hat. Aber dann habe ich das Café übernommen und hatte keine Lust mehr, nach Feierabend Leute zu verwöhnen.«

»Versteh ich total. Nach einem langen Arbeitstag will man einfach seine Ruhe haben.«

Bevor ich das Smartphone im Rucksack verstaue, wähle ich Herberts Nummer, die er mir vorhin gegeben hat, und habe Glück. Er ist direkt um die Ecke und kann mich einsammeln.

Sinja begleitet mich zur Tür, verstaut den Kuchen in dem Stoffbeutel, den ich mitgebracht habe, und umarmt mich zum Abschied. »Schön, dass du hier warst. Bis Sonntag, ich freu mich.«

»Dito. Bis bald.«

Lächelnd verlasse ich das Buchcafé, in dem ich mit Sicherheit nicht zum letzten Mal eingekehrt bin, und stelle mich an den Straßenrand, um auf Herbert und sein Taxi zu warten.

Kapitel 12

Filip

Ich schließe die Praxis ab und mache mich auf den Heimweg.

An der Rezeption grüße ich unsere neue Angestellte, Rafaela. In dem Augenblick entdecke ich Mila, die mit ihren Unterarmgehstützen vor dem Hotel aus einem Taxi klettert. Eilig durchquere ich die Hotellobby. Die Schiebetüren öffnen sich und ich trete in die Kälte.

Herbert verabschiedet sich von Mila und nickt mir zu, ehe er wieder einsteigt und davonfährt.

»Hey, Mila. Wie ich sehe, hast du dir meinen Rat zu Herzen genommen.« Ich deute auf die Gehhilfen. »Hast du eine Inselrundfahrt gemacht?«

»Hi. Herbert hat mich nach Süderstedt gefahren. Ich habe mir das Buchcafé angesehen und Sinja kennengelernt.« Mila nimmt die Krücken in eine Hand, verlagert ihr Gewicht auf den gesunden Fuß und strahlt mich an. »Es war so toll. Ich hätte ewig da sitzen können.«

»Kann ich gut nachvollziehen. Ist schön dort.« Dass ich oft mit Hanna dort bin, erwähne ich nicht. Irgendwas hält mich zurück. Vielleicht ist es die Angst, eine Abfuhr zu kassieren. Dabei weiß ich bis dato überhaupt nicht, was genau ich von Mila will.

»Hast du Feierabend?«

»Ja, der letzte Termin wurde abgesagt.«

»Passiert das oft?«

»Seit einiger Zeit schon. Daher muss ich mir ein paar Gedanken machen, wie ich damit in Zukunft umgehe.«

Mila schürzt die Lippen. »Bei uns in Köln sind die Therapeuten knallhart und stellen dir den Termin in Rechnung. Aber das macht man auf einer kleinen Nordseeinsel vermutlich nicht, hm?«

»Ob andere das tun, kann ich dir nicht sagen. Ich bisher jedenfalls nicht. Soll ich dich nach oben begleiten?« Bitte sag Ja. Ich genieße die Unterhaltung gerade sehr.

»Nicht nötig, das schaffe ich alleine. Ich sollte mal. Hab nämlich meine Übungen heute noch nicht gemacht und ich weiß nicht, wie meine Therapeutin darauf reagiert.« Sie grinst frech.

Mir entweicht ein raues Lachen und in meinem Bauch breitet sich eine angenehme Wärme aus. »Viel Spaß. Mareike ist morgen wieder für dich da. Habe vorhin mit ihr telefoniert. Mit deinem Nacken ist alles in Ordnung?«

»Alles bestens. Danke der Nachfrage. Bis dann, Filip. Hab einen schönen Abend.« Mila nimmt die Krücken in beide Hände und humpelt ins Hotel.

Ein paar Sekunden starre ich ihr hinterher, bevor ich mich loseise und auf den Heimweg mache.

*

Janosch scharwenzelt um meine Beine, als ich im Wohnungsflur die Jacke an die Garderobe hänge und die Winterboots ausziehe. Ich bücke mich und hebe ihn hoch. »Na, Kleiner. Hast du mich vermisst?« Janosch miaut und ich setze mich mit ihm im Wohnzimmer in den Sessel. Ein paar Minuten runterkommen, bevor ich Hanna bei meinem Bruder abhole.

Aus Kays Wohnung dringt Musik von Demi Lovato und die beiden grölen lautstark mit. *Let It Go*. Ich denke nicht, dass sie händeringend auf mich warten, zumal ich eigentlich noch arbeiten würde.

Geschmeidig gleiten meine Finger durch Janoschs Fell. Ich schließe die Augen und muss sofort an Mila denken. Ihre Haut hat sich so weich angefühlt. Am meisten berührt hat mich, dass sie sich offenbar trotz schlechter Erfahrungen halbwegs auf meine Behandlung einlassen konnte. Nach dem heutigen Tag bin ich umso interessierter, was ihr widerfahren ist. Wie es scheint, hat es etwas mit einem meiner Kollegen zu tun. Bei dem Gedanken, jemand könnte Mila unsittlich berührt haben, stellen sich mir alle Nackenhaare auf.

Die Wohnungstür wird aufgestoßen und knallt gegen die Wand. Kurz darauf geht das Licht im Wohnzimmer an und mein Bruder räuspert sich, während Hanna kreischt. »Papi, du bist ja schon da!« So viel zu meinen ruhigen Minuten.

»Wieso sitzt du im Dunkeln?«, fragt Kay und pflanzt sich aufs Sofa, während ich gegen die Helligkeit anblinzle.

Meine Tochter kriecht neben mich und kuschelt sich an meine Seite. Janosch schnurrt und bekommt ein paar Streicheleinheiten von Hanna.

Ich reibe mir über die müden Augen. »Musste erst mal ankommen und über einiges nachdenken. Warum seid ihr hier? Habt ihr mich gehört?«

»Nein, Hanna wollte zu Janosch, damit er nicht so alleine ist.«

Der Kater springt von meinem Schoß und läuft zu Kay. Mein Bruder nimmt ihn auf den Arm, um ihn ebenfalls zu streicheln. Opportunist! »Über was musstest du nachdenken?«

»Nicht so wichtig. – Und, mein Schatz, wie war es im Aquarium?«

»Es war sooo toll, aber die Schildkröten hießen nicht Crush und Squirt.« Hanna stößt einen theatralischen Seufzer aus und bringt uns damit zum Lachen.

»Schade. Wie dann?«

»Weiß nicht. Da waren bestimmt zwanzig Stück und unsere Lehrerin hat gesagt, da steht nix von Namen. Versteh ich nicht, Papi. Man muss ihnen Namen geben. Ich find das doof.«

»Vielleicht bekommen sie ja noch welche.« Kay setzt Janosch auf den Fußboden. »Schön. Da du schon hier bist, kann ich mich ja fertig machen.«

»Heißes Date?« Würde mich bei ihm nicht wundern. Kay ist der Frauenheld unter uns Brüdern. Ich stehe auf, um ihn zur Tür zu begleiten.

Hanna rennt an uns vorbei in ihr Kinderzimmer. »Ich spiele mit meinen Schildkröten«, ruft sie und wirft die Tür hinter sich zu.

»Kann man so sagen. Aber mach dir keine Hoffnungen. Mehr als eine Nacht wird es nicht.«

Als hätte ich etwas anderes erwartet. »Kenne ich sie?«

»Nicht dass ich wüsste. Habt einen schönen Abend. Hanna hat übrigens vorhin nur eine Scheibe Graubrot mit Leberwurst verdrückt. Mit Sicherheit wird sie noch Hunger haben.«

»Geht klar. Ich danke dir. Weiß gar nicht, was ich ohne dich gemacht hätte. Und viel Spaß heute Abend.«

Kaum ist Kay im Hausflur verschwunden, schließe ich die Tür und lausche Hannas Gebrabbel. Klingt so, als würde sie mit ihren Stofftieren eine Teeparty veranstalten.

»Hanna? Was möchtest du essen?«

»Käsemakkaroni«, ruft sie zurück und ich schlendere in die Küche. Genaue Anweisung, damit kann ich arbeiten. Über der Dunstabzugshaube knipse ich das kleine Licht an und mache mich ans Werk.

Mila

Ich plumpse aufs Bett. Was für ein aufregender Tag. Erst die Nackenmassage bei Filip und dann der Ausflug nach Süderstedt. Sinja ist eine wirklich sympathische Person und ich würde mich freuen, wenn wir Freundschaft schließen könnten. Mit Eske könnte ich mir das ebenso gut vorstellen. Mal sehen, was sich während meines Aufenthalts ergibt.

Vorsichtig stehe ich auf und zupfe ein Blatt Küchenpapier von der Rolle. Ich bücke mich und lege es auf den Parkettboden, wie Mareike es mir gezeigt hat und wie es auch im

YouTube-Video erklärt wurde. Verrückt, dass so eine simple Übung mir helfen soll, wieder auf die Beine zu kommen. Als ich fertig bin, schnappe ich mir meinen Stoffbeutel und hole den Kuchen heraus. Ein feiner Schokoladenduft schwebt durch das Hotelzimmer. Vom Backen versteht Sinja definitiv etwas. Sie ist gelernte Konditorin und hat mich mehr als überzeugt. In den Sommermonaten hat sie Unterstützung von zwei Teilzeitkräften und gelegentlich springt sogar ihre Mama ein, wenn Not am Mann ist. Sinja liebt ihr Café und kann sich nicht vorstellen, je wieder woanders zu arbeiten und zu wohnen. Wen wunderts? Es ist einfach traumhaft.

Genüsslich vertilge ich das Kuchenstück und nehme anschließend die Wasserflasche, die ich heute noch in *Mortens Inselsupermarkt* gekauft habe, aus dem Kühlschrank. Eine Minibar, so wie ich das von früher kenne, gibt es hier nicht. Laut Eske haben sich die vier Brüder dagegen entschieden, weil es sich in der Vergangenheit nicht gelohnt hat.

Prompt muss ich an den Hotelkoch und Eskes Interesse an ihm denken. Also mal im Ernst: Freundin hin oder her. Eske ist eine Augenweide und ein Goldschatz. Würde ich auf Frauen stehen, wäre sie definitiv mein Typ. Und ich bin der Meinung, dass es zwischen den beiden ordentlich knistert. Ich kann nicht nachvollziehen, wieso er ihr nie eine Chance gegeben hat.

Nach einem Blick aufs Handy stelle ich fest, dass es 19:30 Uhr ist. Obwohl ich gerade den Kuchen vertilgt habe, könnte ich etwas Warmes vertragen.

Ich schlurfe ins Badezimmer, kämme meine Haare und sprühe ein wenig Parfüm auf. Dann schlüpfe ich in eine frische Hose und meine Ballerinas. Mein Blick fällt auf die Krücken. Mitnehmen oder weglassen? Ächzend schnappe ich mir die dämlichen Dinger und mache mich auf den Weg zum Hotelrestaurant.

Unten werde ich direkt von Alexandra in Empfang genommen. »Moin, Mila. Haben Sie Hunger?«

»Aber so was von.«

»Na dann. Folgen Sie mir.«

Ich humple ihr hinterher und sie führt mich in die hinterste Ecke an einen Zweiertisch.

»Das ist leider der einzig freie kleine Tisch. Die anderen sind reserviert.« Alexandra wirkt ein wenig zerknirscht und sieht mich entschuldigend an.

»Alles okay. Der hier ist perfekt, danke«, entgegne ich lächelnd.

»Wissen Sie schon, was Sie trinken möchten?«

Ich grüble. »Haben Sie Traubensaft?«

»Natürlich.« Alexandra streckt den Rücken durch und grinst. »Was ist das denn für eine Frage? Hell oder dunkel?«

»Dunkel, bitte. Beim Essen bin ich noch unschlüssig und bräuchte die Speisekarte.«

»Bring ich Ihnen gleich mit.« Kaum hat sie zu Ende gesprochen, ist sie verschwunden.

Hinter der Bar steht heute eine mir unbekannte Blondine mit kurzen Haaren, gemeinsam mit diesem Robin. Von Filip ist nichts zu sehen, aber es sei ihm gegönnt. Wäre schlimm, müsste er nach seiner Praxistätigkeit den Barkeeper mimen. Vermutlich liegt er mit seiner Freundin auf dem Sofa und genießt die Zweisamkeit.

Das Restaurant ist erfüllt von unterschwelligem Gemurmel. Die Klientel ist zum Teil recht jung, was mich bei der Jahreszeit ein wenig wundert. Bisher dachte ich, die Leute Anfang zwanzig fliegen über die Wintermonate gerne in die Sonne, doch anscheinend geht der Trend inzwischen in eine andere Richtung.

Alexandra kommt mit meinem roten Traubensaft zurück und legt mir die Karte auf den Tisch. »Suchen Sie in Ruhe. Ich muss mich eben um die größere Gruppe in der anderen Ecke kümmern.«

»Kein Problem. Ich hab Zeit.«

Alexandra eilt davon und ich studiere in aller Seelenruhe die Karte. Rumpsteak mit einer Ofenkartoffel an einem Salatbett. Klingt gut.

Ich lehne mich nach hinten und lasse den Blick durch den Raum gleiten. An dem Tisch mit der großen Gruppe kniet gerade eine Frau vor einer zweiten und streckt eine Schatulle in die Höhe. Meine Augen weiten sich und mit einem Mal ist es mucksmäuschenstill. Gespannt halte ich die Luft an und lausche den Worten derer, die kniet. Die andere heult Rotz und Wasser, nickt aber entzückt. Ihre frisch gebackene Verlobte streift ihr den Ring über und die beiden fallen sich in die Arme.

Das ganze Restaurant applaudiert und auch die Belegschaft schaut gleichermaßen erfreut wie verblüfft zu dem Paar. Anscheinend hatten sie keine Ahnung, was sie heute hier erwartet.

Bester Laune widme ich mich meinem Saft. Was für ein schöner Tag!

Kapitel 13

Filip

Genervt vom Papierkram, tippe ich am Donnerstagmorgen die letzte Rechnung, da betritt Mila lächelnd mit ihren Unterarmgehstützen die Praxis.

»Guten Morgen, Filip.«

Sofort bessert sich meine miese Laune. »Moin. Hast du deinen Ausflug gut verkraftet?« Ich suche die Rezepte heraus, trage die Daten von gestern und heute ein und lege sie Mila hin.

»Ja, alles super.« Sie unterschreibt und deutet auf einen der Stühle im Wartebereich. »Ich setz mich so lange hin.«

»Mach das. Es verzögert sich um ein paar Minuten, weil wir einen Notfall dazwischengeschoben haben.«

»Macht nichts, ich habe heute nichts weiter vor.«

Mit einem Nicken verstaue ich die Rezepte in der Kartei und versuche nicht allzu sehr Milas Duft einzuatmen, der meine Sinne vernebelt. Ob ich sie mal zum Essen einladen soll? So unauffällig wie möglich linse ich über den Tresen. Mila hat sich eines der Gesundheitsmagazine geschnappt und wirkt hoch konzentriert.

Ich hüstle und verlasse meinen Platz hinter der Anmeldung. »Was Interessantes entdeckt?«

Mila sieht auf. »Hier ist ein Artikel über das Intervallfasten drin, der sich spannend liest.«

»Hast du so was schon mal gemacht?« Ich lehne mich mit dem Rücken gegen den Tresen.

»Nicht wirklich. Meine beste Freundin schwört aber drauf.« Mila klappt die Zeitschrift zu und befördert sie zurück auf den kleinen Beistelltisch, als sich hinter mir die Tür öffnet.

»Dann sehen wir uns nächste Woche, Frau Korf. Bis dahin alles Gute.«

Die Patientin verabschiedet sich und verlässt die Praxis.

»Moin, Mila. Sorry, dass ich gestern ausgefallen bin. Ich hoffe, Filip hat alles zu deiner Zufriedenheit erledigt?«

Milas Wangen färben sich rosa und ich frage mich, was dahintersteckt. Ihr Blick schweift kurz zu mir, ehe sie sich wieder Mareike zuwendet. »Ja, war alles wunderbar.« Sie steht auf. »Die Dinger lass ich mal hier. Die klaut sowieso niemand.«

Ich lache. »Bei deinem Glück vermutlich nicht. Viel Spaß euch beiden.«

Die zwei verschwinden im Behandlungszimmer.

Prompt öffnet sich die Praxistür und mein nächster Patient tritt ein. »Guten Tag, Herr Hansen.«

»Moin, Herr Peterssen. Wie geht es Ihnen heute?«

*

Wenige Minuten vor der Mittagspause schneit Eske völlig aufgebracht in die Praxis. »Flip, du musst sofort mitkommen. Es ist dringend.«

»Wo brennt denn der Schuh?«, frage ich amüsiert. Vermutlich hat sich ihr Rechner mal wieder verabschiedet.

»Eine meiner Kundinnen hat Probleme. Sie hat ihre Haare selbst über Kopf geföhnt. Danach hat sie sie zurückgeworfen und jetzt kann sie den Kopf nicht mehr drehen.«

Mein Lächeln erstirbt. »Warum hast du sie nicht sofort mit hergebracht? Hier kann ich sie viel besser therapieren als bei dir im Laden.«

Eskes Schultern sinken hinab. »Stimmt. Sorry. Ich hole sie schnell.«

Mareike tritt aus der Küche und betrachtet uns mit besorgter Miene. »Geh ruhig hin, Filip. Ich halte hier die Stellung.«

»Danke.« Ich folge Eske rüber zu ihrem Friseursalon, wo ihre Kundin sich gequält dreinschauend an den Nacken fasst.

»Das ist mein Freund Filip, Tina. Du wirst sehen, im Nu hat er das wieder in Ordnung gebracht.«

Tina nickt verkrampft. »Tja, ab einem gewissen Alter sollte man ruckartige Bewegungen vermeiden.«

»Setz dich.« Ich deute auf einen Stuhl und zwinkere ihr zu. »So alt kannst du gar nicht sein.«

»Ein Charmeur, hm? Ich dachte, du seist Physiotherapeut.«

»Geht nicht beides?«, frage ich salopp. »Darf ich deinen Nacken abtasten?«

Tina zieht die Hand weg und Eske steckt ihre Locken behutsam mit einem Haarkrebs zusammen.

»Danke.« Vorsichtig beginne ich mit meiner Untersuchung und es dauert nicht lange, bis Tina schreit. »Sorry. Ich würde sagen, du kommst mit rüber, wenn das für dich klargeht.«

»Bleibt mir ja nichts anderes übrig, wenn ich mich einigermaßen normal bewegen will. Zu Hause wartet ein Sack Arbeit auf mich.«

»Der muss zur Not warten.«

»Geht nicht. Die Kinder kommen um 16 Uhr aus der Schule und mein Mann von der Arbeit. Dann muss das Essen auf dem Tisch stehen, die Wäsche gewaschen und der Haushalt gemacht sein.«

Mein Blick fällt auf Eske, die nur die Achseln gen Ohren zieht.

Ich verkneife mir den Kommentar, dass auch Männer durchaus in der Lage sein sollten, das alles zu erledigen, und lenke das Thema zurück zu Tinas Nacken. »Lass uns rübergehen. Eske? Kann Tina später zahlen?«

»Klar, kein Problem. Ich mach eine Notiz. Schau erst mal, dass du sie wieder hinbekommst.« Sie nimmt Tinas Tasche vom Boden und den Mantel von der Garderobe neben dem Eingang. Anschließend drückt sie mir beides in die Hände. Lautlos formt sie ein *Danke, du hast was gut* mit den Lippen und ich verlasse gemeinsam mit Tina den kleinen Laden.

Als wir in der Praxis ankommen, deutet Mareike zuvorkommend wie üblich auf Zimmer 1. »Dort ist frei.«

»Super. Gehst du schon durch, Tina? Ich bin gleich bei dir, dann legen wir los.«

Mareike wartet, bis sie im Raum verschwunden ist, bevor sie mich zur Seite zieht. »Passt das, oder soll ich übernehmen? Du hast jetzt schließlich Mittagspause.«

»Und du Feierabend. Fahr nach Hause und grüß deine Familie von mir. Wir sehen uns morgen in alter Frische.«

Richtig überzeugt wirkt sie nicht. »Wenn du meinst.«

»Ja, meine ich. Schließt du die Tür hinter dir ab?«

»Sicher. Bis morgen und einen angenehmen Tag noch.«

Ich betrete das Behandlungszimmer und lege Tinas Sachen auf dem Stuhl ab. »So, gucken wir mal, ob wir das Problem lösen können.«

Mila

Filip tritt mit einer Frau im Schlepptau aus Eskes Laden und eilt in seine Praxis. Was da wohl passiert ist?

Kurz entschlossen ändere ich meine Zielrichtung und humple an Krücken zu Eske in den Laden.

»Ich hab Mittags…« Eske stoppt. »Oh, du bist es. Komm rein.«

»Alles okay? Was war denn mit Filip los?« Ich sinke auf den Stuhl in der Warteecke.

»Eine Kundin von mir hat sich beim Haare-nach-hinten-Werfen verknackst. Das musst du dir mal vorstellen. Hätte ich das Föhnen übernommen, wäre das nicht passiert, aber sie wollte schnell nach Hause.«

»Hör auf, dir Vorwürfe zu machen. Filip kriegt das mit Sicherheit wieder hin. Bei seinen fähigen Händen dürfte das gar kein Problem sein.« Ups, wo kam das denn her?

Eskes Mundwinkel verziehen sich zu einem Grinsen. »Fähige Hände? Soso, woher weißt du das? Ich dachte, Mareike behandelt dich.« Ihre Augen strahlen und die Selbstvorwürfe scheinen vergessen. »Raus damit! Was ist zwischen euch passiert?«

Uff! Wenigstens habe ich sie erfolgreich abgelenkt. Ein bisschen irritiert es mich allerdings, dass Eske mich nicht wegen Filips Freundin tadelt. Zumindest gehe ich immer noch fest davon aus, er hat eine. »Ähm, hast du Zeit? Dann lass uns in der Bar einen Kakao trinken. Da wollte ich eigentlich sowieso hin. Ich lad dich ein.«

»Ja, hab ich. Aber wenn du glaubst, so vergesse ich das Thema, irrst du dich. Den Kakao nehme ich trotzdem. Und auf den Schreck vielleicht sogar ein Stück Kuchen.«

Eske verriegelt den Laden und wir schlendern durch das Restaurant in die Bar.

Dort marschiert sie schnurstracks auf einen der Tische am Fenster zu.

Erschöpft falle ich auf einen Stuhl und lege die Krücken beiseite.

Eske hat ihr Gesicht hinter der Dessertkarte versteckt und murmelt vor sich hin.

Robin tritt zu uns. »Haben die Damen schon gewählt?«

»Ich hätte gerne einen Kakao mit Sahne«, erwidere ich sofort.

Höflich neigt er den Kopf. »Darf es vielleicht ein Stück Kuchen dazu sein? Wir haben heute helle Buttercremetorte im Angebot. Die schmeckt göttlich.«

»Nein, danke.«

Robin richtet sich an Eske. »Und du? Was kann ich dir Gutes tun?«

Meine Friseurin legt die Karte auf den Tisch. »Auch einen Kakao und zwei Stücke Marmorkuchen. Und viele Grüße an Krischan.«

Entschuldigend zuckt Robin mit den Schultern. »Der ist leider nicht da. Hat Spätdienst.« Damit wendet er sich ab und lässt uns alleine.

Eske reibt sich über das Gesicht.

»Du siehst irgendwie abgeschlagen aus. Ist alles in Ordnung bei dir?«, frage ich einfühlsam.

»Weißt du, ich liebe mein Leben, meinen Job. Ich verstehe mich gut mit meinen Eltern, habe eine Handvoll Freunde, wohne auf einer der schönsten Inseln Deutschlands und dennoch habe ich seit einem Jahr das Gefühl, es fehlt etwas.«

»Kannst du dieses ›etwas‹ genauer definieren?«, hake ich nach.

Eske starrt aus dem Fenster, bevor sie mir erneut ihre Aufmerksamkeit schenkt. »Ein Mann?«

»Vorzugsweise der Koch?«

Robin kehrt mit unseren Bestellungen zurück. »Bitte sehr. Lasst es euch schmecken.« Ohne eine Antwort abzuwarten, huscht er davon.

»Na ja, träumen darf man ja«, nimmt Eske den Faden wieder auf.

»Und wenn du ihn um ein Date bittest?« Ich nehme den Teelöffel zur Hand und schaufle die Sahne vom Kakao.

Eske schaut ungläubig drein. »Er hat eine Freundin. Schon vergessen?«

Ich grinse schief. Weiß ich doch, aber im Krieg und in der Liebe ist alles erlaubt, habe ich gehört. »Und wie ist die so?«

»Ätzend.« Die Antwort kam wie aus der Pistole geschossen. Eskes Meinung ist offenbar vorgefertigt.

»Okay und warum? Was hat sie getan, dass du so von ihr denkst?« Würde mich nicht wundern, wäre ihre bloße Existenz Eske ein Klotz am Bein. Schließlich ist sie mit dem Typen liiert, den sie gern hätte.

Eske beißt in ihr Kuchenstück, ohne die Gabel zu benutzen, und kaut genüsslich. »Die wohnt in Amerika und ist Model. Sie war für einen mehrwöchigen Urlaub im Sommer auf der Insel und seitdem sind sie und Krischan zusammen.« Das Wort *zusammen* betont sie besonders eigenartig.

»Und sehen sie sich oft? Amerika ist ja nicht um die Ecke.«

»Soweit ich weiß, haben sie sich seit damals gar nicht mehr gesehen. Sie skypen nur und geben schnulzige Liebesschwüre von sich«, ätzt Eske weiter.

»Hast du das mitbekommen oder woher weißt du davon?« Ich trinke von meinem Kakao.

Eske schnaubt. »Selbst gehört. Wollte mir in der Küche eine Kleinigkeit zu essen holen, da hab ich sie erwischt.«

Beim letzten Wort pruste ich und bin froh, dass ich den Mund leer habe. »Du hast sie ›erwischt‹. Das klingt irgendwie falsch. Oder hatten sie Telefonsex?«

»Du bist doof. Natürlich nicht. Teufel noch eins, diese Bilder. Lass uns von was anderem reden. Was haben Filips Hände mit dir angestellt?«

*

Eine Stunde später gehe ich ohne Krücken ins Kaminzimmer. Ich war kurz oben, um mich auszuruhen, und möchte jetzt unbedingt ein neues Buch lesen.

Die Flügeltüren sind weit geöffnet und dennoch ist es hier durch den Kamin richtig heimelig.

Vor der Regalreihe mit den Kinderbüchern sitzt das kleine blonde Mädchen von gestern und schimpft vor sich hin.

Vorsichtig nähere ich mich ihr. »Hallo, suchst du was Bestimmtes? Kann ich dir vielleicht helfen?« Das Mädchen schaut hoch und beäugt mich, ohne zu antworten. »Ich bin Mila und wer bist du?« Ich hocke mich hin und ignoriere die Schmerzen in meinem Gelenk. Noch immer schweigt das Mädchen, lässt mich aber nicht aus den Augen.

Mit einem Mal stellt sie sich hin und streckt mir ihre Hand entgegen, die ich schüttle. »Ich bin Elsa.«

Ich lege den Kopf schräg und studiere ihr Gesicht. »Wie die Eiskönigin?«

»Du kennst sie?«, fragt sie aufgeregt.

»Na ja, kennen würde ich nicht sagen, aber der Name ist mir bekannt. Sie hat blonde Haare, so wie du.«

»Stimmt. Meine sollen auch so lang werden«, plappert sie weiter. »Ich muss jetzt los. Tschüss.« Sie rennt hinaus.

Ich hieve mich hoch, suche mir einen neuen Krimi aus und mache es mir auf dem roten Sofa vor dem Fenster bequem.

Eske ist jetzt darüber informiert, dass Filip mir eine Nackenmassage verpasst hat. Nach meinen Erzählungen hat sie mit den Augenbrauen gewackelt und gemeint, Filip sei single und einer von den Guten, der es verdient habe, glücklich zu sein. Ich habe nicht weiter nachgefragt, obwohl ich sofort an sein seltsames Telefonat denken musste. Vielleicht weiß sie nicht, was ihr bester Freund so treibt. Eske hat mich jedenfalls ermuntert, Filip um eine Verabredung zu bitten. Er könne mir die Insel zeigen, die auch im Winter ihren ganz besonderen Charme habe. Ich bezweifle, dass ich das genauso sehen würde. Der Sommer ist mir bedeutend lieber.

Kapitel 14

Filip

Nur noch heute arbeiten, dann habe ich Wochenende. Mila ist seit ein paar Minuten hier in der Praxis und bekommt ihre Massage von Mareike. Hin und wieder lachen die beiden, was mir ein Schmunzeln entlockt.

Ich bin hin- und hergerissen. Seit gestern überlege ich, ob ich Mila um ein Date bitten soll. Obwohl wir kaum Zeit miteinander verbracht haben, fasziniert sie mich. Und Krischan hat recht. Mila ist vermutlich die letzte Person, die es stören würde, dass ich ein Kind habe. Trotzdem bleiben Zweifel. Was, wenn ich mich in sie verliebe? Sie wohnt im Rheinland. Könnte ich eine Fernbeziehung führen? Ein Weggehen von Jyltrum kommt für mich nicht infrage. Das Telefon klingelt und holt mich zurück ins Hier und Jetzt. Über was denke ich hier eigentlich nach?

»Die Physio im Strandhotel, Sie sprechen mit Filip, was kann ich für Sie tun?«

»Moin, Filip, Silke aus dem Inselkrankenhaus hier. Sag mal, kannst du vielleicht ab übernächster Woche einen Patienten von uns unterbringen?«

»Puh, da verlangst du was von mir. Um was geht es denn?«

»Er ist an der Bandscheibe operiert worden und benötigt jetzt die entsprechende Therapie, um wieder fit zu werden.«

»Was ist mit einer stationären Rehamaßnahme?«

»Will er nicht. Wir haben alle schon mehrfach auf ihn eingeredet. Du weißt ja, wie unser Doc ist, aber der Patient schaltet auf stur.« Silke gluckst.

Ich schnappe mir die Computermaus und scrolle durch die Terminkalender ab übernächster Woche. »Was ich dir anbieten kann, sind gemischte Termine bei mir und meiner Kollegin. Eventuell noch bei einem dritten, das wird sich zeigen. Bei einem alleine wird das nicht funktionieren. Sorry.«

»Oh, seit wann hast du denn zwei Angestellte?«

»Bis jetzt gar nicht. Der zweite kommt nächste Woche zum Probearbeiten und wir wollen gucken, ob das mit uns passt«, gebe ich bereitwillig Auskunft.

»Klingt super. Schick mir die Termine einfach an meine Krankenhaus-E-Mail-Adresse und ich kläre das Ganze mit unserem Patienten.«

»So machen wir das. Nennst du mir schnell die obligatorischen Daten? Dann kann ich eine Patientenakte anlegen.«

Silke diktiert mir alles und wir verabschieden uns.

Rasch lege ich eine neue Kartei im Computer an und gebe die Daten ein, ehe ich erneut den Terminplaner öffne und nach freien Plätzen für die Behandlung suche.

Die Tür geht auf und Jörn kommt herein. »Hast du einen Moment?«

Ich rolle ein Stück vom Schreibtisch weg und lege den Kopf schief. »Klar, was ist los?«

Jörn seufzt. »Mir ist bewusst, dass du morgen eigentlich frei hast … also so richtig, weil Hanna mit Eske nach Amrum fährt und dort übernachtet.«

»Aber?«

»Ich brauche dich morgen Abend an der Bar. Alexandra ist krank und ich kann sie erst für Montag wieder fest einplanen.« Das wars dann wohl mit meinem Vorhaben bezüglich Mila. »Sofern ich deinen Blick korrekt deute, passt dir das nicht. Hast du Pläne?« Jörn legt die Unterarme auf den Tresen.

Verschwörerisch gucke ich zu Mareikes Behandlungsraum, doch die Tür ist nach wie vor geschlossen. »Hatte vor Mila zu fragen, ob sie Lust hat, den Samstag mit mir zu verbringen. Morgen ist der letzte Tag vom Wintermarkt und ich hab gedacht, das wäre eine gute Möglichkeit, ihr Stensdorp zu zeigen.«

»Was spricht dagegen? Ich benötige dich erst abends. So ab 20 Uhr. Ich bin gerne bereit, euch ein Essen im Restaurant zu spendieren.« Jörn grinst.

»Haha!«

»Komm schon, Filip. Ich machs auch wieder gut, ehrlich. Du kennst mich. Der Gästekontakt ist nichts für mich. Deshalb sitze ich den ganzen Tag im Büro. Du erinnerst dich?«

Ich lehne mich zurück und verschränke die Hände im Nacken. »Vielleicht ist es an der Zeit, dass du daran etwas änderst.«

Jörn gibt ein unleidliches Geräusch von sich.

Im selben Moment öffnet sich Mareikes Zimmertür. Gemeinsam mit Mila kommt sie heraus. »Moin, Jörn. Probleme mit dem Rücken?«

»Nein, nichts dergleichen.« Jörn reibt sich über den Hinterkopf und klopft auf den Tresen. »Sag mir bitte heute Abend bei unserem Treffen Bescheid, ja?«

Ich nicke und weiß bereits, dass ich ihn nicht hängenlassen werde. Immerhin hat er mir schon mehr als einmal den Hintern gerettet.

Mein Bruder verlässt die Praxis und Mareike räuspert sich. »Wirklich alles in Ordnung bei euch?«

»Jepp. Ich muss bloß morgen Abend in der Bar einspringen.«

»Und das passt dir nicht. Hast du ein Date?« Obwohl ihre Frage wie ein Scherz klingt, sieht sie mich neugierig an, genau wie Mila.

Nun bin ich derjenige, der sich räuspert. »Hast du kurz Zeit, Mila? Ich würde gerne etwas mit dir besprechen.« Ich erhebe mich von meinem Platz und umrunde die Theke.

Sollte sie verwundert sein, lässt sie es sich zumindest nicht anmerken. »Sicher.«

Glücklicherweise stochert Mareike nicht weiter nach. »Ich hol mir mal einen Kaffee. Bis nächste Woche, Mila. Hab ein schönes Wochenende.«

»Danke, Mareike, ebenso.«

Ich warte mit meiner Ansprache, bis meine Kollegin die Küchentür hinter sich geschlossen hat.

Mila stützt sich auf den Krücken ab. »Was gibt es denn?«

»Mir ist klar, dass das ein bisschen spontan kommt, aber hättest du Lust, morgen mit mir nach Stensdorp zu fahren? Wir könnten das Inseldorf erkunden und den Wintermarkt besuchen. Es ist der letzte Tag und sehr schön dort.« Gespannt halte ich die Luft an und sehe, wie sich Milas Augen weiten. Shit! Bin ich übers Ziel hinausgeschossen?

»Ähm …«

Ich lasse die Luft aus meinen Lungen entweichen. »Sorry, ich wollte dich nicht bedrängen. Bestimmt hast du zu Hause einen Freund«, quassle ich drauflos, obwohl dem Leandra zufolge nicht so ist.

»Nein, hab ich nicht.« Schüchtern lächelt sie mich an. »Ich würde gerne mit dir zum Wintermarkt fahren. Wenn es dir nichts ausmacht, dass wir nur langsam vorankommen?«

»Ganz und gar nicht.« Sekundenlang blicken wir uns an und ich erkenne kleine grüne Sprenkel in ihren braunen Augen.

Eske und Hanna machen sich um 10 Uhr auf den Weg. Danach habe ich Zeit. »Soll ich dich um 12 Uhr abholen? Passt das für dich?«

Mila nickt.

Ehe sie sich verabschiedet, tauschen wir Handynummern. »Ich freu mich. Bis morgen.«

»Bis morgen, Mila.«

Mila

O Gott. Filip hat mich gefragt, ob wir einen Ausflug machen. Während ich aufs Zimmer humple, gerät mein Herzschlag aus dem Takt. Ich muss mit Leandra telefonieren. Dringend! Hoffentlich ist sie nicht in der Schule, um Unterrichtskram vorzubereiten.

Auf dem Zimmer angekommen, stelle ich die Krücken zur Seite und krame mein Smartphone aus dem Stoffbeutel, ehe ich ihn aufs Bett lege. Hastig suche ich Leandras Nummer heraus und drücke den grünen Hörer.

»Hi, Liebes. Ist es eilig? Bin gerade auf dem Weg ins Schulgebäude und spät dran.«

»Filip hat mich nach einem Date gefragt«, platze ich mit der Neuigkeit heraus. Zumindest denke ich, dass es eins ist. »Aber er hat irgendwen am Telefon ›Süße‹ genannt und jetzt bin ich total durch den Wind. Was, wenn er doch eine Freundin hat? Das kann ich nicht machen.«

»Was?« Leandra klingt aufgeregt.

»Wie was?«, dröhnt eine tiefe Stimme im Hintergrund.

»Ich meinte nicht Sie, Mensch, sondern meine Freundin am Telefon.«

Ich schmunzle und kann mir bildlich vorstellen, wie Leandra die Augen verdreht.

»Verzeihung, dann sollten Sie ein bisschen leiser reden.«

»Wer sind Sie überhaupt? Der neue Hausmeister?«

»Nein, ich bin vorübergehend der neue Schulleiter. Frau Kallis ist gestern kurzfristig von ihrem Posten zurückgetreten.«

Oh, oh. Das ist ja mächtig nach hinten losgegangen. Vergessen sind meine Sorgen Filip betreffend. »Leandra? Kümmere dich um die Schule und den neuen Rektor und ruf mich an, sobald du Luft hast, okay?«

»Ja, das werde ich. Darauf kannst du Gift nehmen!« Es tutet in der Leitung und ich lege das Handy auf den Schreibtisch. Ich kann nicht glauben, was ich da gehört habe. Wieso ist Frau Kallis so plötzlich zurückgetreten?

*

Es ist gerade mal 14 Uhr, als ich erneut mit Eske einen Kaffee in der Hotelbar trinke.

Leandra hat sich bisher nicht gemeldet und ich klage Eske mein Leid. Ich mag gar nicht daran denken, dass ich nach meiner Zeit hier auf einen neuen Schulleiter treffe.

»Vielleicht hat Frau Kallis familiäre Probleme und kann deshalb ihren Posten nicht mehr ausüben. Oder sie ist schwer erkrankt. Du musst Geduld haben, bis deine Freundin sich meldet.«

Ich muss an das Gespräch mit Kay Hansen bezüglich meiner Geduld denken. »Die hab ich nicht.«

»Ja, das merke ich.« Eske grinst schelmisch. »Was treibst du am Wochenende?«

Ob ich es wagen soll? Immerhin ist sie mit Filip befreundet. »Ich wurde zu einem Ausflug nach Stensdorp auf den Wintermarkt eingeladen.«

»Echt? Von wem?« Eske richtet sich kerzengrade auf und trommelt mit den Fingerspitzen auf der Theke herum. In Sachen Neugierde und Ungeduld können wir uns die Hand geben.

»Von Filip. Er hat mich heute Morgen gefragt und ich hab zugestimmt. Keine Ahnung, ob das so eine gute Idee ist.«

Allzu genau nimmt Eske mich unter die Lupe. »Wieso zweifelst du?«

»Er hat mir letztens eine Pizza aufs Zimmer gebracht und musste dann telefonieren«, druckse ich herum.

»Und weiter? Das an sich ist ja nichts Schlimmes.«

»Ich hab eigentlich gedacht, es sei seine Freundin, weil er sie mit einem Kosenamen angesprochen hat.«

Mit großen Augen blinzelt Eske mich an. »Kosenamen? Im Leben nicht. Ich hab dir doch erzählt, dass er solo ist.«

Ein wenig empört rümpfe ich die Nase. »Er hat jemanden ›Süße‹ genannt. Jemanden, mit dem er sich einen schönen Abend machen wollte. Das bilde ich mir doch nicht ein.«

Eske öffnet den Mund und schließt ihn wieder. Dann schüttelt sie plötzlich den Kopf. »Vielleicht … vielleicht war das jemand aus der Familie? Oder nur irgendeine Freundin? Ich meine … das sagt man ja schon mal so …« Mit einem Mal wirkt sie überfordert, oder bilde ich mir das ein?

»Findest du das nicht seltsam?«

»Frag ihn morgen einfach selbst danach, mh? Ich bin mir jedenfalls ganz sicher, dass er keine Beziehung führt.« Eske zieht die Achseln gen Ohren. »Kommst du mit Mareike bei der Physio voran?« Da ich den Eindruck habe, sie weiß mehr als ich, möchte mir jedoch nichts verraten, gehe ich widerwillig auf den Umschwung ein.

»Ja. Sie ist toll. Es macht unglaublich Spaß mit ihr. Hätte ich zwar nicht gedacht, aber wir haben heute viel gelacht.«

»Das hört sich gut an. Nächste Woche hat Filip jemanden zum Probearbeiten da. Sein Patientenstamm wächst. Von daher hoffe ich, es klappt alles und er kann auch mal Pausen einlegen.«

»Klingt stressig, so mit eigener Praxis.«

»Na ja, du als Lehrerin nimmst deine Arbeit mit nach Hause. Früher habe ich immer gewitzelt, dass ich Lehramt studiere, weil man da so lange Ferien hat. Bis ich irgendwann begriffen habe, dass dem nicht so ist.« Eske lacht und ich lächle sie milde an.

»Das denken viele. Ich versuche so oft wie möglich, die Klassenarbeiten während meiner Freistunden zu korrigieren, aber zu Hause kann ich mich besser konzentrieren als im Lehrerzimmer.«

»Ginge mir bestimmt ähnlich. Wolltest du immer schon Lehrerin werden?«

Ich denke über die Frage nach und muss letztlich schmunzeln. »Jein. Ärztin hätte mich durchaus gereizt, dafür waren meine Noten wiederum nicht gut genug. Es ist gut so, wie alles gekommen ist. Ich liebe meinen Job. Zu sehen, wie die Kinder alles wie ein Schwamm in sich aufsaugen, ist ein Traum.«

»Deine Augen leuchten regelrecht. Möchtest du später mal eigene haben?«

Kopfschüttelnd klimpere ich mit dem Löffel im Glas herum. »Ich bin mir nicht sicher. Außerdem müsste ich dazu erst mal einen Partner an meiner Seite haben.«

»Nicht aufgeben, Mila. Wir sind viel zu jung, um deshalb Trübsal zu blasen.«

Kapitel 15

Filip

Meine Kleine ist total aus dem Häuschen, weil sie ein Mädelswochenende mit meiner besten Freundin auf der Nachbarinsel verbringt. Eske hat angeblich alles eingepackt, was man dafür braucht: Nagellack, Gesichtsmasken und Perlen, um Schmuck zu basteln. Und natürlich hat Eske *Findet Nemo* und *Die Eiskönigin* heruntergeladen, damit sie die Filme auf ihrem Tablet anschauen können.

Gemeinsam mit ihr stehe ich an der geöffneten Wohnungstür. »Viel Spaß auf dem Wintermarkt.«

Aha, das weiß sie also schon. »Hier bleibt auch nichts geheim.«

»Was denkst du denn?« Eske erzählt mir von dem gestrigen Gespräch mit Mila. »Vielleicht solltest du nachher alle Karten auf den Tisch legen, Flip, bevor es irgendwann knallt.«

»Du meinst wegen Hanna?« Ich seufze. »Mal sehen.«

»Deine Entscheidung. Du bist alt genug. Ist lediglich ein gut gemeinter Rat.« Sie wendet sich von mir ab und ruft nach meiner Tochter, die sich in der Küche von Janosch verabschiedet.

Hanna kommt angehopst und drückt mich. »Tschüss, Papi. Bis morgen.«

»Bis morgen, mein Schatz. Habt eine schöne Zeit.«

Hanna schnappt sich Eskes Hand und sie verlassen die Wohnung.

Lächelnd schließe ich hinter ihnen die Tür.

Bevor ich aufbreche, wusle ich durch die Wohnung, bringe das Bad und die Küche auf Vordermann und lasse den Saugroboter seine Runden drehen.

Von Hanna liegt nichts herum und ich lehne die Kinderzimmertür an. Ich bin unsicher, ob ich Mila heute von meiner Tochter erzählen soll.

Janosch reibt sich an meinem Bein. Ich beuge mich hinunter und streichle ihm kurz durchs Fell. »Mehr gibt es jetzt nicht, mein Freund. Ich muss mich auf eine Verabredung mit einer wunderschönen Frau vorbereiten.«

Ich eile ins Badezimmer und prüfe mein Aussehen. Die Haare habe ich mit etwas Gel in Form gezupft, so wie Eske es mir gezeigt hat. Ich trage einen dunkelgrauen Rollkragenpullover, den ich mit einer schwarzen Jeans kombiniert habe.

Mit mir und meinem Aussehen zufrieden, gehe ich in den Flur, nehme den grauen Parka vom Garderobenhaken und ziehe ihn über. Nachdem ich den Schal um den Hals geschlungen habe, schlüpfe ich in meine warmen Winterschuhe.

Ich drehe eine letzte Runde durch die Wohnung, um zu überprüfen, ob alles aus ist und ich meine Räume ordentlich hinterlasse. Erst dann stecke ich Handy, Schlüssel und

Portemonnaie in meine Jacke und mache mich voller Vorfreude auf den Weg.

Gestern Abend habe ich mich mit meinen Brüdern getroffen und wir haben einstimmig beschlossen, dass wir die Sache mit dem Wellness- und Sportbereich angehen. Ich freue mich jetzt schon tierisch darauf.

Vor dem Haus steige ich in meinen SEAT Leon und fahre die kurze Strecke zum Hotel. Ich stelle den Wagen auf dem großen Parkplatz ab und bin erstaunt, dass Mila bereits in der Hotellobby wartet, als ich dort eintreffe. Ob sie auch so nervös ist wie ich?

»Hey, Mila.«

Sie erhebt sich. »Hi.«

Aus einem Impuls heraus beuge ich mich vor und umarme sie. Verflucht, sie riecht himmlisch. Ihre Haare schauen unter einer roten Mütze hervor und sie hat ein leichtes Make-up aufgelegt. Sie trägt eine schwarze Winterjacke und hat sogar die Krücken dabei. So lobe ich mir das.

»Bereit für unseren Tagestrip?«

»Im Prinzip ja. Hoffen wir, mein Fuß spielt mit.«

»Das wird. Wir machen Pausen, versprochen. Ist das deiner?« Ich deute auf einen blauen Rucksack auf dem Sessel.

»Ja, wärst du so nett und trägst ihn für mich zum Auto?«

»Na klar. Sollen wir los?« Ich greife mir den Rucksack.

»Sehr gerne.«

»Einen schönen Ausflug euch beiden.« Kay steht hinter der Rezeption und strahlt von einem Ohr zum anderen.

»Den werden wir haben.« Ich hebe die Hand zum Gruß und verlasse mit Mila im Schlepptau die warme Lobby.

Zwar liegt draußen immer noch Schnee, doch wenigstens schneit es im Moment nicht.

Ich öffne Mila die Beifahrertür und nehme ihr die Krücken ab. »Die verstaue ich im Kofferraum.« Ich reiche ihr den Rucksack und schließe vorsichtig die Tür.

Wenig später schiebe ich mich auf den Fahrersitz und lege den Gurt an. »Bereit?«

»So bereit, wie man sein kann, wenn man nicht weiß, was passiert.« Verhalten lächelt sie mich an.

Verwundert runzle ich die Stirn. »Was soll passieren? Wir werden viel Spaß haben, ehrlich.«

»Ist lange her, dass ich welchen hatte.«

Der Gedanke ist ziemlich traurig und ich nehme mir vor, das heute zu ändern. Ich verbinde das Handy mit dem Wagen und starte den Motor. Meine Lieblingsplaylist startet und ich hoffe, sie gefällt Mila. *If You Love Her* beginnt und ich rolle vorsichtig vom Parkplatz. »Magst du darüber reden?«

Ich konzentriere mich auf die Straße, erkenne aber im Augenwinkel, dass Mila mit dem Träger ihres Rucksacks spielt.

Sie stößt einen tiefen Seufzer aus. »Es ist viel passiert. Im Februar letzten Jahres ist zuerst meine Omi, die mich seit meinem 15. Lebensjahr großgezogen hat, gestorben. Ihren Tod habe ich bis heute nicht gut weggesteckt.«

»Das tut mir leid. War es abzusehen, dass sie stirbt?« Ich schalte runter und biege nach links ab.

»Nicht wirklich. Sie war herzkrank und ein Infarkt hat sie mir genommen. Man fühlt sich so hilflos.«

Ich weiß genau, was sie meint. »Und was ist mit deinen Eltern?«

»Mein Vater hat uns bereits vor meiner Geburt verlassen.« Ich zucke zusammen und hoffe, Mila hat es nicht bemerkt. Erinnert mich irgendwie an meine Situation mit Ida. »Er ist einfach abgehauen, ohne zu sagen, wohin. Keine Ahnung, wo er lebt. Meine Mama wollte mir nie von ihm erzählen. Sie ist vor sechzehn Jahren an den Folgen einer Lungenentzündung gestorben.« Das klingt nach viel Ballast und ich atme tief durch. »Im April hat mich dann mein Freund verlassen. Wir haben uns auseinandergelebt. Meinte er zumindest.«

»Du nicht?«

»Tja, damals habe ich das nicht so gesehen, aber jetzt mit etwas Abstand muss ich ihm recht geben. Na ja, und im Sommer hat mein Auto den Geist aufgegeben. Seitdem fahre ich mit dem Rad zur Schule.«

Ich reibe mir über den Nacken. »Nicht zu vergessen dein Fuß. Du schleppst eine Menge mit dir rum«, stelle ich fest.

»Ich hoffe, dieses Jahr wird es besser.« Damit scheint das Thema für sie beendet zu sein. »Herbert hat mir bei meiner Ankunft verraten, dass dir und deinen Brüdern das Hotel gehört. Du hast eine eigene Praxis und mixt Cocktails. Wie klappt die Zusammenarbeit mit deinen Brüdern? Bist du viel eingespannt?«

»Jörn ist der Hotelmanager und kümmert sich größtenteils um alles. Wenn Veränderungen anstehen, setzen wir uns zusammen und reden darüber, was Sinn ergibt und was nicht. Am Ende werden die Dinge so umgesetzt, wie die Mehrheit von uns es sich wünscht.«

»Und wenn ihr Gleichstand habt?«

Glucksend wiege ich den Kopf hin und her. »Dann wird so lange diskutiert, bis es eine Mehrheit gibt.«

»Habt ihr nie Stress?«

Ich gebe einen erstaunten Laut von mir und sehe flüchtig zu Mila rüber. »Na klar. Auch bei uns knallt es hin und wieder.«

»Wie kam es denn dazu, dass ihr das Hotel übernommen habt?«

Jetzt kommt der unangenehme Teil. »Wir haben es geerbt. Unsere Eltern sind im April gestorben und haben es uns zu gleichen Anteilen hinterlassen. Die Frage, ob wir es verkaufen, hat sich nie gestellt. Wir waren uns einig, es als Team weiterzuführen, es aber vorher zu renovieren und ein paar Dinge anders zu machen als unsere Eltern.«

Wir erreichen den großen Inselparkplatz in Stensdorp, der nahe dem Fähranleger liegt, und ich finde rasch eine geeignete Lücke.

»Das mit euren Eltern tut mir leid.« Mila drückt meine Hand und ich schenke ihr ein schwaches Lächeln. »Was habt ihr denn am Hotel geändert?«

Ich stelle den Motor aus, löse den Sicherheitsgurt und drehe mich zu Mila. »Den Poolbereich gab es so vorher nicht. Das Becken war zwar da, wurde unseren Gästen aber nicht zur Verfügung gestellt. Unsere Eltern hielten das für neumodischen Kram.« Meine Mundwinkel zucken, als ich an das Gespräch diesbezüglich denke. »Meine Brüder und ich haben ihn genutzt und öfter Partys geschmissen. Allen voran Kay.«

»Will ich mir vorstellen, wie solche Partys abgelaufen sind?«
Mir entweicht ein Lachen. »Nein, ich denke nicht.«
»Na dann. Ich werde den Pool während meines Aufenthalts auf jeden Fall noch testen.«
»Dazu hätte ich dir auch geraten. Startklar?«
Mila schnallt sich ab, grapscht nach dem Rucksack und öffnet die Tür. »Auf gehts, zeig mir dein Stensdorp.«

Mila

Wir erreichen die Fußgängerzone und ich bin baff, wie schön es hier ist.
In der Mitte der Straße sind die Buden mit genug Abstand zu den umliegenden Läden aufgebaut. Auf den ersten Blick erkenne ich einen Schuhladen, ein Kino und einen Drogeriemarkt. Ich bin mächtig gespannt, was es sonst zu entdecken gibt.
»Beeindruckend, oder?« Filip steht neben mir und grinst.
»Es ist toll. Sieht mit den ganzen Lichterketten bestimmt gigantisch aus, wenn es dunkel wird.«
»Vielleicht halten wir so lange durch und du kannst dich selbst davon überzeugen.«
»Du bist ja guter Dinge, dass ich nicht vorher schlappmache, hm?«
»Die Hoffnung stirbt bekanntlich zuletzt. Sobald es dir zu anstrengend wird und du eine Pause brauchst, sag Be-

scheid. Ich würde vorschlagen, wir bummeln erst über den Wintermarkt, dann kehren wir irgendwo ein und essen eine Kleinigkeit. Danach erkunden wir den Ort.«

»Klingt gut. Lass uns starten.«

Obwohl wir nur langsam vorankommen, beschwert Filip sich nicht. Er ist ein geduldiger Mensch, das totale Gegenteil von mir. Vermutlich muss er das aufgrund seines Jobs sein. Könnte mir vorstellen, dass viele Patienten anstrengend sind. Wobei ich das bei meinen Kids auch besser kann als privat.

Wir stoppen an einem Marmeladenstand und meine Augen weiten sich. »Das ist nicht zufällig die Marmelade, die ihr im Hotel anbietet?«

Filip und der Verkäufer in der Hütte strahlen um die Wette. »Zufällig doch. Das Hotel gehört seit November zu unseren Kunden. Moin, übrigens, ich bin Jens.«

»Moin. Ich bin Mila.«

»Darf ich Ihren Worten entnehmen, dass Ihnen die Marmelade geschmeckt hat?«

»Auf jeden Fall. Ich würde gerne vier Gläser Erdbeermarmelade kaufen und wenn Sie haben, eins mit Himbeeren. Meine beste Freundin ist verrückt nach den Dingern.«

»Du nicht?« Neugierig sieht Filip mich an.

»Nee, ich esse die nur, wenn es sein muss.«

Jens packt die Gläser vorsichtig in eine Tüte und reicht sie mir. »Kann ich sonst noch etwas für Sie tun?«

»Das wärs erst mal.« Ich bezahle und wünsche Jens einen schönen Tag.

Filip nimmt mir die Tüte ab.

Ich drehe mich um und er verstaut sie in meinem Rucksack. Wir schleichen weiter und ein Stand ist schöner als der andere. Als wir uns einem Schmuckstand nähern, ahne ich bereits, dass ich auch hier Geld lassen werde.

Filip plaudert mit der Verkäuferin, doch ich höre nicht zu. Zu sehr bin ich von den Schmuckstücken fasziniert, die laut dem kleinen Werbeschild alle handgefertigt sind. An einer Kette mit einem Friesenhaus als Anhänger bleibe ich hängen. Mit dem Finger deute ich darauf. »Darf ich mir die mal näher ansehen?« Das Haus ähnelt verdächtig dem Hotel.

»Selbstverständlich.«

Ich lehne die Krücken an die Hütte und nehme die Kette entgegen. »Danke.«

»Dort drüben ist ein Spiegel«, sagt Filip und zeigt nach links. »Soll ich dir die Kette anlegen?«

Ich bejahe, öffne meine Jacke ein wenig und wickle den Schal vom Hals. Kaum berühren Filips Fingerspitzen meine Haut, kribbelt es am ganzen Körper.

»Fertig«, haucht Filip mir ins Ohr und ich bewundere das Schmuckstück im Spiegel. Ehrfürchtig gleiten meine Finger über das silberne Häuschen. Ein Andenken zu haben, wäre schön. Auch wenn ich erst nicht hier sein wollte, mittlerweile habe ich einige schöne Erinnerungen an Jyltrum. Daher hätte ich gerne etwas, was mich an die Zeit zurückdenken lässt, wenn ich wieder in Köln bin.

»Sie steht Ihnen super. Meine Schwester hat sie entworfen und angefertigt.«

Mein Blick klebt an dem Preisschild einer identischen Kette, die sich in der Auslage befindet. 100 Euro. Nicht unbedingt ein Schnapper, aber für handgemacht absolut gerechtfertigt. »Gekauft. Und ich behalte sie direkt an.«

Filip nimmt mir den Schal ab und schlingt ihn mir um den Hals. Dankbar lächle ich ihn an. Flott schließe ich den Reißverschluss, ziehe das Portemonnaie aus der Jackentasche hervor, bezahle und stecke es wieder ein.

»Ich wünsche Ihnen viel Freude mit der Kette und einen schönen Tag.«

»Vielen Dank.«

Filip greift nach meinen Krücken und schiebt mich sanft weiter. »Jetzt hast du immer etwas von Jyltrum bei dir.«

Ich nehme ihm die Gehhilfen ab. »Stimmt. Weißt du, ob es auf dem Markt einen Stand mit gebrannten Mandeln gibt? Selbst wenn Weihnachten längst vorbei ist.«

Gespielt empört blinzelt Filip mich an. »Wer sagt denn, dass man die nur an Weihnachten essen darf?«

»Hast recht. Und?«

»Die hiesige Bäckerei hat einen Stand am Ende der Fußgängerzone. Und aus sicherer Quelle weiß ich, dass sie im Dezember und Januar gebrannte Mandeln verkaufen.«

Fröhlich kichere ich. »Was hab ich heute für ein Glück.«

»Ich bin derjenige, der Glück hat.« Filip streicht mir behutsam über die Wange und vertieft sich in meine Augen.

Mein Herz stolpert. Zumindest fühlt es sich so an. Im Hintergrund dudelt irgendein Lied, meine Aufmerksamkeit ruht jedoch auf Filip.

Mit einem Mal räuspert er sich und wendet den Blick ab. »Lass uns weitergehen.«

*

Kurz hinter der Fußgängerzone steht der Leuchtturm der Insel mit angrenzendem Café. Filip hält mir die Tür auf und ich gehe langsam hinein.

An einem Vierertisch mit Blick auf die raue Nordsee ziehen wir unsere Jacken aus. Filip hängt sie an den Kleiderhaken in der Nähe des Eingangs und ich nehme Platz.

»Was macht dein Knöchel? Möchtest du den Fuß hochlegen?«, hakt er nach, als er wieder zu mir stößt.

Nervös schaue ich mich um. »Das sieht dämlich aus. Was sollen denn die anderen Gäste denken?«

Kopfschüttelnd kniet Filip sich hin und schnappt sich meinen lädierten Fuß. Er öffnet die Schnürsenkel und zieht mir vorsichtig den Schuh aus. Daraufhin rückt er den Stuhl neben mir zurecht und legt mein Bein darauf ab.

Beschämt fahre ich mir über die Stirn. »Danke.«

»Nicht dafür.« Er setzt sich mir gegenüber und öffnet die Teekarte. »Schon eine Idee, was du trinken und essen möchtest?«

»Eine Kräuterteemischung wäre toll. Dazu eine Waffel mit Sahne und heißen Kirschen.«

»Hört sich nett an, abgesehen von der Sahne und den heißen Kirschen.«

»Nicht dein Geschmack?«

»Nope. Ich bleibe bei der Variante nur mit Puderzucker. Dazu eine Schwarzteemischung.«

Wir bestellen und während wir warten, bestaune ich die Einrichtung. »Es ist gemütlich hier. Kommst du oft her?«

»Ja. Eske und ich frühstücken häufiger hier. Und die letzte Geburtstagsfeier meiner Mutter hat auch hier stattgefunden.«

Auf einmal ist Filip tief in Gedanken versunken. Ob ich ihn fragen darf, wie sie gestorben sind? Wenn er es mir hätte erzählen wollen, hätte er es vorhin bestimmt getan, oder?

Unsere Bestellung kommt und holt Filip zurück ins Hier und Jetzt.

»Lass es dir schmecken.«

»Das werde ich auf jeden Fall.« Ich tunke den Löffel in die Sahne und die heißen Kirschen und schiebe ihn mir in den Mund. Stöhnend schließe ich die Augen und genieße die Süße auf der Zunge. Als ich sie wieder öffne, starrt Filip auf meine Lippen und schluckt kräftig. Mist. Vielleicht hätte ich mir das Geräusch verkneifen sollen. »Magst du mir erzählen, wie deine Eltern gestorben sind?«, frage ich nun doch.

Filip zieht den Beutel aus der Teetasse, legt ihn auf den Unterteller und trinkt einen Schluck. »Sie waren auf dem Weg nach Husum. Angekommen sind sie dort nicht. Es gab ein Zugunglück und meine Eltern gehörten zu den 25 Fahrgästen, die nicht überlebt haben.«

»O nein.« Ich erinnere mich vage, davon gelesen zu haben.

»Ja, es war ein großer Schock für uns alle. Auch für die Hotelangestellten. Kay, Jörn, Krischan und ich wussten gar nicht, wo uns der Kopf steht.«

Kapitel 16

Filip

Ich verschweige, dass ich aufgrund dessen Verlustängste habe und mich immer um alle sorge, genau wie Jörn. Nichtsdestotrotz wäre nun ein guter Zeitpunkt, um Hanna zu erwähnen. Auf der einen Seite möchte ich Mila nicht im Unklaren lassen, auf der anderen Seite ist das hier eine lockere Verabredung ohne Hintergedanken. Zumindest rede ich mir das ein. Ganz ehrlich? Bei der Begrüßung hätte ich sie gerne mehr als nur umarmt. Das, was ich spüre, wenn ich mit ihr zusammen bin, habe ich ewig nicht gespürt. Schnelles Herzklopfen? Wärme im Bauch? Das hatte ich nicht mal zu Beginn meiner kurzen Beziehung mit Ida. Hanna war nicht geplant, aber uns war von Anfang an klar: Wir bekommen sie und werden gute Eltern. Noch vor Hannas Geburt habe ich mich von ihr getrennt, an diesem Entschluss hat das allerdings nichts geändert.

»Aber ihr habt es geschafft.« Milas Worte reißen mich aus meinen Reflexionen.

»Ja, das haben wir. Leicht war es dennoch nicht. Viele haben unsere Umstrukturierungen nicht akzeptiert und sich von uns abgewandt. Meine Mama und mein Onkel haben das Hotel ursprünglich geerbt. Irgendwann hat Mama ihren Bruder ausbezahlt, weil er nichts als Ärger gemacht hat.«

»Inwiefern?« Mila nippt an ihrem Tee und mustert mich über den Tassenrand hinweg.

»Meine Großeltern und er waren mit meinem Papa nicht einverstanden, weil er nicht von der Insel kam. Er war ein Zugezogener, wie man so schön sagt.«

»Echt jetzt? Das ist ja wie im Mittelalter.« Mila klingt entsetzt.

»Die Eltern meines Papas waren das komplette Gegenteil und meine Lieblingsgroßeltern. Leider haben sie in Hannover gewohnt und konnten nicht so oft zu Besuch kommen.«

»Und dein Onkel hat sich so ohne Weiteres auf die Auszahlung eingelassen?«

Ich schüttle den Kopf. »Nein, so ohne Weiteres war das nicht. Mein Vater hatte etwas gegen ihn in der Hand.« Ich zupfe ein Herz aus meiner Waffel und stopfe es mir in den Mund.

Eine von Milas Augenbrauen wandert in die Höhe. »Ach, erzähl!«

Diese Frau schafft es spielend leicht, meine Mauern niederzubrennen. Nicht mal Ida wusste, was damals passiert ist. »Er war Versicherungsmakler und hat Steuergelder veruntreut. Mein Vater hatte Beweise und hat ihn erpresst: Entweder er unterschreibt oder mein Vater leitet die Belege weiter.«

»Und er hat unterschrieben?«, schlussfolgert Mila.

»Jepp.« Ich reibe mir über die Stirn. »Allerdings hat mein Vater den USB-Stick mit den Dokumenten, nachdem mit dem Hotel alles in trockenen Tüchern war, trotzdem der Polizei ausgehändigt.«

Milas Augen werden handtellergroß. »Oh. Dein Vater scheint krass drauf gewesen zu sein.«

»Verstehen kann ich ihn irgendwo. Er hat darunter gelitten, dass er in der Familie meiner Mutter nie richtig akzeptiert wurde.« Ich genehmige mir einen Schluck Tee.

»Was ist dann passiert? Kam dein Onkel ins Gefängnis?«, stochert Mila weiter und ich kann nicht anders, als mich über ihr Interesse zu freuen.

»Er wurde zu drei Jahren Haft ohne Bewährung verurteilt. Während der Zeit hatten wir die Befürchtung, sein Sohn würde sich rächen, und nach der Entlassung meines Onkels war Angst vor Vergeltung präsenter denn je. Passiert ist nichts. Ich weiß ehrlich gesagt gar nicht, wo er und mein Cousin sich gerade aufhalten.«

»Wie alt ist dein Onkel?«

»Sofern er noch lebt, 65.« Dass mir nach wie vor beim Gedanken an ihn unwohl ist, verrate ich Mila nicht. Das muss ich mit mir selbst ausmachen. Kay, Krischan und Jörn glauben inzwischen, ich spinne.

»Heftig.« Mila schiebt sich eine ordentliche Portion Waffel mit Sahne und Kirschen in den Mund und ich verziehe das Gesicht. Als sie zu Ende gekaut hat, grinst sie. »Wie kann man denn keine Kirschen mögen? Du bist komisch.«

»Ich bin komisch? Garantiert nicht«, gebe ich im Brustton der Überzeugung zurück. »Hast du Geschwister? Du hast bisher gar nichts erzählt.«

»Nope, ich bin Einzelkind. Manchmal habe ich mir vorgestellt, wie es wäre, welche zu haben.«

»Mittlerweile ist zwischen uns vieren zwar alles gut, doch als Kinder haben wir uns oft gestritten. Meine Eltern hatten es nicht leicht mit uns. Als ich 20 war, hat meine Mama mir offenbart, dass ich zwar absolut gewünscht war, sie aber gerne ein Mädchen gehabt hätte. Tja, hat leider nicht geklappt.«

»Ich bin mir ziemlich sicher, deine Eltern waren nicht enttäuscht. Vier Söhne muss man erst mal schaffen, Respekt.« Mila vertilgt den Rest ihrer Waffel und ich esse ebenfalls weiter.

Einen Augenblick schweigen wir, bis Mila wieder das Wort ergreift: »Und du hattest deine Praxis vorher woanders?« Sie schiebt ihren Teller beiseite und summt zufrieden. »Das war saulecker.«

»Ja, in Litsum, weil dort alle Praxen und das Inselkrankenhaus ansässig sind. Nach dem Tod unserer Eltern und den damit verbundenen Umbaumaßnahmen im Strandhotel haben meine Brüder gemeint, es wäre cool, wenn ich auch dort wäre.«

Milas Blick wird weich. »Das klingt wundervoll. Wohnst du in der Nähe des Hotels?«

»Jepp. Wir wohnen alle zusammen in einem Vierfamilienhaus ein paar Straßen vom Hotel entfernt.« Aufs Neue lasse ich Hanna unter den Tisch fallen. Was stimmt nicht mit mir?

»Alle Hansen-Brüder unter einem Dach? Cool. Ist es so lustig, wie es sich anhört?«

»Meistens!«, entgegne ich lächelnd. Während Mila ihren Tee austrinkt, kümmere ich mich um meine Waffel, ehe ich mein Heißgetränk ebenfalls leere. »Möchtest du noch etwas?«

»Nein, danke. Ich bin glücklich.«

»Mit deinem Fuß alles okay?«

»Absolut. Bevor ich abreise, möchte ich übrigens auf jeden Fall hoch auf den Leuchtturm. Das ist mein Ziel.«

»Klingt nach einem Plan. Und ich bin sicher, Mareike wird dafür sorgen, dass du dein Ziel erreichst.«

Mila

Zehn Minuten später stehen wir wieder in der Kälte und schlendern langsam die Fußgängerzone zurück. Erneut bewundere ich die hübschen Büdchen. »Ist es nur so voll, weil der letzte Tag ist?«

»Das könnte man tatsächlich annehmen, aber am Wochenende ist es immer so.«

»Du hast nicht zu viel versprochen. Der Tag gefällt mir bisher richtig gut.« Ich bleibe stehen und schenke Filip ein Lächeln.

Er erwidert es und wir blicken uns sekundenlang stillschweigend an. Ein Kribbeln wandert von meinem Steißbein die Wirbelsäule hinauf. Meine Hände schwitzen, was mit den Krücken nicht ganz so vorteilhaft ist. Kurzerhand drücke ich sie Filip in die Hand. »Kannst du mal kurz halten?«

Er nimmt sie entgegen und ich wische meine feuchte Haut an meiner Hose ab.

»Alles okay?«

»Mmh. Hab nur schwitzige Hände. Und mein Fuß zickt nun doch ein bisschen.« Ich angle nach den Krücken und wir setzen unseren Weg fort.

»Was hältst du von Kino?«, fragt Filip unvermittelt.

Ich denke über den Vorschlag nach und zucke mit den Achseln. »Warum nicht? Was läuft denn?«

»*Arielle* als Sondervorstellung.«

»Den wollte meine beste Freundin im Sommer mit mir sehen, doch ich habe mich geweigert. Ich steh nicht so auf Meerjungfrauen. Was haben wir denn ansonsten zur Auswahl?«

Filip gluckst. »Heute leider nichts. Es läuft pro Tag immer nur ein Film.«

»Oh, na gut. Dann muss ich da wohl durch.«

»Wenn du ihn partout nicht sehen möchtest, machen wir was anderes. Allerdings befürchte ich, dein Fuß wird es nicht gut mitmachen, wenn ich mit dir durch die kleinen Gassen schlendere.«

»Da magst du recht haben. Komm, zeig mir euer Inselkino. Vielleicht ist der Film ja wider Erwarten ganz toll. Außerdem: Wer kann zu Kino-Popcorn schon Nein sagen?«

Filips Augen strahlen. »Falls er nichts sein sollte, gehen wir einfach wieder. Aber es freut mich, dass du dich darauf einlässt.«

Auf dem Weg zum Kino werfe ich hier und da einen Blick in die Buden. »Oh, Mist. Wir haben die gebrannten Mandeln vergessen.«

»Weißt du was? Du setzt dich vor der Sparkasse auf die Bank und ich renne schnell zurück, um welche zu holen. Wie viele Beutel möchtest du denn?«

»Drei!«, platzt es aus mir heraus.

Filip schmunzelt. »Alles klar. Ich beeil mich.« Er dreht sich um und verschwindet joggend aus meinem Blickfeld.

Mein Ex wäre nie und nimmer noch mal zurückgelaufen. Er hätte gesagt, ich sei selbst schuld und uns fehle die Zeit für einen Umweg.

Langsam sinke ich auf die Bank. Ich nutze den Moment, hole mein Smartphone aus der Jackentasche und klingle bei Leandra durch.

»Hallo, Süße. Na, wie ist das Inselleben?«

»Das tut jetzt nichts zur Sache. Du wolltest mir Bescheid geben wegen des neuen Schulleiters. Was ist da los?«

Leandra stöhnt. »Erinnere mich nicht an den. So was Arrogantes ist mir lange nicht begegnet.«

Das sind ja rosige Aussichten! »Warum ist Frau Kallis nicht mehr da? Ich versteh das nicht.«

»So wie es aussieht, ist sie ernsthaft krank und braucht eine Chemotherapie.«

»O nein. Das darf ja wohl nicht wahr sein. Hoffentlich kommt sie zurück. Das neue Jahr fängt ja toll an. Hab gedacht, die Hiobsbotschaften hätten ein Ende. Und, wie ist der Neue sonst so?«

»Heiß!« Leandra sagt das mit so viel Nachdruck, dass ich ihr ohne Weiteres glaube.

»Mmh. Heiß und arrogant, das klingt ja nach dem perfekten Mann für dich«, ziehe ich sie auf.

»Du mich auch«, brummt sie missmutig. »Aber ja, du kennst mich zu gut. Und was machst du an einem Samstagnachmittag?«

»Filip hat mich nach Stensdorp zum Wintermarkt entführt. Heute ist der letzte Tag und es ist traumhaft. Wir waren im Leuchtturmcafé und wollen jetzt ins Kino. Gerade ist er noch mal zurückgegangen, um mir gebrannte Mandeln zu kaufen.«

Leandra seufzt. »Wie romantisch. Verliebt in den Therapeuten.«

»Erstens ist er nicht mein Therapeut und zweitens bin ich nicht verliebt. Wir kennen uns kaum.«

»Aber das, was du mir bisher erzählt hast, klingt vielversprechend. Und wenn es nur eine Urlaubsliaison ist. Es wird Zeit, dass du mal wieder ordentlich vögelst.«

»Leandra!«, kreische ich entrüstet. »Ich bin keine Frau für eine Nacht, und das weißt du.« Innerlich schnaubend beobachte ich einen Hund, der unter der Bank neben meiner liegt. Wo kommt der denn auf einmal her?

»Von einer Nacht habe ich ja nicht gesprochen, sondern von deiner ganzen Auszeit.«

»Nein, bestimmt nicht. Und ich glaube nicht, dass Filip der Typ für flüchtige Affären …« Ich stoppe meinen Redeschwall, als ein paar Winterboots in meinem Blickfeld landen. Wie in Zeitlupe hebe ich den Kopf und erstarre. Filip! »Leandra? Ich muss Schluss machen.« Ohne auf eine Reaktion seitens meiner Freundin zu warten, drücke ich den roten Hörer und spüre mehr als deutlich die verräterische Hitze meine Wangen hinaufkriechen. Ja, das neue Jahr fängt bombastisch an.

Kapitel 17

Filip

Es ist süß mitanzusehen, wie Mila rot wird. Um die Situation zu entschärfen, wedle ich mit vier Beuteln Mandeln. »Das waren die letzten. Hab gedacht, dann nehm ich den vierten gleich mit.«

»Danke schön. Was bekommst du von mir?« Mila steckt ihr Handy in die Jackentasche und kramt, wie ich vermute, nach ihrer Geldbörse.

»Die gehen auf mich. Und der Kinoeintritt gleich genauso. Du darfst aber gerne das Popcorn bezahlen.«

»Perfekt! Hör zu, das gerade tut mir leid.« Mila hievt sich hoch und ich verstaue die Mandeln in ihrem Rucksack. »Irgendwie muss ich mich andauernd bei dir entschuldigen.«

»Was meinst du?« Langsam tapern wir los.

»Das Gespräch mit Leandra.«

Mila stiert stur geradeaus. Gott, ist das niedlich. Sie ist so ganz anders als meine Ex. Nichts war Ida peinlich. Sie hat so geredet, wie ihr der Schnabel gewachsen war, selbst im Umgang mit den Hotelgästen.

Mila deutet mein Schweigen anscheinend falsch und plappert weiter. »Das ist mir total peinlich. Meine beste Freundin ist gnadenlos direkt und der Meinung, dass ich …« Überfordert stoppt sie und stößt geräuschvoll den Atem aus.

Wir haben das Inselkino erreicht und ich halte Mila am Arm auf. Lächelnd wende ich mich ihr zu, lege meinen Finger unter ihr Kinn und drehe es sanft in meine Richtung. Sie schluckt kräftig. Für einen Wimpernschlag scheint die Welt stillzustehen und ich versinke in ihren Augen. »Mila?«, hauche ich.

»Mmh?«

»Es ist alles in Ordnung, du musst dich weder entschuldigen noch rechtfertigen.« Ihre Lider flattern und ich würde sie so gerne küssen.

»Okay«, wispert sie und leckt über ihre Lippen. Wie soll ein Mann denn so standhaft bleiben?

Ich beuge mich ein wenig vor und Mila kommt mir entgegen. »Darf ich?«

Sie nickt zaghaft. Ich überbrücke die letzten Zentimeter und presse meinen Mund auf ihren. Ein Blitz durchzuckt mich und setzt Glücksgefühle in mir frei, die ich verloren geglaubt habe. Ich lege meine Hände an Milas Wangen und ziehe sie näher. Ihre Zunge gleitet zwischen meine Lippen. Sie stößt kleine Seufzer aus, die mir alles abverlangen.

Obwohl ich gerne weitermachen würde, beende ich den Kuss, immerhin stehen wir vor dem Kino mitten in der Fußgängerzone.

Aus verhangenen Augen schaut Mila zu mir auf, ehe sich ihr Mund zu einem Lächeln verzieht. »Das war sehr schön.«

»Find ich auch. Kino?«

Mila löst sich von mir. »Gerne.«

Ich möchte die Glastür zum Vorraum öffnen, als ich hinter mir eine bekannte Stimme höre. »Ach nee, der Hansen hat 'ne Neue.«

Innerlich fluchend drehe ich mich um.

Nur wenige Meter entfernt sitzt Idas ehemalige beste Freundin auf einem Mauervorsprung und funkelt mich wütend an.

»Was willst du, Ann-Marie?«, frage ich bemüht beherrscht.

Ihr Augenmerk richtet sich auf Mila, die sich neben mir sichtbar versteift. »Was hält deine Tochter denn davon, dass du ihre Mama ersetzt?« Abrupt steht Ann-Marie auf und stapft schimpfend von dannen.

Scheiße! Wie viel Schaden kann ein Mensch bitte mit einem Satz anrichten? So sollte Mila ganz bestimmt nicht von Hanna und Ida erfahren.

Kaum habe ich den Gedanken im Kopf, fängt Mila an zu reden. »Du hast eine Tochter?«

Schuldbewusst schürze ich die Lippen. »Ja, das stimmt.« Es zu leugnen, würde alles nur noch schlimmer machen. »Ich wollte aber erst mal sehen, wohin das mit uns führt, ehe ich dir von ihr erzähle.«

»Aus Angst, ich könnte sie kidnappen, wenn aus uns nichts wird, oder wie darf ich das verstehen?«

Nein, nein, nein! Der Tag nimmt eine völlig falsche Wendung. »Um Gottes willen. So ist das nicht.« Behutsam lotse ich Mila an den Rand, um die Tür nicht zu blockieren. »Können wir das Kino sausen lassen und uns bei mir zu Hause in Ruhe darüber unterhalten?«

»Ich denke, ich möchte zurück ins Hotel«, sagt Mila reserviert.

»Kein Ding, wir können auch dort reden, wenn dir das lieber ist.«

»Filip, du verstehst nicht. Ich möchte in mein Zimmer, alleine!«

Ich Idiot. Warum habe ich nicht von Anfang an mit offenen Karten gespielt? Eske hat mich gewarnt. »Mila, bitte. Darf ich es dir erklären?«

Sie schüttelt den Kopf und geht einen Schritt auf Abstand. »Gerade nicht. Ich muss das Ganze erst mal verarbeiten, okay?«

Soll ich es weiter versuchen? Vermutlich nicht, damit tue ich mir ebenso wenig einen Gefallen. »Wie du willst. Dann lass uns fahren.«

*

Milas Zimmertür fällt ins Schloss und ich stehe angepisst von mir selbst davor. Wenigstens weiß ich, dass sie heile angekommen ist.

Frustriert renne ich durchs Treppenhaus nach unten und treffe in der Hotellobby auf Krischan.

»Was machst du denn schon hier? Jörn hat gesagt, du hättest ein Date und würdest erst am Abend in der Bar aushelfen. War deine Verabredung so mies?«

»Es war wunderschön, bis wir auf Ann-Marie getroffen sind.«

Seine Augen weiten sich. »O Shit. Willst du reden?«

»Hast du denn Zeit?«

»Ich mach gerade Feierabend. Lass uns zu mir verschwinden. Und dann quatschst du dir mal alles von der Seele.«

Resigniert reibe ich mir über das Gesicht. »Glaubst du, das bringt was? Mila hat sich vermutlich eh ihr Urteil gebildet.«

»Das sehen wir dann. Vielleicht ist es gar nicht so tragisch, wie du grad denkst. Na, komm. Auf gehts, bevor uns noch jemand schräg von der Seite anlabert.«

Mila

Keine Ahnung, wie viel Zeit vergangen ist, aber ich lehne nach wie vor von innen gegen meine Zimmertür und starre ins Nichts. Der Tag hat so schön begonnen und nun das. Hab ich überreagiert? Hätte ich Filip die Möglichkeit geben müssen, seine Beweggründe zu erklären? Ich bin dezent überfordert. Leandra möchte ich kein weiteres Mal anrufen. Aber mit jemandem reden muss ich, sonst drehe ich durch.

Ich lasse die Krücken an Ort und Stelle fallen, hinke zum Fenster und gucke hinaus aufs Meer. Mit einem Mal fällt mir Sinja ein. Ob sie spontan Zeit hat? Wir wollten uns erst morgen treffen. Ich bin mal mutig und rufe sie an.

Nach dreimal Klingeln hebt sie ab. »Mila. Schön, dass du anrufst. Du willst hoffentlich nicht unsere Verabredung absagen?«

»Moin, Sinja. Nein, im Gegenteil. Ich möchte sie vorverlegen. Hast du heute was vor? Ich weiß, wir kennen uns nicht gut, und ich möchte dich auch nicht unnötig mit meinem Kram zuballern, aber ich muss dringend mit jemandem quatschen.«

»O weh. Das klingt nicht gut. Sagen wir in einer Stunde? Ich muss nur wissen, wo ich hinkommen soll.«

Kurz wäge ich die Optionen ab. »Darf ich zu dir kommen? Gerne ins geschlossene Café.«

»Du möchtest nicht im Hotel sein«, kombiniert sie scharfsinnig.

»So in etwa«, nuschle ich.

»Von mir aus. Ich hole dich ab. Dann können wir auf dem Rückweg bei Morten anhalten und Schokolade besorgen. Wie klingt das?«

»Wie Musik in meinen Ohren. Ich freu mich auf dich, bis gleich.« Ich drücke den roten Hörer, verbinde das Handy mit meiner Musikbox und starte *Besser sein* von Ela. Ich brauche ein paar Minuten Selbstmitleid, bevor ich mich auf den Weg mache.

*

In eine Decke gewickelt, sitzen Sinja und ich eineinhalb Stunden später in ihrem kleinen Café auf dem Sofa vor dem bodentiefen Fenster. Selbst wenn es bereits dämmert und wir das Meer kaum sehen können, fühle ich mich pudelwohl. Die Musik von Ed Sheeran im Hintergrund sorgt für Entspannung und erinnert mich fast ein wenig an die Abende mit Leandra.

»Dann lass die Katze mal aus dem Sack.« Sinja nippt an ihrem Glühwein.

»Filip hat mich nach Stensdorp eingeladen und ist mit mir über den Wintermarkt geschlendert.«

»Stimmt, heute war der letzte Tag.«

»Genau. Danach waren wir im Leuchtturmcafé und haben uns sehr gut unterhalten. Filip hat ein wenig von früher erzählt und ich hatte den Eindruck, dass er sich mir ziemlich weit geöffnet hat.«

Sinjas Stirn legt sich in Falten. »Für mich hört sich das rundum gelungen an.«

Ich streiche mein Haar nach hinten und trinke einen Schluck von meiner *Toten Tante*. »Er hat mir gebrannte Mandeln gekauft und wollte mit mir ins Inselkino, *Arielle* anschauen«, rekapituliere ich weiter.

Sinja prustet in ihr Glas. »Die Meerjungfrau? Puh, also da wäre ich auch hin- und hergerissen, ob er der Richtige ist.«

»Das ist es nicht. Also eigentlich ist der Film nicht meins, aber Filip hat mich überredet und ich hätte mich drauf eingelassen.«

»Hätte? Da du jetzt bei mir sitzt und Trübsal bläst, ist anscheinend irgendetwas passiert, was dem Ganzen einen Strich durch die Rechnung gemacht hat.«

»Kennst du zufällig eine Ann-Marie?« Schließlich ist die Insel nicht so groß und angeblich kennt hier jeder jeden.

»Und ob. Die arbeitet in Stensdorp an der Tanke. Wieso? Was ist mit ihr?«

In wenigen Sätzen gebe ich wieder, was sich ereignet hat.

Sinja stutzt. »Warte. Du wusstest nicht, dass Filip eine Tochter hat?«

»Bis vorhin nicht, nein. Er meinte, er wollte erst mal abwarten, wie sich das mit uns entwickelt.«

»Das klingt aus meiner Sicht vernünftig, zumindest, dass er dir Hanna bisher nicht vorgestellt hat. Aus deiner nicht? Für die Kleine ist es so schon besser.«

Ich schnaube. »Er hätte sie mir ja nicht direkt vorstellen müssen. Aber ich hätte es dennoch gern gewusst und bin echt enttäuscht. Ich meine, hätte Filip es mir selbst erzählt, wäre meine Reaktion vielleicht anders ausgefallen. Ein Kind ist ja nichts Schlimmes. Ich liebe Kinder, sonst hätte ich mich für einen anderen Beruf entschieden.«

»Versteh schon. Ihr müsst reden und das aus der Welt schaffen. Irgendetwas wird er sich dabei gedacht haben, und du wirst es nur herausfinden, indem du nachfragst.«

»Was ist denn mit Hannas Mama? Und wie lange waren Filip und sie ein Paar?«

»Nicht böse sein, das muss Filip dir selbst erzählen.« Sinja gönnt sich einen großen Schluck vom Glühwein und stellt das Glas auf das Tischchen vor dem Sofa, auf dem die Schokolade liegt.

Ich stecke mir ein Stück in den Mund und kaue nachdenklich.

»Du magst ihn, oder?«

Unruhig rutsche ich auf dem Sofa herum. »Kann sein.«

Sinja lächelt mich mitfühlend an. »Vielleicht rufst du ihn an? Dann könnt ihr das heute noch klären.«

»Jetzt?«, frage ich entsetzt und mit viel zu schriller Stimme. »Das kann ich nicht.«

»Kannst du!«, sagt Sinja nachdrücklich. »Ich lass dich dafür auch alleine. Muss nämlich eh mal für kleine Cafébesitzerinnen.« Sie schiebt die Wolldecke zurück, schlüpft in ihre warmen Puschen und schlurft davon.

Ob ich es wagen soll? Ich greife nach dem Smartphone auf dem Tisch. Zögerlich knabbere ich auf meiner Unterlippe und schelte mich selbst dafür.

Ich suche Filips Kontakt heraus. Einmal tief durchatmen, dann drücke ich den grünen Hörer.

Kapitel 18

Filip

Wir sitzen in Krischans Wohnung und trinken Kräutertee. Nebenbei läuft der Fernseher mit *Deluxe Music.*

»Ehrlich, Filip, gib dir einen Ruck und ruf sie an. Das mit euch könnte was Ernstes werden. Seit Langem hast du wieder Interesse an einer Frau. Willst du dir das von Ann-Marie kaputtmachen lassen?«

»Mila hat mich abserviert, schon vergessen?« Bilder, wie sie mir die Tür vor der Nase zuschlägt, blitzen vor meinem inneren Auge auf.

»Aber nur, weil sie mit der Situation überfordert war und erst mal klarkommen musste. Jetzt sind ein paar Stunden ins Land gegangen und sie konnte darüber nachdenken. Mit Sicherheit hat sie Fragen. Lass sie heute Nacht nicht so ins Bett gehen. Wenn du dich ranhältst, schaffst du es noch vor Beginn deiner Schicht.« Ungeduldig trommelt Krischan mit den Fingern auf seinem Oberschenkel herum.

»Na schön, überredet.« In dem Moment klingelt es in meiner Hosentasche und ich ziehe mein Smartphone hervor. »Es ist Mila.«

Krischan grinst triumphierend. »Geh ran. Ich bin mal eben für kleine Köche.« Er verlässt das Wohnzimmer und ich hebe ab.

»Hey, Mila.«

»Hi, Filip. Stör ich?« Sie klingt ein wenig unsicher.

»Tust du nicht. Ich wollte dich selbst gerade anrufen.«

»Ehrlich?« Wieso klingt sie jetzt so erstaunt?

»Mmh, es tut mir leid. Können wir uns vor meinem Schichtbeginn treffen? Ich könnte in zehn Minuten bei dir im Hotel sein.«

»Ich bin nicht im Hotel, sondern bei Sinja im Café und trinke *Tote Tante*.«

Das war kein Nein, oder? Hoffnung keimt in mir auf. »Darf ich dich abholen?« Im Hintergrund spricht jemand. »Ist das Sinja?«

»Moment, Filip.« Die beiden reden miteinander, aber ich verstehe nicht, was. Bestimmt hat Mila den Hörer zugedeckt. »Ist gut, du kannst herkommen.« Mit einem Mal wirkt sie aufgeregt.

Mein Herz pocht schneller. »Okay, gib mir zwanzig Minuten, dann bin ich da.«

»Fahr vorsichtig. Ich warte gerne auch etwas länger.«

Wir legen auf und ich lächle.

»Anscheinend hattest du Erfolg?« Krischan steht wieder im Zimmer.

Tief hole ich Luft und springe auf die Beine. »Mila ist bei Sinja im Buchcafé. Dort fahre ich jetzt hin.«

»Dann viel Erfolg! Vielleicht komme ich später in der Bar vorbei.«

»Mach das. Danke fürs Zuhören und Zurechtstutzen.«

»Dafür sind große Brüder ja da.« Krischan umarmt mich und ich eile davon.

*

Mit schlitternden Reifen halte ich auf dem Parkplatz des Buchcafés. Mila steht mit Sinja auf der Veranda und wartet.

Verhalten steige ich aus und schlendere auf die beiden zu. »Hey, ihr zwei.« Ich strecke Sinja meine Hand entgegen, die sie aufmunternd drückt.

»Moin. Ich hoffe, du kommst mit guten Absichten?«

»Nur den besten.« Ich lege mir die Hand auf die Brust.

»Na, dann wünsche ich euch einen schönen Abend. Klärt alles.« Sinja drückt Mila an sich und flüstert ihr etwas ins Ohr.

Mila nickt und wendet sich mir zu.

»Hast du deine Unterarmgehstützen dabei?«

»Nein, diesmal nicht. Oder siehst du sie hier irgendwo?« Sie hebt die Hände in die Luft und wedelt damit hin und her, was mir ein Schmunzeln entlockt. Wie viel Alkohol sie wohl hatte?

»Wenn das so ist …« Ich halte ihr meinen Arm hin. Mila fasst danach und ich helfe ihr die drei Treppenstufen hinunter.

»Danke schön.«

»Nicht dafür.« Ich lasse Mila einsteigen und umrunde das Fahrzeug. Als ich neben sie auf den Fahrersitz rutsche, lächelt sie mich an und ich bin guter Dinge, dass wir alles klären können. »Ist dir warm genug? Sonst drehe ich die Heizung höher.«

»Alles gut. Wo wollen wir reden?«

»Bei mir? Oder ist dir dein Hotelzimmer lieber?«

Sie zögert einen Moment. »Bei mir. Oder im Kaminzimmer des Hotels?«

»Wir können ja mal nachsehen, wie voll es dort ist. Vielleicht haben wir Glück und unsere Gäste sind alle im Restaurant.«

»Dann lass es uns so machen.«

*

Gespannt lugen wir ins Kaminzimmer. »Prima, es ist niemand hier. Magst du schon Platz nehmen und ich organisiere uns einen Tee?«

Mila legt den Kopf schief. »Sehr gern. Irgendwas mit Kräutern, wenn machbar.«

»Kein Problem.« Ich halte kurz inne und schiebe ihr eine Haarsträhne zur Seite. »Danke, dass du mich anhörst.«

Sie wirft mir einen tadelnden Blick zu. »Lass es mich nicht bereuen.«

»Bestimmt nicht.«

Da ich keine Lust habe, an der Bar angequatscht zu werden, renne ich förmlich in die Hotelküche, um Getränke zu besorgen. Dort treffe ich einen Kollegen meines Bruders.

»Moin, ich mache schnell zwei Tees, dann bin ich wieder weg.«

Er wackelt demonstrativ mit den Augenbrauen. »Wer ist denn die Glückliche?«

»Wie kommst du darauf, dass es sich um eine Sie handelt?« Ich wende ihm den Rücken zu, sodass er mein Grinsen nicht sieht.

»Nur so ein Gefühl, aber wenn du nichts verraten willst, ist das vollkommen okay.«

Ich schweige und hoffe, er belässt es dabei. Innerhalb von fünf Minuten habe ich zwei Becher mit gefüllten Tee-Eiern bestückt, heißes Wasser darüber gegossen und alles auf einem Tablett angerichtet.

Als ich das Kaminzimmer erreiche, hat Mila es sich in der Ecke hinter der Palme gemütlich gemacht. Ich stelle das Tablett auf dem kleinen Beistelltisch ab, ziehe die Jacke aus und lege sie über den Hocker, ehe ich neben Mila in den Sessel sinke. »Hier habe ich an deinem Anreisetag auch gesessen und dich beobachtet«, gestehe ich ihr.

Mila stockt. »Also warst du derjenige, der gelacht hat?«

»Schuldig im Sinne der Anklage.«

»Es sei dir verziehen«, erwidert sie gönnerhaft, wirkt allerdings schnell wieder in sich gekehrt.

Sie nimmt eine der Tassen in die Hand und zieht an dem Tee-Ei. »Du wolltest reden, dann rede!«

Verflixt, sie hat recht. Wo fange ich am besten an?

Ich räuspere mich und starre in die Flammen des Kaminfeuers. »Kennengelernt habe ich Ida, die Mutter meiner Tochter, während der Schulzeit. Wir waren in einer Jahrgangsstufe, aber in unterschiedlichen Klassen. Bereits zu dem Zeitpunkt hat sie mich oft angegraben, ich war jedoch nicht an ihr interessiert.« Für einen Moment verliere ich mich in Gedanken an früher. »Nach dem Abitur hat sie eine Ausbildung im Hotel meiner Eltern angefangen. Ich bin fürs Studium in die Niederlande gezogen und war in den Semesterferien auf Jyltrum, um meine Familie zu besuchen. Da bin ich Ida natürlich über den Weg gelaufen. Nach wie vor hat sie mich angebaggert, aber ich hatte immer noch kein Interesse.«

Mila

Filip wirkt erschöpft und nun tut mir das Ganze fast ein bisschen leid.

»Wie ging es weiter?«, frage ich sanft.

»Nach meinem bestandenen Studium bin ich zurück auf die Insel gezogen und wollte meinen Erfolg unbedingt feiern. Allerdings waren viele meiner damaligen Freunde nicht mehr hier. Meine Brüder und Eske hatten keine Zeit. Damals gab es eine Inseldisco, dort bin ich Ida vor die Füße gestolpert. Zu meiner Schande muss ich gestehen, dass ich schon einiges intus hatte. Wir haben uns eine etwas ruhigere Ecke gesucht und geredet. In meinem Zustand fand ich sie plötzlich ziemlich attraktiv und so führte eins zum anderen.« Filip brummt.

»Ihr habt miteinander geschlafen?« Ich entferne das Tee-Ei und trinke einen Schluck.

»Jepp, das haben wir wohl. Am nächsten Morgen, nüchtern, war ich nicht mehr ganz so begeistert von meiner Tat und habe Ida rausgeworfen.« Meine Augen weiten sich und Filip reibt sich beschämt den Nacken. »Sags ruhig. Ich war ein Arsch.«

Ich übergehe seinen Kommentar. »Wie hat Ida es aufgenommen?«

»Nicht gut. Zwar habe ich mir eingebildet, dass es für sie auch nur ein One-Night-Stand war, dem war aber nicht so.«

»Hat sie zu dem Zeitpunkt noch im Hotel gearbeitet?«

»Ja. Meine Eltern hatten sie aufgrund ihrer Leistungen nach der Ausbildung übernommen. Bei der Weihnachtsfeier des Hotels hat sie schließlich ihre Schwangerschaft verkündet. ›Herzlichen Glückwunsch, Filip, du wirst Vater.‹ «

»Vor versammelter Mannschaft? Wer war denn alles dabei?«

»Meine Familie und die ganze Belegschaft. Damals hatten meine Eltern acht Angestellte.«

Ich ziehe scharf die Luft ein und stelle meine Teetasse auf den Tisch. »Ist nicht wahr?«

»Oh, doch. Kannst du dir vorstellen, wie meine Familie mich angeschaut hat?« Die Erinnerung lässt ihn das Gesicht verziehen und meine Schultern sacken hinab.

»Der Abend muss schrecklich gewesen sein.«

Filip steht auf, nippt an seinem Tee und wandert unruhig durch das Zimmer. »Nach der Ansage war die Partystimmung im Eimer. Vermutlich hasst Kay deshalb Weihnachtsfeiern mit den Angestellten.« Er legt den Kopf in den Nacken und schließt die Augen, um sich zu sammeln.

Ich hab so viele Fragen, möchte ihn aber nicht drängen. Daher warte ich geduldig, bis er von sich aus fortfährt.

Wenig später blinzelt er und schüttelt den Kopf. Filip stellt die Tasse weg und setzt sich wieder zu mir. »Meine Eltern haben mich am nächsten Tag gefragt, seit wann Ida und ich ein Paar seien. Als ich daraufhin sagte, dass wir keines sind, waren sie regelrecht geschockt.«

»Haben sie dir zu einer Heirat geraten?« Himmel, eigentlich wollte ich das nicht fragen. Doch in Filmen kommt so was häufiger vor. Man weiß ja nie.

»Nein, haben sie nicht. Mit einer Beziehung sollte ich es dennoch versuchen. Dem Kind zuliebe. Und ich habe es getan. Nach vier Monaten war ich mir sicher, das wird nichts mit uns, und habe sie verlassen. Trotzdem wollte ich für sie und das Kind da sein, habe sie zu allen Vorsorgeuntersuchungen begleitet und war sogar bei der Geburt dabei.«

Anders als mein Vater. Immerhin. »Wie hast du dir deine Zukunft vor dem Ganzen ausgemalt?«

Verwirrt sieht Filip mich an. »Wie meinst du das?«

»Na, so, wie ich gefragt habe.«

»Das hat bisher keinen interessiert«, entgegnet er leise und in mir zieht sich alles zusammen. »Ich habe mir Kinder gewünscht, nur nicht unbedingt so früh. Eventuell mit Mitte dreißig oder so. Ich hätte erst dafür gesorgt, ordentlich Geld zu verdienen, um einiges auf die hohe Kante zu legen, bevor ich über eine eigene Familie nachgedacht hätte.«

»Was wurde aus Ida? Wo ist sie jetzt?«, wiederhole ich die Frage, die mir seit dem Gespräch mit Sinja unter den Nägeln brennt.

»Sie ist tot. Wir haben uns das Sorgerecht geteilt. An den Wochenenden war Hanna bei mir, die restlichen Tage hat Ida sich um sie gekümmert. Es gab oft Streit – unter anderem, weil ich so viel gearbeitet habe, um Hanna etwas bieten zu können.« Erneut starrt Filip ins Leere. »An einem Tag vor zwei Jahren haben wir uns wieder mal gestritten, weil ich mit Hanna am Strand bei der Burgerbude essen wollte. Das sei ungesund. Ab und zu habe ich das mit Hanna gemacht, so als Papa-Tochter-Tag. Als ich meinte, dass sie mir schon vertrauen müsse, sagte sie, das könne man ja nicht immer.« Filip lässt die Schultern hängen. »Ida hat Hanna bei mir abgeladen und ich habe sie angeschnauzt, dass ich mir manchmal wünschen würde, wir wären nie miteinander im Bett gewesen. Danach ist sie wütend gefahren. Eine Stunde später stand die Polizei vor meiner Haustür, da ich nach wie vor Idas Notfallkontakt war. Sie hatte auf dem Rückweg einen Autounfall. Eine Obduktion hat dann schließlich ergeben, dass Ida ein unentdecktes Hirnaneurysma hatte, das beim Aufprall geplatzt ist. Sie hatte keine Chance. Seit dem Tag wohnt Hanna bei mir und ich möchte es nicht mehr missen.«

Mitfühlend verschränke ich Filips Finger mit meinen und drücke sie kurz. »Im Eifer des Gefechts sagt man schnell Dinge, die man nicht so meint. Das ist menschlich.«

»Mmh.«

»Gibt es von Idas Seite noch lebende Verwandte?«

»Nein. Ida war Einzelkind. Drei Wochen nach ihrem neunzehnten Geburtstag sind ihre Eltern kurz hintereinander verstorben. Ihr Papa an Krebs, die Mama am Broken-

Heart-Syndrom.« Sanft streicht Filip mir über die Wange. »Danke, dass du mir zugehört hast, das bedeutet mir sehr viel.« Ein aufrichtiges Lächeln legt sich auf seine Züge. »Es tut mir leid, dass ich nicht von Anfang an ehrlich zu dir war. Aber ich behüte Hanna wie einen Schatz und habe schlichtweg Angst, sie könnte erneut verletzt werden. Und ich genauso. Auch wenn man über Tote nicht schlecht reden soll: Ida war eine Hexe. Dennoch wird sie immer Hannas Mama bleiben. Ich würde vor meiner Tochter nie schlecht über Ida reden.«

»Vergeben und vergessen«, rutscht es mir über die Lippen und tatsächlich meine ich das auch so.

Kapitel 19

Filip

Milas liebevoller Blick trifft mich mitten ins Herz. Mein Puls steigt und ich versinke in ihren Augen. Wieder mal. Ist das zu fassen? Wir kennen uns gerade acht Tage, wobei *kennen* nicht mal die richtige Bezeichnung ist. An dem Tag habe ich sie das erste Mal wahrgenommen und war sofort von ihr fasziniert.

Ohne mir weiter Gedanken zu machen, strecke ich mich Mila entgegen.

Bevor unsere Lippen sich berühren, wird die Tür geöffnet und jemand hüstelt leise.

Erschrocken zieht Mila sich zurück und wir schauen beide auf.

Jörn lehnt mit verschränkten Armen am Türrahmen und grinst von einem Ohr zum anderen. »Ich störe ja wirklich ungern, aber deine Schicht beginnt bald und du musst dich umziehen und ein wenig vorbereiten.« Bedauernd schaut er zu Mila. »Morgen gehört er ganz dir, versprochen.«

Das habe ich vor lauter Gefühlsachterbahn beinahe verpennt, Mist. »Gib mir ein paar Minuten, ja?«

Jörn nickt und verabschiedet sich.

Ich gucke zu Mila, deren Wangen wieder einen leichten Rotton angenommen haben. »Wo waren wir stehengeblieben?«

»Keine Ahnung, sag du es mir«, haucht sie.

Schmunzelnd verringere ich abermals den Abstand zwischen uns, lege meine Hände sanft in ihren Nacken und ziehe ihre Lippen auf meine. Ohne zu fackeln, erkunde ich ihren Mund und bin augenblicklich wie im Rausch. Nach Milas Geschmack und ihrem Duft. Schwer seufzend löse ich mich von ihr und lehne meine Stirn gegen ihre. »Wieso habe ich Jörn zugesagt, heute auszuhelfen? An einem Wochenende, an dem ich sturmfrei habe?«

Mila legt verwundert den Kopf schief. »Wo ist Hanna denn? Übernachtet sie bei einer Freundin?«

Ach, das. Ich löse mich von ihr. »Nein. Sie ist mit Eske auf Amrum.«

»Oh, das hat sie mir gestern gar nicht verraten.«

»Sie wusste, dass ich dir nichts von Hanna erzählt habe, also sei ihr bitte nicht böse. Mädelswochenenden machen sie seit Idas Tod regelmäßig und ich finde das toll.«

»Lieb von ihr, dir ein wenig Freizeit zu verschaffen.«

»Ja, seh ich auch so. Wollen wir morgen zusammen frühstücken? Ich könnte zu dir kommen und wir essen in aller Ruhe auf deinem Zimmer. Oder bei mir. Ganz wie du magst.«

»Ich sag dir später Bescheid, ja?« Mila wirkt unschlüssig schade.

Meine Enttäuschung versuche ich bestmöglich hinter einem Lächeln zu verstecken. »Okay. Soll ich dich nach oben bringen?«

»Musst du nicht. Ich würde gerne hier sitzen bleiben, meinen Gedanken nachhängen und das Kaminfeuer genießen.« Sie spielt mit ihren Haaren. »Wer legt eigentlich das Holz nach?«

»Meist derjenige, der Dienst an der Rezeption hat«, entgegne ich und stehe langsam auf. Ich schlüpfe in meine Jacke, ehe ich mich hinhocke, um Mila ein letztes Mal sanft zu küssen.

»Darf ich dich noch eine Sache fragen?« Sie klingt zögerlich und ich spanne mich innerlich an.

»Natürlich. Was möchtest du wissen?«

»War Hanna diejenige, mit der du telefoniert hast, als du mir die Pizza aufs Zimmer gebracht hast?«

Ich denke nach und reibe über meinen Bart. »Ja, glaube schon. Wieso?«

Mila seufzt. »Ich war der Ansicht, du telefonierst mit deiner Freundin, weil du sie ›Süße‹ genannt hast. Ich war total durcheinander, hatte aufkommende Gefühle für dich, obwohl ich dachte, du wärst vergeben. Eske hat mir erzählt, du seist single und dass ich dich selbst nach diesem Telefonat fragen solle.«

Augenblicklich erhellt sich meine Miene und mein Herz macht einen Satz vor Freude. Sie hat Gefühle für mich! Meine Güte, ist das mit dem Hormoncocktail anstrengend. »Hast du aber nicht getan.«

»Nein, hab ich nicht. Und dann kam Ann-Marie und alles ging den Bach runter.«

»Gut, dass wir das jetzt geklärt haben.« Sachte streiche ich ihr über die Wange.

»Find ich auch. Hab eine angenehme Schicht«, raunt sie.

»Wir werden sehen. Meld dich, falls etwas sein sollte, ja?«

»Mach ich. Bis dann.«

Ich schnappe mir meine Tasse und verlasse gleichermaßen glücklich wie frustriert das Kaminzimmer. Viel lieber hätte ich den Abend mit Mila verbracht! Schnurstracks eile ich in die Küche und bringe den Becher weg. Daraufhin springe ich ins Auto und düse die wenigen Meter nach Hause, um mich umzuziehen.

*

Es ist kurz vor Mitternacht, als die letzten beiden Pärchen bezahlen und die Bar verlassen.

Meinen Kollegen habe ich vor einer Stunde nach Hause geschickt. Jetzt muss ich noch ein wenig klar Schiff machen und dann heißt es auch für mich endlich ab ins Bett.

Mila hat mir geschrieben, dass sie sich auf meinen Frühstücksbesuch freut. Seitdem kann ich morgen kaum erwarten.

Ich wische die Arbeitsfläche sauber und poliere anschließend die gespülten Gläser. Den Kaffeevollautomaten habe ich vorhin gereinigt. Jetzt gönne ich mir ein Flens als Absacker.

Ich knipse die Lichter aus, lediglich die über der Bar lasse ich an, und setze mich auf einen der Hocker. Hinter mir quietscht die Tür. »Wir haben geschlossen«, rufe ich über die Schulter hinweg.

»Das weiß ich selbst. Ich habe Licht gesehen und gedacht, ich schau mal, was du hier so treibst. Außerdem habe ich doch gesagt, dass ich vorbeikomme.«

Krischan tritt hinter die Theke und schnappt sich ebenfalls ein Bier. Er lässt die Flasche aufploppen und trinkt einen Schluck. »Bist du jetzt mit Mila zusammen? Habt ihr alle Unstimmigkeiten aus der Welt geschafft?«, fragt er frei heraus.

»Wir haben alles geklärt. Nur … keine Ahnung, was wir sind.« Ich nippe an meinem Flens und betrachte eindringlich die Holzmaserung des Tresens.

»Hast du ihr von Ida erzählt?«

»Die ganze bittere Wahrheit«, stoße ich hervor.

»Und sie hat dir verziehen?« Krischan sucht meinen Blick.

»Hat sie.« Ein Lächeln umspielt meine Lippen, als ich zu ihm aufsehe.

»Ich würde mich freuen, hättet ihr eine Zukunft.« Mein Bruder trinkt erneut von seinem Bier und seine Miene wird ernst. »Du hast es verdient, Filip.«

»Immer langsam mit den jungen Pferden. Mila wohnt in Köln, Hanna und ich hier. Ich habe eine Praxis zu führen. Mal abwarten, ob sich etwas zwischen uns entwickelt.«

»Du steckst schon mittendrin, mein Freund. Du musst jetzt nur dafür sorgen, dass es in die gewünschte Richtung läuft. Wann seht ihr euch das nächste Mal?«

»Wir sind morgen bei ihr im Zimmer zum Frühstück verabredet. Ich hatte gehofft, du könntest mir was Schönes zusammenstellen«, gestehe ich.

»Natürlich, kein Ding.« Zwei Züge später ist seine Flasche leer und er verstaut sie unter der Theke.

Mein Handy brummt und ich öffne eine Nachricht von Eske. Sie hat mir ein Foto von heute Nachmittag geschickt, auf dem sie und Hanna im Schwimmbad Pommes und Würstchen essen. Fröhlich halte ich Krischan das Display hin.

»Unsere Süße, hm? Sie ist eine richtige Wasserratte. Ich kann kaum glauben, dass sie schon alleine schwimmt. Was ist? Bleibst du hier und glotzt die Theke an?«

»Nein, ich komme mit. Gib mir fünf Minuten, dann können wir los.«

Mila

Mittlerweile ist es nach 21 Uhr und ich stehe unter der Dusche. Das warme Wasser entspannt meine Nackenmuskulatur und lässt mich ein wenig zur Ruhe kommen.

Nachdem Filip mich im Kaminzimmer zurückgelassen hat, habe ich noch eine ganze Stunde dort verbracht und über die letzten Tage nachgedacht. Kaum zu glauben, was seit meiner Ankunft auf Jyltrum alles passiert ist.

Als wir auf diese Ann-Marie getroffen sind, war ich stinksauer, weil Filip mir Hanna verheimlicht hat. Nach dem Gespräch verstehe ich ihn ein bisschen besser. Er wollte seine Tochter schützen und das macht ihn in meinen Augen umso sympathischer. Ich mag mir gar nicht ausmalen, was er alles durchgemacht hat. Von heute auf morgen alleine für ein kleines Mädchen und die eigene Praxis zuständig zu sein, stelle ich mir nicht leicht vor. Allein dafür hat er meinen größten Respekt. Und ganz ehrlich? Ich bin unglaublich neugierig auf Hanna und kann es gar nicht erwarten, sie kennenzulernen. Vielleicht ergibt sich ja diese Woche etwas, sofern Filip überhaupt möchte, dass ich seine Tochter kennenlerne. Ich muss an das Gespräch mit Sinja denken. Ihre Argumentation war durchaus valide und ich könnte mir gut vorstellen, dass Filip weiterhin erst mal abwarten will, wie es mit uns weitergeht. Zwischen uns knistert es, das ist sonnenklar. Die Frage ist, ob das eine Zukunft hat. Bisher habe ich nichts von Fernbeziehungen gehalten, aber Filip zuliebe würde ich es versuchen. Herrschaftszeiten, Mila! Wie weit denkst du denn nach drei Küssen bitte voraus?

Seufzend stelle ich das Wasser ab und wringe meine Mähne aus. Ich ziehe das Frotteetuch von der Duschkabine und rolle mich darin ein, bevor ich auf den Vorleger trete. Mit einem kleineren Handtuch wickle ich die Haare ein und wische den Spiegel frei. Ich sehe glücklicher aus als in der letzten Zeit. Der Tag heute war wunderschön, auch wenn es zwischendurch einen Stimmungseinbruch gab.

Ich greife nach der Bodylotion und creme mich ein. Nachdem ich mir die Haare geföhnt habe, schlüpfe ich in meinen Schlafanzug und meine Kuschelsocken, ehe ich es mir mit meinen gebrannten Mandeln im Bett gemütlich mache. Ich fahre meinen Laptop hoch und öffne die Disney+-Seite, um mit der sechsten Staffel von *Grey's Anatomy* zu beginnen.

Als Erstes fällt mir der Banner zu *Arielle* ins Auge. Schade, wären wir nicht auf Ann-Marie getroffen, hätten Filip und ich uns in der Dunkelheit des Kinosaals vielleicht aneinandergeschmiegt. Doch was nicht ist, kann ja noch werden.

Ein wenig wehmütig scrolle ich weiter und starte meine Serie. Gut, dass es bisher neunzehn Staffeln gibt, und eine zwanzigste ist in Sicht.

*

Ich zucke zusammen, als mein Handy auf dem Nachttisch vibriert. Ein Blick darauf offenbart eine Nachricht von Filip. Mittlerweile ist es fast 1 Uhr morgens. Ach du liebes Lottchen. Wo ist denn die Zeit geblieben? Ich stoppe die Serie, fahre den Laptop herunter und lege ihn auf den Fußboden. Erst danach öffne ich den Messenger.

Filip

Hey Mila.
Mit Sicherheit schläfst du schon,
doch ich wollte dich noch mal wissen lassen,
wie froh ich bin, dass du mir zugehört hast.
Ich mag dich, sehr sogar, und ich freue mich
auf nachher.
Ich bin um 10 Uhr bei dir.
Liebe Grüße
dein Filip

Dein Filip. Ein freudiges Kitzeln macht sich in meinem Bauch breit. Mit flinken Fingern schreibe ich zurück.

Mila

Hi Filip.
Ich freu mich auch auf nachher. :)
Bis dann
deine Mila

Filip

Wieso schläfst du noch nicht?

Mila

Hab ›Grey's Anatomy‹ geschaut.
Aber keine Sorge, ich werde gleich das Licht ausmachen.

Meine Müdigkeit ist verflogen.

Filip

Bist du ein Serienjunkie?

Mila

Ja, könnte man so sagen.
Auf dem Startbildschirm der Disney+-Seite wurde mir vorhin ›Arielle‹ angezeigt.
Vielleicht können wir uns den beizeiten ansehen?
Immerhin haben wir wegen mir das Kino verpasst. :(

Selbst wenn ich mir die Meerjungfrau freiwillig nie angesehen hätte, habe ich auf einmal richtig Lust dazu. Filip tippt. Gespannt warte ich auf seine Antwort.

Filip

Das würde mich sehr freuen.
Und Hanna bestimmt ebenfalls.
Sie kann ihn mitsprechen, genau wie ›Findet Nemo‹ und etliche andere Filme.

Gespannt halte ich die Luft an. Filip will tatsächlich, dass ich seine Tochter kennenlerne? O Gott. Mein Herz gerät aus dem Takt und ich reibe mir mit der flachen Hand über das Brustbein. Das bedeutet etwas, oder? Verflucht. Wie gerne würde ich jetzt mit Leandra reden.

Filip

Mila? Bist du noch da?

Mila

Sorry, ja, bin ich.

Filip

Habe ich dich erschreckt?

Mila

Ein wenig. Aber auf die gute Art.

Filip

Für mich ist seit heute klar, dass ich dir meine Tochter vorstelle.
Und keine Angst, sie wird dich genauso gern haben wie ich.
Schlaf schön, Mila.
Wir sehen uns in ein paar Stunden. :)

Mila

Bis nachher.

Meine Emotionen schlagen Loopings, während ich das Smartphone zum Aufladen einstöpsle.

Ich tappe ins Badezimmer, um mir die Zähne zu putzen und auf Toilette zu gehen.

Kaum zurück, sinke ich in die Kissen und lösche die kleine Lampe auf dem Nachttisch.

Die Vorhänge sind nicht richtig geschlossen, sodass das Mondlicht durch den Spalt ins Zimmer dringt. Ich genieße die Ruhe und gebe mich meinen Gefühlen hin.

Bald sehe ich Filip wieder!

Kapitel 20

Filip

Krischan hat mächtig aufgefahren und ich weiß gar nicht, wer das alles essen soll. Mit einem Rollwagen stehe ich vor Milas Zimmertür. Doch auch nach wiederholtem Klopfen öffnet sie nicht. Ob sie ihre Entscheidung bereut? Ein letztes Mal versuche ich mein Glück und poche energischer gegen das Holz.

Drinnen rumpelt es und mit einem Mal wird die Tür aufgeschlossen und aufgerissen. Total zerknautscht und mit vom Kopf abstehenden Haaren, aber zugleich wunderschön, steht Mila in einem roten Schlafanzug vor mir.

»Ich … hab verschlafen. Menschenskind noch mal. Komm rein! Ich flitze flott ins Bad und mach mich fertig.« Mila lässt mich stehen und rauscht in besagten Raum. Gleichermaßen erleichtert wie belustigt schiebe ich den Servierwagen ins Zimmer.

Durch die geschlossene Badezimmertür höre ich Mila weiterhin fluchen und finde das unwiderstehlich süß. Ich platziere den Wagen vor dem Bett, sodass einer auf der Matratze und der andere auf dem Schreibtischstuhl sitzen kann, und ziehe die Vorhänge zur Seite, ehe ich diverse Servierglocken hochhebe. Sofort erfüllt der Duft von Pfannkuchen den Raum.

Da ich nicht wusste, ob Mila morgens Kaffee oder Tee bevorzugt, habe ich beides bestellt.

Während ich auf sie warte, schaue ich aus dem Fenster. Es sind nicht viele Menschen unterwegs. Kein Wunder, draußen ist es eiskalt. Einige unserer Hotelgäste haben es sich im Kaminzimmer gemütlich gemacht und schmökern in verschiedenen Büchern. Andere wiederum haben sich ihr Frühstück aufs Zimmer kommen lassen und genießen mit ihren Partnern den Morgen im Bett.

Die Badezimmertür öffnet sich und Mila steht in schwarzen Leggings, einem weißen Oversize-Pullover und ebenso weißen Kuschelsocken im Raum. Sie hat die Haare zu einem unordentlichen Knoten gesteckt und ein zartes Make-up aufgelegt. In meinem Magen wird es wieder mal warm.

»Hi«, sagt sie schüchtern und zieht an den Ärmeln ihres Pullis.

Lässig trete ich auf sie zu, verschränke ihre Hände mit meinen und schenke ihr ein schiefes Grinsen. »Hey.« Ich senke den Kopf und hauche Mila einen Kuss auf den Mund. »Du siehst sehr hübsch aus.«

»Mit dem ollen Knödel? Na, ich weiß nicht. Trotzdem danke.«

Sanft lotse ich sie zum Bett. »Nimm Platz. Was macht dein Fuß?«

Mila krabbelt auf die Matratze und bestaunt das Frühstück. »Gut so weit. Es ziept nicht mehr so oft wie bei meiner Ankunft. Die Übungen scheinen zu helfen.«

»Das hört sich gut an. Hat Mareike dir inzwischen noch andere gezeigt?«

»Hat sie. Hätte wirklich nicht gedacht, dass das was bringt.«

Ich verkneife mir mein besserwisserisches *Hab ich doch gesagt!* und schmunzle stattdessen in meinen Bart. »Tee oder Kaffee? Ich wusste nicht, was du morgens brauchst.«

»Gerne einen Kaffee mit viel Milch. Und du?«

»Genauso. Manchmal darf es auch ein Espresso sein. Was für mich gar nicht geht, ist Zucker im Kaffee. Da stellt sich bei mir alles auf.« Ich setze mich Mila gegenüber auf den Stuhl und schenke uns beiden ein. »Bedien dich. Ich hoffe, es ist etwas dabei, was du gerne isst.«

»Die Pfannkuchen schauen sehr gut aus. Damit fange ich an.« Mila langt ordentlich zu und ich bin froh über ihren gesunden Appetit. »Wann kommen Eske und Hanna zurück?«

»Heute Abend. Sie nehmen immer die letzte Fähre. Gestern hat Eske mir ein Foto aus dem Schwimmbad geschickt. Total süß. Möchtest du es sehen?«

Milas Lippen zucken und sie schielt zu mir auf. »Nein, ich warte lieber ab, bis Hanna persönlich vor mir steht.« Sie schmiert sich Schokocreme auf einen Pfannkuchen, rollt ihn zusammen und beißt genüsslich hinein.

Sie will sich also überraschen lassen, ja? Erheitert stecke ich mir eine Weintraube in den Mund. »Hast du Lust, heute noch mal etwas mit mir zu unternehmen? Oder möchtest du den Sonntag lieber in deinem Zimmer verbringen und lesen oder deine Serie weitergucken?«

»Nicht unbedingt. Du hast vom Hotelpool gesprochen. Darf man da heute rein? Ehrlich gesagt reizt es mich, meine müden Knochen zu bewegen, wenn ich schon nicht joggen darf.«

Mmh. Mila im Badeanzug? Kein schlechter Gedanke. Ich räuspere mich. »Der Poolbereich ist bis 20 Uhr geöffnet. Dürfte ich dich begleiten?«

Milas Kopf schnellt nach oben. »Du möchtest mit mir schwimmen gehen?«

»Nur wenn du willst. Ich dachte, so könnten wir etwas mehr Zeit miteinander verbringen und uns besser kennenlernen.«

»Das ist eine schöne Idee. Hoffentlich ist es nicht so voll.« Mila beißt erneut in ihren Pfannkuchen.

»Das denke ich nicht. Bisher wird er wenig genutzt und wenn, dann meist von den Frühaufstehern direkt um 7 Uhr. Apropos Poolbereich: Wir wollen zum Valentinstag ein besonderes Wellness-Special anbieten und hoffen, die Gäste nehmen es an.« Ich nippe an meinem Kaffee.

»Was für ein Angebot? Oder ist das geheim?«

»Dir verrate ich es natürlich«, spaße ich großzügig. »Poolbenutzung, eine Kosmetikbehandlung, eine Massage und zum Abschluss ein Abendessen in unserem Restaurant. Pärchenzeug eben.«

»Machst du die Massagen?«

»Ich habe gesagt, mir wäre es lieber, würden wir speziell dafür weiteres Fachpersonal einstellen. Den Kosmetikkram übernimmt ein Mädel von der Insel. – Was machst du eigentlich so in Köln, wenn du keine kleinen Menschen unterrichtest?«

»Bisher waren die Schule und die Vorbereitungen für den Unterricht mein Leben. Erst seit ich auf Jyltrum bin, ist mir klar geworden, dass ich daran etwas ändern muss.« Milas Blick gleitet zum Fenster.

Mila

»Heißt, du bereitest am Wochenende den Unterricht vor?« Filip klingt entsetzt. »Was ist mit Freunde treffen? Kino? Theater? Da hast du in Köln bestimmt jede Menge Möglichkeiten.«

Ich drehe den Kopf zurück zu Filip und zucke mit den Schultern. »Workaholic halt.«

»Erinnert mich ein bisschen an mich selbst. Ich möchte dich wirklich näher kennenlernen, Mila. Du stellst Dinge mit mir an, die ich längst vergessen geglaubt habe.« Filip greift über den Tisch hinweg nach meiner Hand. Behutsam fährt er mit den Fingerspitzen über meine Haut, die mit einem Kribbeln reagiert.

»Was für Dinge?«, wispere ich.

»Ein warmes Gefühl, Herzrasen. Das sind alles Sachen, die ich bei Ida in so einer Form nie gefühlt habe. Traurig, aber wahr.« Filip lässt mich los, stellt seine Tasse ab und umrundet das Tischchen. Er kniet sich mit einem Bein aufs Bett und legt seine Hände an meine Wangen. Diese Geste habe ich beim ersten Mal schon gemocht.

»Meine Brüder würden jetzt sagen, ich sei verknallt. Verrückt, wenn du mich fragst. Doch irgendwas tief in mir drin sagt mir, das mit uns ist eine gute Sache.« Ein Lächeln zupft an seinen Lippen.

»Komisch. Mir geht es da ganz ähnlich wie dir. Bedauerlicherweise war das bei meinem Ex und mir zu Beginn auch der Fall, daher bin ich ein wenig überfordert. Tut mir leid.«

Langsam zieht er die Hände zurück. »Muss es nicht.«

»Lass uns einfach schauen, wie die nächsten drei Wochen zwischen uns klappen, und dann sehen wir weiter. Immerhin sollte deine Tochter mich mögen. Das ist wichtig«, betone ich aus voller Überzeugung. »Ich bekomme in der Schule viel mit. Wenn ein Kind mit dem neuen Partner eines Elternteils nicht zurechtkommt, ist die Beziehung von vornherein zum Scheitern verurteilt. Deine Tochter muss an erster Stelle stehen, Filip.« Angst macht sich in mir breit, dass ich mich Hals über Kopf in Filip verliebe und Hanna mich nicht leiden kann. Daher beschließe ich, mein Herz nicht zu weit zu öffnen. Ob das funktioniert?

»Magst du nachher mit zu uns kommen?«, fragt Filip ungeduldig.

»So läuft das nicht. Du kannst Hanna auf gar keinen Fall am Abend ihrer Ankunft mit mir überfallen. Nein!« Entschlossen schüttle ich den Kopf. »Deine Kleine hatte ein wunderschönes Wochenende und möchte dir bestimmt ganz viel erzählen. Da würde ich stören. Vielleicht nächste Woche abends irgendwann. Ich bin da relativ offen.«

Filip haucht mir einen Kuss auf die Stirn. »Abgemacht. Ich schau morgen im Praxiskalender nach.« Filip setzt sich zurück auf seinen Platz. »Hoffentlich klappt mit Matti alles. Er kommt zum Probearbeiten und fängt gegebenenfalls bei uns an. Das wäre gut, so hätten wir noch mehr Entlastung.«

»Stress pur so eine eigene Praxis, mh?«

»Ja, aber ich wollte es genau so und es macht mir wahnsinnig Spaß. Ich liebe es, mit Menschen zusammenzuarbeiten, daher wäre ein Bürojob für mich nie infrage gekommen. Der anfallende Papierkram stinkt mir jetzt schon. Mein ältester Bruder Jörn liebt den ganzen Büroquatsch, den der Job des Hotelmanagers so mit sich bringt. Er behält die Zahlen im Blick und ist unheimlich gut im Planen und Organisieren.«

Hoffentlich lehne ich mich jetzt nicht zu weit aus dem Fenster. »Warum hast du die Praxis erst nach dem Tod eurer Eltern hierher verlegt?«

»Ich wollte nicht ins Familiengeschäft einsteigen, und habe für mich selbst eine Abgrenzung benötigt. Außerdem hätten wir damals keinen Platz dafür gehabt. Bei der Planung für das neue Hotel haben meine Brüder gemeint, es wäre cool, wenn ich hier wäre, schließlich ist Krischan auch zurückgekommen. Jörn hat mich gefragt, ob ich diese Grenze immer noch brauche oder ob ich mich mit dem Gedanken an eigene Räume im Hotel anfreunden könnte. Jetzt gehören sie mir und es fühlt sich anders an als gemietete Zimmer. Zum Großteil habe ich sie selbst renoviert und Eske hat mir geholfen. Im Gegenzug habe ich ihr bei ihrem Laden unter die Arme gegriffen.«

»Wie lange kennt ihr euch?« Ich schnappe mir ein Croissant und tunke es in meinen Kaffee.

»Wir sind zusammen aufgewachsen. Eskes und meine Mama waren beste Freundinnen. Sie haben oft gesagt: *Kinder, irgendwann werdet ihr ein Paar und heiratet.* Sogar unsere Väter haben das gehofft.« Filip schmunzelt.

»Und da war nie etwas? Kein einziges Mal?« Ich kann das nicht glauben. Sagt man nicht immer, dass eine Freundschaft zwischen Mann und Frau nicht klappt?

»Nie! Ich schwöre.« Filip hebt die Finger zum Schwur.

Ich breche in schallendes Gelächter aus. Verflucht, tut das gut! Wann habe ich zuletzt derart herzhaft gelacht? Muss mit Leandra gewesen sein.

»Es ist schön, dich so zu sehen.«

»Was meinst du mit ›so‹?«

»Fröhlich. Als du hier angekommen bist, hatte ich den Eindruck, du wärst mit dir und deinem Leben unzufrieden. Hattest gar keine Lust, wieder fit zu werden.«

Ich ziehe es vor zu schweigen und senke verlegen den Blick, weil es mir peinlich ist. Wie recht er hat.

Mit einem Mal wirkt Filip alarmiert. »Sorry, ich wollte dich nicht verletzen. Du hast in den wenigen Tagen auf der Insel eine deutliche Veränderung durchgemacht. Zum Positiven, wohlgemerkt. Das erfreut mein Herz und meine Seele. Und wenn es deiner Seele gut geht, geht es auch deinem Körper gut.«

Ich hebe den Kopf und nicke. »Da ist was dran.« Ich ziehe die Ärmel meines Pullovers wieder über die Hände, um meine Verlegenheit zu überspielen. »Also ist es beschlossene Sache? Wir gehen gemeinsam schwimmen?«, wechsle ich das Thema.

»Sehr gerne.«

Kapitel 21

Filip

Ich bin nach Hause geflitzt, um meine Badesachen zu holen.

Eske hat mir ein weiteres Foto geschickt. Sie und Hanna sitzen im Amrumer Inselkino, essen Popcorn und trinken Limonade. Was sie sich anschauen, wollten sie mir nicht verraten, daher bin ich umso neugieriger, was Hanna mir heute Abend erzählen wird.

Voller Vorfreude stehe ich an der Rezeption und warte auf Mila. Thorsten hat Dienst und mustert mich gespannt.

»Heißes Date?«

»Ich treffe mich mit Mila. Wir wollen zusammen schwimmen.«

Erstaunt blinzelt er. »Mila Tersteden aus Zimmer 12?«

Unweigerlich muss ich grinsen. »Genau die.«

Die Fahrstuhltüren öffnen sich.

Ich drehe mich um und entdecke Mila, die eine Hand vor die Lichtschranke hält, damit sich die Türen nicht wieder schließen. Auffordernd sieht sie zu mir herüber. Über ihrer Schulter hängt ein Stoffbeutel. Sofort sprinte ich zu ihr und bin froh, Thorsten zu entkommen. Bevor er anfängt, mich auszufragen.

»Hübsche Tasche.« Mila schmunzelt.

Ich habe Hannas kleine Badetasche mit *Findet-Nemo*-Aufdruck dabei, weil das Ding das Erste war, das ich in die Finger bekommen habe. »Finde ich auch«, gebe ich selbstbewusst zurück.

Auf dem Weg ins Kellergeschoss halten wir Händchen und ich genieße ihre Nähe sehr. Hoffentlich habe ich mich gleich im Griff, wenn Mila halb nackt vor mir steht.

Die Türen öffnen sich und wir steigen aus. Neugierig schaut meine Begleiterin sich um. »Für einen Kellergang ganz entzückend. Und es ist warm.«

»Das ist, damit die Personen, die nur im Bademantel zum Pool wollen, nicht frieren. Den Flur haben wir beim Umbau direkt mitgestaltet, schließlich sollen sich die Gäste hier wohlfühlen.« Ich deute auf die Tür, an der wir vorbeigehen. »Dort kommt der Massageraum hin. Bin fast ein bisschen neidisch. Jörn hat mir die Entwürfe gezeigt und der wird richtig top. Na ja, womöglich darf ich ihn mir mal für 'ne Stunde blocken.«

»Für wen oder was denn?«, hakt Mila provokant nach.

Soll ich aufs Ganze gehen? Immerhin ist das Massage-Thema bei ihr offenbar schwierig. Trotzdem versuche ich es. »Vielleicht komm ich ja irgendwann in den Genuss und darf dich verwöhnen.« Mist, klang das zweideutig? Vor der Tür zum Schwimmbereich bleiben wir stehen. Hoffentlich habe ich es nicht verbockt.

»Hört sich verlockend an.«

Ich bin zu verblüfft, um zu antworten, und lasse mich von Mila durch die Tür ziehen, die sie jetzt aufstößt. Meint sie das ernst? Vor allem, nachdem sie beim letzten Mal so verunsichert war?

»Treffen wir uns in der Halle?«

Kurzerhand schiebe ich den Gedanken beiseite. »Machen wir. Bis gleich.« Ich küsse sie auf die Wange und verkrümle mich nach rechts in die Herrenumkleide. Als die Tür hinter mir ins Schloss fällt, atme ich einmal kräftig durch. Das wird was geben.

Wenig später dusche ich mich vorsorglich eiskalt ab und betrete die kleine Schwimmhalle. Mila sitzt linksseitig auf einer der Liegen und streicht über die Handtuchecken. Bisher hat sie mich nicht bemerkt und ich nehme mir einen Augenblick Zeit, um sie zu beobachten. Sie trägt einen gelben knappen Bikini. Einen *Bikini*, keinen Badeanzug! Verflucht, es wird schlimmer, als ich dachte.

Mila lehnt sich ein Stück zurück und es glitzert. Ist das etwa ein Bauchnabelpiercing?

Ich trete näher und mache so auf mich aufmerksam. »Hey. Wir haben anscheinend Glück. Keiner hier außer uns beiden.« Wow, Filip, deine Flirtkünste sind beeindruckend.

»Scheint so.« Mila steht auf und kommt mir entgegen. Ihr Gang ist sicherer geworden, was mich freut.

»Hübscher Bikini.« Ich bleibe vor ihr stehen. »Und du hast ein Bauchnabelpiercing.« Mein Blick gleitet tiefer, huscht aber sofort wieder nach oben.

Mila lacht. »Das hab ich tatsächlich erst seit knapp zwei Jahren. Wollte vor meinem Dreißigsten noch etwas Verrücktes tun.«

»Steht dir ausgezeichnet.«

»Danke. Für Ohrringe habe ich nichts übrig und lange überlegt, wo ich mir was stechen lasse. Leandra meinte, es bliebe nur die Brustwarze, ein Intimpiercing oder der Bauchnabel, wenn ich es nicht im Gesicht oder im Mund haben will. Hab mich für Letzteres entschieden.«

Bei dem Wort *Intimpiercing* schlucke ich kräftig und meine Fantasie geht endgültig mit mir durch. Mit einer gezielten Bewegung wende ich mich ab und springe kopfüber in den Pool. Ich brauche dringend Ablenkung. Sonst wird das Ganze hier sehr, sehr peinlich. Ein paar Züge schwimme ich unter Wasser, bevor ich wieder auftauche.

Mila sitzt auf einer der Stufen, hat den Kopf schräg gelegt und beobachtet mich interessiert. »Was war das denn? Man könnte den Eindruck haben, du seist vor mir geflohen.«

Schön und clever. Gefällt mir. »Du hast recht. Ich habe mir das Piercing woanders an dir vorgestellt«, gebe ich zu und schwimme in ihre Richtung.

Wie von selbst öffnet Mila die Beine und ich schiebe mich dazwischen. Meine Hände platziere ich neben ihr auf der Treppenstufe und stupse meine Nase gegen ihre.

Plötzlich küssen wir uns und ich bekomme ein bisschen Panik, dass ich mich heute doch noch blamiere, weil mein Körper ein Eigenleben entwickelt. Ich ziehe mich zurück, setze mich ebenfalls hin und hebe Mila zwischen meine Beine. Ihr Rücken lehnt gegen meine Brust und sie seufzt zufrieden.

»Es ist wirklich schön hier.«

Mein Blick schweift durch die Halle. Ja, das hat die Raumgestalterin gut hinbekommen. Die Wände sind mit sandfarbenen Steinen verklinkert. Es gibt vier braune Korbliegen mit hellen Kissen und zwei kleine Sitzgruppen, bestehend aus je zwei Sesseln und einem Tisch, auf dem Kerzen in großen Vasen platziert wurden. Gebraucht hätte ich die Deko jetzt nicht. Die Kerzen zündet eh niemand an. Hier und da thront eine Palme in einem grauen Steintopf.

»Was ist denn hinter dem Fenster?« Mila deutet mit dem Finger geradeaus. »Und warum sind die Vorhänge zugezogen?«

»Dahinter befindet sich der zukünftige Fitnessraum. Ob die Vorhänge bleiben oder ob wir uns für Plissees entscheiden, kann ich noch nicht sagen.«

»Also mir gefällt es so. Man kann die Dinger ja öffnen, dann haben die Sportler was zu gucken. Und die Schwimmer auch.«

Mila

Ich drehe meinen Oberkörper ein Stück, um Filip ins Gesicht zu sehen. Er grinst. »Womöglich werden die Männer abgelenkt, wenn hier so eine heiße Frau wie du im Bikini herumrennt.«

»Da könntest du recht haben. Bestimmt gibt es auch Leute, die das gar nicht so cool finden, beobachtet zu werden. Ihr könnt es euch ja in Ruhe überlegen.«

»Machen wir.« Filips Blick hält mich gefangen. Ich habe so was von keinen Plan, was das mit uns ist und wo es hinführt.

Er drückt mir einen Kuss auf die Nasenspitze. »Wollen wir ein paar Runden drehen?«

»Sehr gerne.« Wir hieven uns hoch, waten ins tiefere Wasser und schwimmen gemächlich los. Währenddessen unterhalten wir uns und Filip erzählt mir ein wenig von Hanna. »Nach dem Tod unserer Eltern habe ich eine entfernte Bekannte gebeten, sich um Hanna zu kümmern, wenn meine Brüder und ich keine Zeit hatten. Nach ein paar Wochen hat Hanna sich mehr und mehr zurückgezogen und nur durch die Hilfe einer Erzieherin haben wir erfahren, was der Grund dafür war. Unsere Bekannte, Iris, hat Hanna jedes Mal angeschrien, wenn ihr irgendwas nicht gepasst hat. Und ich habe viel zu spät festgestellt, dass etwas nicht stimmt. Das nagt bis heute an mir.«

Wir erreichen das Beckenende und halten uns am Rand fest. »Du sagst, Hanna hat sich zurückgezogen. Wie äußerte sich das?«

»Sie war in sich gekehrt und nicht mehr so fröhlich wie vorher. Inzwischen ist es besser, aber fremden Frauen gegenüber ist sie nach wie vor misstrauisch.«

»Das kann ich ihr nicht verdenken. Gib ihr Zeit, das wird schon. Und wenn gar nichts mehr geht, wende dich an einen Kindertherapeuten.«

»Das werde ich. Bislang bin ich jedoch guter Dinge, dass wir das alleine schaffen.«

Wir kehren um und schwimmen zurück zu den Stufen. »Mit dem Unterrichtsstoff kommt sie zurecht?«

»Sehr gut sogar. Ich muss sie manchmal bremsen, weil sie alles so schnell aufnimmt und am liebsten direkt noch mehr lernen möchte. Lässt vermutlich in der Pubertät nach.« Filip schmunzelt.

»Nicht unbedingt, aber die Wahrscheinlichkeit ist groß. In dem Alter verschiebt sich der Fokus einfach auf andere Dinge, die interessanter werden.«

Wir verlassen das Becken und ich zittere augenblicklich. Filip sieht es und lotst mich zu einer der Säulen. »Tada. Na, hast du Lust?«

Verblüfft, weil ich die Ecke vorhin nicht wahrgenommen habe, bleibe ich stehen. Hier hinten versteckt, blubbert ein Whirlpool fleißig vor sich hin. Ich rümpfe die Nase. »Normalerweise meide ich die Dinger in Schwimmbädern immer. Ist dir klar, wie verkeimt die sind?«

»Ernsthaft? Das mag in öffentlichen Bädern der Fall sein, wir achten aber sehr streng auf die Hygiene. Darum kümmert sich unser Haustechniker. Großes Indianerehrenwort. Na komm. Trau dich!« Filip hält mir seine Hand hin.

Statt sie zu ergreifen, stecke ich zaghaft meine ins Wasser. Angenehm. Wäre schon nett, sich aufzuwärmen. Ohne lange weiter zu überlegen, klettere ich hinein und sinke auf einen der Steinsitze.

Filip lacht, hüpft mir hinterher und setzt sich mir gegenüber. »Und?«

»Ja, gar nicht übel, wenn man so ein Becken für sich hat«, gebe ich etwas widerwillig zu. »Vielleicht sollte ich mir angewöhnen, morgens als Erstes ’ne Runde zu schwimmen. Frühsport sozusagen. Das hat wirklich gutgetan und mir fehlt das Joggen sehr.« Seufzend rutsche ich tiefer und trauere für einen Moment der Zeit nach, als mit meinem Fuß alles in Ordnung war.

»Da bin ich voll bei dir. Ich jogge fast jeden Morgen. Bei Wind und Wetter.«

Filips Worte erregen meine Neugierde und ich schiebe die trüben Gedanken beiseite. »Vor der Praxis? Wie schaffst du das alles? Immerhin hast du ein schulpflichtiges Kind.« Mich beeindruckt, wie er das wuppt. Ich freue mich sehr darauf, ihn als Papa zu erleben.

»Während ich jogge, bekommt einer meiner Brüder das Babyfon, falls Hanna wach werden sollte, bevor ich zurück bin. Sie hat keine Ahnung, also bitte verrate mich nicht. Theoretisch muss sie ja nur nach nebenan zu Krischan oder die Treppe nach unten zu Jörn oder Kay. Aber ich bin entspannter, wenn ich weiß, dass einer der drei sie hören und zu ihr gehen kann, wenn sie aufsteht.«

Amüsiert zucken meine Lippen. »Und sie hat sich bis jetzt nie gewundert, dass urplötzlich jemand in eurer Wohnung steht, sobald sie aufgestanden ist?«

»Nope. Gut, oder?« Filip strahlt mich triumphierend an.

»Ich bin gespannt, wie lange das noch klappt.«

»Ich auch. Darf ich dich etwas fragen?«

»Sicher.«

»Warum hast du Probleme mit Therapeuten? Leandra hat mir ziemlich eindringlich klargemacht, du bräuchtest eine Therapeutin, und deine Reaktion auf die Massage war …« Filip beendet den Satz nicht.

Ich zögere und benetze meine Lippen mit der Zunge. Irgendwann musste er fragen. »Es gab da mal eine unschöne Situation bei einer Massagebehandlung«, gestehe ich schließlich.

»Möchtest du mir davon erzählen?«, fragt er sanft.

»So viel gibt es nicht zu erzählen. Er hat seine Hände während der Massage an eine Stelle geschoben, wo sie nichts zu suchen hatten. Ich hab auf dem Bauch gelegen und er hat mir an den Arsch gegrapscht.«

Filip presst seine Kiefer aufeinander und knurrt. »Ich fass es nicht. Ich hoffe, du hast das gemeldet?«

»Ich habe ziemlich laut geschrien. Damit hat der Typ wohl nicht gerechnet. Seine Chefin kam sofort ins Zimmer gestürmt und er war seinen Job los. Eine Anzeige bei der Polizei folgte. Wie das halt so ist.« Achselzuckend spiele ich das Thema herunter. Dass mich diese Situation bis heute verfolgt, ist allzu offensichtlich.

»Und dann?«

Ich stoße den Atem aus. »Da er null Vorstrafen hatte, kam er so davon. Keine Ahnung, ob er weiterhin als Physiotherapeut arbeiten darf.«

Filip schüttelt den Kopf. »Kein Wunder, dass du Bedenken hattest.«

»Ich bin auf einem guten Weg.« Entschuldigend lächle ich ihn an. Im Nachhinein erscheinen mir meine Sorgen wegen Filip absurd. Aber die Psyche ist manchmal stärker als die Logik.

»Das denke ich auch. Was magst du heute sonst noch machen?« Für den Umschwung bin ich ihm mehr als dankbar. Seine Füße streichen über meine und sorgen mal wieder für eine Ameisenarmee auf meiner Haut.

»Wie klingen Kakao und Kuchen?«, schlage ich vor. »So langsam kommt der Hunger zurück.«

»Wäre die Hotelbar in Ordnung? Oder möchtest du lieber zum Leuchtturmcafé?«

»Das Hotel reicht voll und ganz, wenn es dich nicht stört, mit mir gesehen zu werden.«

Filip stoppt seine Streicheleinheiten an meinem Fuß, steht auf und kommt auf mich zu. Seine Hände legt er links und rechts von mir auf dem Rand ab. »Nein, das stört mich nicht. Im Gegenteil.« Seine Lippen schweben über meinen.

Mein Körper kribbelt voller Vorfreude auf einen Kuss, doch Filip kommt nicht zu Potte. Na dann. Selbst ist die Frau. Wie ein Blitz schießen meine Hände aus dem Wasser und umfassen Filips Nacken. Er ist so überrumpelt, dass er auf meinen Schoß knallt. Ich dringe mit meiner Zunge in seinen Mund ein und gebe ihm nicht die Möglichkeit, sich zurückzuziehen. Sein Geschmack berauscht mich. Ich unterbreche den Kuss, drücke gegen Filips Brust und schiebe ihn zurück auf seinen Platz.

Kapitel 22

Filip

Mila kommt zu mir und sinkt auf meine Oberschenkel. Sofort liegen meine Hände an ihrem Hintern, um ihn zu kneten.

Zeitgleich entweicht uns ein Stöhnen.

Unser Kuss wird jäh unterbrochen, als die Tür zur Halle laut ins Schloss kracht.

Mila springt von meinem Schoß und strauchelt. Schnell fasse ich nach ihrem Arm, damit sie nicht umkippt.

Kay kommt um die Säule gerannt. »Hier bist du.«

»Was ist denn los?« Alarmiert stehe ich ebenfalls auf.

»Eske hat mich angerufen. Du warst nicht erreichbar. Sie ist mit Hanna auf dem Rückweg, weil sie Halsweh hat und zu dir möchte. In einer Stunde sind sie hier.«

Verflixt, hoffentlich holt sie sich keine Grippe. Vorhin war doch noch alles in Ordnung. »Okay, danke dir. Ich dusche mich ab und düse dann in die Wohnung.«

Sein Blick schweift zwischen Mila und mir hin und her. »Schade, die Fummelei müsst ihr dann wohl verschieben.«

Ich stöhne und er verlässt mit einem Schmunzeln die Halle. Warum ist er manchmal so ein Trottel?

Ich wende mich an Mila. Bringt ja alles nichts. »Tut mir leid, dass der Nachmittag so abrupt endet. Möchtest du mich vielleicht begleiten?«

»Nein, Filip. Denk daran, was ich dir zu dem Thema gesagt habe. Jetzt ist Hanna obendrein krank. Und nach dem, was du erzählt hast, möchte sie garantiert keine Fremde bei sich und ihrem Papa haben.«

Ihr Tadel lässt mich beschämt den Kopf einziehen. »Du hast recht. Sorry, bin irgendwie durch die Tüte.«

»Das ist normal, du machst dir Sorgen.« Mila streichelt mir lächelnd über den Arm. »Komm, lass uns gehen, damit du rechtzeitig zu Hause bist.«

Wir klettern aus dem Whirlpool, ich greife nach Milas Hand und wir tappen zu den Duschen. Ohne lang zu fackeln, ziehe ich sie mit in die Herrendusche, schließlich ist zurzeit niemand hier.

Milas Augenbrauen wandern in die Höhe. »Was wird das, Mister? Du hast deinen Bruder gehört: Die Schweinereien müssen wir verschieben.«

»Ich möchte dich nur noch einmal spüren, bevor ich fortmuss.« Ein bisschen theatralisch klinge ich schon. Als würden wir uns wochenlang nicht sehen. Ich drücke den Schalter neben dem Duschkopf und lotse Mila und mich unter den warmen Strahl. Wie von selbst verbinden sich unsere Lippen zu einem innigen Kuss, der tragischerweise nicht lange andauert.

Sanft schiebt Mila mich von sich. »So gerne ich das

Ganze fortführen möchte, lass deine Tochter nicht warten. Und du solltest auch nicht erst zeitgleich mit ihnen ankommen.«

Frustriert fahre ich mir durch die Haare. »Du hast vollkommen recht. Wieder mal!«

Zehn Minuten später wartet Mila bereits auf dem Gang, der zum Aufzug führt. Wortlos schnappt sie sich meine Hand und zieht mich mit sich. Sie drückt den Fahrstuhlknopf und die Türen öffnen sich sofort. Auf der Fahrt ins Erdgeschoss schweigen wir. Dort steigt Mila mit mir aus und begleitet mich in die Hotelhalle. Kay steht gemeinsam mit Thorsten hinter der Rezeption. Vermutlich löst er ihn gerade ab.

Liebevoll schmunzelt Mila mich an. »Kümmere dich um deine Kleine und sag mir nachher Bescheid, wie es ihr geht, wenn du sie ins Bett gebracht hast.«

»Das mache ich auf jeden Fall. Danke für den schönen Tag. Ich würde das gerne bald wiederholen, kann dir aber nicht sagen wann«, rattere ich herunter. »Erst muss ich wissen, was mit Hanna ist. Oft haben wir Glück und am nächsten Tag ist alles wieder gut, versprechen kann ich es dennoch nicht.«

»Es ist okay, Filip.« Ihre eindringlichen Worte nehmen mir den Wind aus den Segeln und ich atme durch. »Wir telefonieren später. Mach dir keine Gedanken um mich Hanna hat absoluten Vorrang.« Sie küsst mich kurz auf den Mund und entfernt sich daraufhin rückwärts von mir. »Bis nachher«, flüstert sie und ich nicke.

Es fällt mir unheimlich schwer, sie ziehen zu lassen, doch ich habe keine Wahl. Kay und Thorsten winke ich zum Abschied. Zeit, nach Hause zu kommen.

*

Ich habe Hannas Bettzeug zum Sofa gebracht und ein Kirschkernkissen unter die Decke gestopft. Wenn sie krank ist, nächtigt sie oft bei mir. Vielleicht schläft sie auf der Couch beim Fernsehen ein, dann trage ich sie später ins Schlafzimmer. Ob das pädagogisch wertvoll ist? Keinen Schimmer. Ida hat das nie befürwortet. Ich fühle mich allerdings wohler, wenn meine Kleine im Krankheitsfall neben mir liegt.

Ich bereite gerade eine Tasse Kindererkältungstee vor, da klingelt es.

Eilig drücke ich den Türöffner und renne ihnen entgegen.

»Papi«, krächzt Hanna und fängt im nächsten Moment an zu schluchzen.

Eske drückt sie mir in die Arme und flitzt zurück zum Auto, um Hannas Tasche zu holen.

Ich streiche meiner Tochter über den Rücken und wir gehen gemeinsam mit Eske in die Wohnung. »Möchtest du hier übernachten? Dann musst du nicht nach Süderstedt fahren.«

Meine beste Freundin winkt ab. »Alles gut, das krieg ich hin. Ist es okay, wenn ich mir vorher einen Tee mache?«

»Das musst du doch nicht fragen. Ich habe schon Wasser gekocht.«

Eske bedankt sich und verschwindet in der Küche, während ich Hanna umziehe und mitsamt Plüschtier aufs Sofa verfrachte. »KiKA?«

Hanna nickt und drückt ihre Kuschelschildkröte fest an ihre Brust. »Mein Hals tut weh, Papi. Kannst du machen, dass das weggeht?«

Ich hocke mich vor die Couch und hauche ihr einen Kuss auf die Stirn. Mist, fühlt sich warm an. »Ich bringe dir gleich einen Tee. Dann wird es besser. Eske?«, rufe ich. »Kannst du mir das Ohrthermometer aus dem Badezimmerschrank holen?« Meine Freundin kennt sich hier aus.

»Klar«, schallt es zurück und kurz darauf steht sie neben uns.

»Danke.« Sanft streiche ich Hannas Haare zur Seite und schiebe das Thermometer vorsichtig in ihren Gehörgang. Es piept. »38,8«, murmle ich. Dabei ist es erst später Nachmittag.

»Fiebersaft?« Eske wirkt ebenfalls erschöpft. Bestimmt hat sie ein schlechtes Gewissen.

»Nein, damit warte ich vorerst. Hast du Hunger, Maus?«

»Hast du die Suppe, die ich immer esse, wenn meine Nase verstopft ist?« Hanna klingt jämmerlich und schaut mich mit riesigen Augen an.

Nachdenklich puste ich meine Wangen auf. »Du meinst die Hühnersuppe von Onkel Krisch?«

Hanna schluckt schwer. »Ja, die ist lecker.«

»Ich frag mal, ob er noch was davon dahat.« Ich schalte den Fernseher ein und wende mich an meine beste Freundin. »Hast du einen Moment?«

»Sicher. Mein Tee ist eh zu heiß zum Trinken. Geh ruhig, ich passe auf sie auf.«

»Du bist ein Schatz. Ich beeil mich.« Damit flitze ich nach nebenan und hämmere an Krischs Tür.

Nur mit einem Handtuch um die Hüften öffnet er.

»Äh, störe ich?« Sein Aufzug irritiert mich.

Mein Bruder lacht dunkel auf. »Tust du nicht. Ich war joggen. Komm rein.«

Das lasse ich mir nicht zweimal sagen. Im Flur reibe ich mir über die Stirn. »Hast du eventuell Hühnersuppe eingefroren, die du mir geben kannst? Hanna hat Halsweh und Fieber.«

»Hab schon davon gehört. Ich glaube, mit zwei Portionen kann ich dienen.«

Ich folge meinem Bruder in seine Küche. Er kramt in der Tiefkühltruhe herum und fördert zwei kleine Schüsseln zutage. »Hab sie. Hier. Bestell der Maus liebe Grüße und gute Besserung. Ich komm nachher mal rüber, dann können wir reden. Mir ist zu Ohren gekommen, du hättest unsere Schwimmhalle für private Zwecke benutzt.« Er wackelt mit den Augenbrauen. »Habt ihr eine Privatparty veranstaltet?«

»Boah, ihr seid so Tratschtanten. Ihr macht jeder Frau Konkurrenz.« Ich schnappe mir die zwei Schüsseln und stapfe zurück in meine Wohnung. Wird Zeit, dass ich mich um meine kleine Prinzessin kümmere.

Mila

Ich habe mir Abendessen aufs Zimmer kommen lassen. Als Vorspeise gibt es Brokkolicremesuppe und als Hauptgang Kartoffeln auf einem Gemüsebett.

Nach dem Essen mache ich meine Übungen und bin aufs Neue erstaunt, dass mein Fuß nicht mehr so wehtut. Ob das vielleicht auch damit zu tun hat, dass es meiner Seele besser geht? Unweigerlich muss ich an Filips Spruch diesbezüglich denken. Ich gehe ins Badezimmer und lasse mir Wasser für ein Bad einlaufen, obwohl ich nach der Knutscherei mit Filip im Keller bereits geduscht habe.

Der Tag mit Filip war ein Traum und ich vermisse ihn. Kann das sein? Nach so kurzer Zeit. Das hab ich in meinen bisherigen Beziehungen nie erlebt. Meine Auszeiten waren mir heilig. 24/7 aufeinanderzuhocken war absolut nicht meins. Mit Filip und seiner Tochter könnte ich mir das hingegen sehr gut vorstellen. Dabei kenne ich Hanna nicht einmal.

Lächelnd drehe ich das Wasser ab.

Ich scrolle durch meine Playlisten auf dem Handy und entscheide mich für meinen Januar-Mix. Ich verbinde das Gerät mit meiner kleinen Bluetooth-Box, ziehe mich aus und sinke ins Wasser. Mit dem Schwamm fahre ich über meine Haut. Leise summe ich die Melodie von *MUSIK* mit und bekomme noch bessere Laune, als ich eh schon habe.

Vor lauter Glücksgefühlen habe ich total vergessen, Sinja Bescheid zu geben, dass Filip und ich uns ausgesprochen haben. Vielleicht rufe ich sie gleich an.

Leandra könnte ich ebenfalls über den aktuellen Stand informieren. Außerdem bereitet mir die Sache mit dem neuen Direktor Kopfzerbrechen. Ich hasse Veränderungen. Hoffentlich komme ich mit ihm klar, wenn ich wieder unterrichte. Meine letzte Stunde war einen Tag vor dem Freundschaftsspiel. Also vor einer Ewigkeit. Himmel, die Kids fehlen mir. Meine gute Stimmung knallt mit Karacho gen Boden. Oder in meinem Fall ins Wasser. Ich werfe den Schwamm ins Waschbecken und schließe die Augen. Währenddessen bewege ich meinen Fuß ein bisschen hin und her.

Filip schleicht sich in meine Gedanken. Ich kann mir gut vorstellen, dass er nächste Woche gar nicht zur Arbeit kommt, wenn Hanna krank ist. Es sei denn, er bekommt eine Betreuung organisiert. Aus Erfahrung mit den Eltern meiner Kids weiß ich, wie schwierig das ist. Ich habe viele Kinder von alleinerziehenden Mamas in meiner Klasse. Zum Großteil gibt es kleinere Geschwister, die in die Kita gehen, und bei einer Mama ist der Chef ein richtiges Arschloch. Der hat null Verständnis dafür, wenn man sich aufgrund kranker Kinder von der Arbeit abmeldet. Frau Lupold, so heißt sie, sagt immer, ihr Chef habe keine Familie und kein Herz, wisse schlichtweg nicht, wie man sich in so einem Fall verhält. Wenn ich grundsätzlich etwas gegen Angestellte mit Kindern habe, stelle ich sie nicht ein, basta! Aber das würde vermutlich seinen guten Ruf schädigen.

Mistkacke. Jetzt rege ich mich schon wieder auf.

Ich öffne die Augen, wasche flott meine Haare und steige aus der Wanne. Dem Fuß scheint die Wärme heute bekommen zu sein, wie mir gerade auffällt. Sehr gut.

Der Hotelbademantel hängt am Haken hinter der Tür und ich schlüpfe hinein. Er ist so wunderbar weich und riecht verdammt gut.

Ich kämme meine Haare und flechte sie zu einem Zopf. Wenn ich Glück habe, sind sie morgen früh gewellt.

Mit meinem Handy in der Hand verlasse ich das Badezimmer, schalte die Musik aus und wähle Sinjas Nummer. Mal sehen, ob sie Lust auf ein Gespräch hat.

*

Der Abspann eines Rosamunde-Pilcher-Films läuft, da klingelt mein Handy. Ob das Leandra ist? Immerhin habe ich ihr vorhin die halbe Mailbox vollgequatscht, nachdem ich das Telefonat mit Sinja beendet habe.

Ich angle nach dem Gerät auf dem Nachttisch. Es ist Filip. »Na du. Wie geht es Hanna?«

Er seufzt. »Hey. Sie ist vor ein paar Minuten auf dem Sofa eingeschlafen, nachdem ich ihr was gegen die Schmerzen gegeben habe. Jetzt liegt sie in meinem Bett, damit ich heute Nacht ein Auge auf sie habe.«

»Hat sie nur Halsschmerzen? Also … Nicht dass das nicht schlimm genug wäre.«

»Leider nein. Fieber hat sie auch. Eske macht sich totale Vorwürfe, weil sie schwimmen waren, doch sie trifft keine

Schuld. Sie haben ihre Haare geföhnt und Hanna hatte sogar eine Mütze auf. Ich tippe eher darauf, dass sie sich bei ihrer besten Freundin angesteckt hat.«

»Ist ja oft so«, entgegne ich. »Warte ab. Eventuell steht sie morgen früh putzmunter auf.«

»Wäre zu schön, um wahr zu sein.« Filip klingt abgespannt und ich kann mir vorstellen, wie problematisch die Situation für ihn ist.

»Was machst du, wenn sie nicht in die Schule kann? Bleibst du dann zu Hause?«

»Mein Terminkalender ist voll und morgen kommt mein neuer Mitarbeiter zur Probe. Wäre fies von mir, ihm direkt meine ganzen Patienten aufs Auge zu drücken, aber wenn es nicht anders geht, werde ich das tun müssen. Ich habe ihm und Mareike eine Nachricht geschrieben, dass ich mich morgen sofort melde, sobald ich ahne, was Sache ist.«

»Ist er frisch aus der Ausbildung?«

»Nein. Warum?«

»Mit Sicherheit hast du alles dokumentiert, so sollte er auf jeden Fall zurechtkommen, wenn es hart auf hart kommt, oder?« Vielleicht hilft ihm diese Erinnerung dabei, die Sache etwas lockerer anzugehen.

»Stimmt schon, ja. Trotzdem mache ich mir Gedanken.«

Ich grüble. Dann anders. »Hat er auch ein Kind?«

»Ja, hat er.«

»Also ist er voll drin in der Materie und weiß, wie flott das gehen kann. Wie war der Ausflug denn? Hat Hanna oder Eske was erzählt?« Ich stopfe mir das Kissen in den Rücken, damit es bequemer ist.

»Hanna hat ein bisschen was berichtet, aber nicht viel. Das zeigt mir, sie ist wirklich krank. Die beiden haben sich gegenseitig die Fingernägel mit rosa Glitzerlack angepinselt.« Filip gluckst. »Hat Hanna nicht mal schlecht gemacht.«

Ich stelle mir direkt bildlich vor, wie Eskes Nägel wohl aussehen. »Ich glaub, ich statte ihr morgen mal einen Besuch im Laden ab.«

»Ab 12 Uhr ist sie dort. Sie freut sich bestimmt.« Seine Stimme wird immer leiser. »Sie mag dich, sehr sogar. Und ich ebenso.«

Die Ameisenarmee ist zurück, hat ja nicht lang gedauert. »Ich …« Shit, ist das schwer. »Ich mag dich auch.« So, nun ist es raus.

Filip seufzt. »Kannst du nicht herkommen? Ich vermisse dich.«

Ich zögere. »Geht mir ähnlich, aber meine Meinung hat sich nicht geändert. Hanna ist krank und braucht die ungeteilte Aufmerksamkeit ihres Papas.«

»Och, menno.« Filips Gemoser lässt mich schnauben.

»Du verhältst dich wie ein bockiges Kind, dem man sein Spielzeug weggenommen hat.«

Ihm entweicht ein Lachen. »Da siehst du mal, was du mit mir anstellst. Bin gespannt, wann wir uns wiedersehen.«

»Halt mich auf jeden Fall auf dem Laufenden, ja?«

»Das mach ich. Sollte es morgen nicht besser sein, besorge ich Hanna einen Termin beim Kinderarzt.«

»Klingt vernünftig.«

»Wir sollten Schluss machen. Schlaf gut, Mila, und träum was Schönes«, haucht er in den Hörer. »Am besten von mir.«

»Ich werde mir Mühe geben. Ich wünsche dir eine ruhige Nacht. Wir hören uns morgen, ja?«

»Auf jeden Fall. Bis dann.«

Kapitel 23

Filip

Endlich ist Freitag. Die letzten Tage waren ein einziges Desaster. Hanna ist heute zum ersten Mal wieder in der Schule und ich Vollzeit in der Praxis. Von Montag bis Donnerstag war ich lediglich sporadisch dort, wenn einer meiner Brüder auf die erkältete Hanna achtgeben konnte. Der Kinderarzt hat gemeint, es sei besser, Hanna ein paar Tage zu Hause zu lassen.

Immerhin hat Matti diese Woche unter Beweis gestellt, dass er perfekt ins Team passt. Ich habe ihm jeden Tag bei zwei Patienten zugesehen und bin mehr als begeistert. Sein fundiertes Wissen ist Gold wert, zumal er ein wenig Plan von Osteopathie hat. Daher habe ich ihm bereits am Mittwoch einen Festvertrag angeboten. Auch Mareike hat erleichtert über die Unterstützung aufgeatmet. Da wir drei Behandlungsräume haben, müssen wir an den Räumlichkeiten nichts ändern. In naher Zukunft werde ich mir dennoch Gedanken über eine Praxismanagerin machen müssen. Matti hat eine Bekannte, die nach der Babypause im Februar händeringend einen Minijob sucht. Das wäre für den Anfang für mich ebenfalls günstig, um die Kosten so niedrig wie möglich zu halten.

Mit Mila habe ich die letzten Tage nur telefoniert. Kein einziges Mal habe ich es geschafft, nach oben in ihr Zimmer zu flitzen. Den heutigen Termin hat sie obendrein abgesagt. Den Grund kenne ich leider nicht. Ich vermisse sie. Ihren Geruch, ihre Küsse. Außerdem möchte ich, dass sie und Hanna sich endlich kennenlernen, schließlich reist Mila in zwei Wochen ab. Sobald ich hier heute fertig bin, hält mich nichts mehr davon ab, an ihre Zimmertür zu klopfen und nachzusehen, wie es ihr geht.

Matti tritt aus seinem Behandlungsraum und strahlt. »Ich kann dir gar nicht sagen, wie froh ich bin, hier arbeiten zu dürfen. Deine Praxis und die Patienten sind ein Traum.«

»Das freut mich zu hören. Ich bin auch froh, dich hier zu haben. Und wie es aussieht, kann ich deine Bekannte ebenso gut gebrauchen.« Ich deute auf einen Stapel unbearbeiteter Papiere. »Nach den Terminen noch Anträge auszufüllen oder mit den Krankenkassen zu diskutieren, macht keinen Spaß.«

Bedauernd schneidet Matti eine Grimasse. »Darum beneide ich dich nicht.«

»Bist du durch?«

»Bin ich. Heute ist Date-Night. Die haben wir alle vier Wochen. In der Zeit kümmern sich meine oder die Eltern meiner Freundin um unsere Kleine. Und ganz ehrlich? Diese Auszeiten brauchen wir, um uns als Paar nicht zu verlieren.«

Mattis letzter Patient tritt aus dem Behandlungsraum, verabschiedet sich und verlässt die Praxis.

Ich sehe ihm kurz nach und knüpfe wieder an unser Gespräch an. »Klingt gut. Dann wünsche ich euch ein schönes Wochenende. Wir sehen uns Montagmittag.« Mattis Schichten passen wir wöchentlich an. Immer, wenn wir wissen, wie seine Freundin arbeiten muss.

»Danke, das wünsche ich euch auch.« Matti holt seine Jacke aus der Küche, klopft auf die Theke und lässt mich mit meinen Gedanken alleine.

Mareike ist längst in ihren wohlverdienten Feierabend verschwunden.

Seufzend nehme ich den Papierberg zur Hand und knalle ihn in die Ablage. Das muss warten, ich bin fertig für heute. Zuletzt schalte ich den Anrufbeantworter ein und erhebe mich von meinem Stuhl. Kaum habe ich das getan, öffnet sich die Tür und Elvira, meine Putzfee, steht in der Praxis.

»Moin, Filip. Du bist ja noch hier.«

»Keine Sorge, ich bin sofort weg. Liebe Grüße an deinen Mann.«

»Werde ich ausrichten.«

Ich verlasse die Praxis und schlage den Weg zum Treppenhaus ein. Mit jeder Stufe, die ich nehme, werde ich hibbeliger. Ich freue mich, Mila wiederzusehen, und bin gespannt, warum sie ihren Termin hat sausen lassen.

Als ich vor ihrem Zimmer stehe, klopfe ich an und wippe ungeduldig auf den Fersen vor und zurück.

Die Tür öffnet sich einen Spalt und ich zucke innerlich zusammen. Mila trägt nach wie vor ihren Schlafanzug und hält sich den Unterbauch. »Was ist passiert? Geht es dir nicht gut?«

»Nicht wirklich.« Mila tritt beiseite und lässt mich hinein.

Leise schließe ich die Tür hinter mir und navigiere sie zum Bett. Ich ahne, was sie hat, hake aber trotzdem nach. »Hast du deine Periode?«

Mila nickt und kuschelt sich unter die Decke. »Heute ist der schlimme Tag, wobei es gefühlt nie so ätzend war.«

Ich hocke mich vor die Bettkante und streiche Mila sanft über die Wange. »Was kann ich dir Gutes tun? Hast du bisher überhaupt etwas gegessen?«

»Nein, hab keinen Hunger. Ich will einfach, dass die Schmerzen aufhören. Die Tablette wirkt diesmal nicht, wie sie soll.« Mila schließt die Augen. »Ich möchte nicht, dass du mich so siehst. Das ist erbärmlich.«

»Ist es nicht. Du leidest und das tut mir in der Seele weh.« In Gedanken gehe ich ein paar Behandlungsmöglichkeiten durch. »Ich könnte Lavendelöl aus der Praxis holen und dir den Bauch massieren. Wie hört sich das an?«

»Verlockend, auch wenn ich eigentlich bloß in Selbstmitleid baden will.« Mila verzieht das Gesicht und mein Entschluss steht fest.

Ich drücke ihr einen Kuss auf die Stirn. »Bin gleich zurück.« Ohne abzuwarten, schnappe ich mir ihren Zimmerschlüssel und verlasse den Raum.

In der Praxis ist Elvira überrascht, mich erneut zu sehen. »Hast du etwas vergessen?«

»Ja, ich brauche mein Lavendelöl. Und meine Jacke hängt noch hier.«

Elvira murmelt etwas vor sich hin und putzt weiter den Boden hinter der Anmeldung.

In meinem Zimmer packe ich zusätzlich vorgeschnittenes Kinesiotape ein. Eventuell lindert es Milas Schmerzen, wenn ich ihr den Unterbauch und den unteren Rücken tape. Bei einigen meiner Patientinnen habe ich damit gute Erfolge erzielt.

Als ich zehn Minuten später Milas Zimmertür aufschließe, wimmert sie im Schlaf.

Ich schmeiße meine Jacke auf den Stuhl. Daraufhin schreibe ich Krischan, der nach der Schule auf Hanna aufpasst, dass ich etwas später komme. Anschließend wasche ich mir die Hände.

Mila

»Mila?«, flüstert jemand und streicht mir über die Schulter.

Flatternd öffne ich die Augen. »Du bist ja immer noch hier.«

Filip gluckst. »Nein, schon wieder. Ich habe Öl mitgebracht und möchte dich gerne massieren.«

Verschlafen und unter Schmerzen drücke ich mich auf einen Ellbogen. »Wo jetzt genau?«

»Erst mal den gesamten Bauchbereich und danach den unteren Rücken. Außerdem habe ich Tape dabei. Das kann ich dir aufkleben, wenn wir das Öl beseitigt haben. Vielleicht hilft es gegen die Krämpfe. Ist das okay für dich?«

Murrend lege ich mich zurück, schiebe die Decke nach unten und die Schlafanzughose tiefer. »Ist es. Reicht das so?«

»Den Slip bitte auch weiter runter und das Oberteil ein bisschen hochziehen.« Filip setzt sich neben mich und schraubt ein Fläschchen auf, während ich mich vorbereite. Der Gedanke, gleich seine Hände auf meiner Haut zu spüren, sorgt wieder einmal für ein nervöses Kribbeln in mir und lässt mich die Schmerzen kurzzeitig vergessen.

»Magst du die Augen schließen?«

Dieser Satz versetzt mich zurück zu dem Tag, an dem Filip mir den Nacken massiert hat. Vertrauensvoll nicke ich. Die Arme liegen locker neben meinem Körper und ich versuche mich zu entspannen.

»Achtung, es tropft jetzt«, kündigt Filip an und das Öl landet auf meinem Bauch. Flugs verteilt sich der Duft von Lavendel im Raum und ich atme langsam ein und aus. Kaum berühren seine Hände meine Haut, summt es in mir und ich drücke die Zunge gegen den Gaumen, um nicht zu stöhnen. Meine Schmerzen rücken nach und nach in den Hintergrund. Allerdings zieht es jetzt an anderer Stelle. Auf die gute Art.

Zärtlich gleiten Filips Hände über meinen Bauch und lockern meine verkrampfte Muskulatur. Als seine Fingerspitzen unterhalb meines Bauchnabels landen, entweicht mir schließlich doch ein Stöhnen. Filips Berührungen stoppen und ich öffne vorsichtig nacheinander die Augen.

Neugierig sieht er mich an und ich wende peinlich berührt den Blick ab.

Im nächsten Moment liegt Filips Hand an meinem Kinn. Sanft dreht er es in seine Richtung und beugt sich vor. Millimeter vor meinem Mund stoppt er, sucht vermutlich in meinen Augen nach einem Hinweis, ob ich das genauso möchte.

Wie im Whirlpool lege ich meine Hände in seinen Nacken und ziehe ihn zu mir herunter, um unsere Lippen zu einem Kuss zusammenzuführen.

Filips Finger streicheln kontinuierlich meine Wangen. Er vertieft den Kuss und stöhnt nun ebenfalls. Verflixt. Wo soll das enden?

*

»Ist das gut so oder ziept es irgendwo?« Nach unserer Knutscherei hat Filip meinen unteren Rücken massiert und anschließend das Öl abgewaschen, ehe er das Tape angebracht hat. Nun streicht er feste darüber.

»Nein, nichts ziept. Bist du sicher, dass der Quatsch hilft?«

»Der Quatsch, meine Schöne, hat bisher vielen Menschen geholfen. Wäre vielleicht auch eine Möglichkeit für deinen Fuß, statt der Gehstützen – jetzt, wo es dir besser geht. Frag Mareike am Montag mal, was sie davon hält. Ich möchte ihr nicht in ihre Therapie reinquatschen.«

»Ach, das bisschen Tape. Was sollte sie dagegen haben?« Ich richte mich auf und ziehe mein Oberteil runter und die Schlafanzughose hoch. Skeptisch verlasse ich mein Bett und laufe testweise ein wenig im Zimmer umher.

»Vermutlich gar nichts, aber sie ist deine offizielle Therapeutin und für den Bereich zuständig. Was macht dein Kreislauf?«

»Alles gut.« Ich schenke ihm ein ehrliches Lächeln. »Du solltest abhauen. Hanna wartet bestimmt schon sehnsüchtig auf ihren Papa.«

»Krischan weiß Bescheid, dass es später wird. Falls du morgen wieder fit bist, wie wäre es mit einem Videoabend in unserem Heimkino? *Arielle* wartet auf dich.« Filip schlingt die Arme um meine Taille und drückt mir einen Kuss auf die Schläfe.

»Verlockend. Mit Hanna?«, frage ich aufgeregt.

»Wenn du möchtest. Du kannst aber auch früher kommen, wir essen gemeinsam, ich bringe Hanna ins Bett und wir verduften danach in den Keller. Nur wir beide.«

»Hast du etwa sündige Gedanken?«, stichle ich und ein Grinsen zupft an meinen Lippen.

»Bei dir? Immer. Nein, mal im Ernst: Wir machen es so, wie es für dich am angenehmsten ist. Ich habe kein Problem damit, wenn Hanna dabei ist. Ist vermutlich sogar besser, wenn sie zwischen uns sitzt.«

»Du traust dir also selbst nicht über den Weg? Das ist interessant.« Ich liebe unsere Neckereien jetzt schon, behalte es aber wohlweislich für mich.

»Nicht wahr? – Wenn heute Nacht etwas sein sollte oder die Schmerzen schlimmer werden, ruf an, ja? Das Öl lasse ich dir hier.«

»Wieso sollte ich? Ich bin schon groß und komme prima alleine klar.« Erhobenen Hauptes rümpfe ich die Nase.

»Meistens jedenfalls. Also los, hau ab!« Ich küsse ihn zum Abschied flüchtig auf den Mund, bevor ich meine guten Vorsätze über den Haufen werfe. Denn genau wie Filip traue ich mir selbst nicht.

»Bis morgen. Lass uns früh telefonieren. Vielleicht können wir uns ja schon gegen Mittag treffen.«

Das klingt vielversprechend. »Ich melde mich, sobald ich wach bin, okay?«

»Jepp. Hört sich gut an.« Filip drückt mir seinerseits einen Kuss auf den Mund.

Binnen Sekunden droht das Ganze auszuarten und ich schiebe ihn entrüstet von mir. »Geh! Los, hopp, hopp.«

Lachend verlässt er das Zimmer.

Kapitel 24

Filip

Mila hat mir geschrieben. Gegen 11 Uhr kommt sie her und wir fahren in *Sinjas Buchcafé*. Dort findet eine Kinderlesung statt. Ich bin so gespannt, wie Mila und Hanna aufeinander reagieren. Meiner Tochter habe ich bisher lediglich erzählt, dass wir einen Ausflug mit einer Freundin machen, und meine Kleine hat natürlich sofort an Eske gedacht.

»Eske ist es nicht. Sie muss heute arbeiten, Prinzessin.«

»Im Hotelladen?«, fragt Hanna und löffelt ihre Cornflakes weiter.

»Nein, eine Kundin von ihr heiratet und Eske macht sie bei ihr zu Hause hübsch.«

»So wie bei mir.« Hanna streckt mir ihre Finger entgegen. Der rosafarbene Glitzerlack blättert langsam ab. Leider habe ich keinen Entferner hier. Vielleicht können wir den auf dem Rückweg besorgen.

»Ja, so wie bei dir.«

Es klopft und die Wohnungstür öffnet sich. Jörn tritt in unsere Küche. »Na, ihr beiden. Alles klar?« Er wuschelt Hanna durch die Haare.

»Wir fahren heute in den Buchladen, Onkel Jörn. Mit einer Freundin von Papa. Und er will mir nicht sagen, wie sie heißt.« Hanna legt den Löffel zur Seite und trinkt die restliche Milch aus der Schüssel.

Jörn lacht. »Also ein Überraschungsgast, hm?« Mein Bruder hat den Kopf schräg gelegt und mustert mich durchdringend. »Ist es die Dame, an die ich denke?«

»Womöglich«, entgegne ich lapidar und räume meinen Teller und das Besteck in die Spülmaschine. Hanna folgt mir und stellt ihre Sachen ebenfalls hinein.

»Ich bin in meinem Zimmer, bis dein Besuch kommt, Papi.« Bevor ich antworten kann, ist sie aus der Küche verschwunden.

Ich schüttle den Kopf und richte mich an meinen Bruder. »Möchtest du einen Espresso?«

»Gerne.« Jörn lässt sich auf die Eckbank fallen und ich stelle zwei Tassen unter den Vollautomaten.

»Was treibt dich hierher?«

Er reibt sich über den Mund. »Am Montag fangen die Handwerker mit der Renovierung an«, entgegnet er vage.

»Hört sich gut an. Warum klingst du dann so, als sei jemand gestorben?« Ich setze mich zu Jörn an den Tisch und reiche ihm seinen Becher.

»Danke. Mir ist da etwas eingefallen, was ich bisher verdrängt habe, aber ich kann absolut nicht einschätzen, was du davon hältst.«

»Na, dann raus damit!« Ich puste in die Tasse und nippe an dem heißen Gebräu.

Jörn hüstelt. »Wie denkst du über einen Saunabereich?«

Erstaunt starre ich ihn an. »Ernsthaft?«

»Ja«, antwortet Jörn zurückhaltend. »So schlecht ist die Idee nun auch nicht.«

»Das meine ich ja gar nicht. Ich find das gut. Allmählich wird unser Hotel ja ein richtiger Wellnesstempel.«

»Stimmt, aber ist es das, was Mama und Papa gewollt hätten?« Ich sehe, dass er mit sich hadert. »Sie wollten ein Hotel ohne Schnickschnack führen.« Nach wie vor scheinen die Wünsche unserer Eltern ihn zu verfolgen und in seinen Entscheidungen zu beeinflussen.

»Jörn! Das Thema hatten wir bereits zur Genüge. Sie wären mit vielem nicht einverstanden gewesen und dennoch haben wir es nach ihrem Tod in die Tat umgesetzt. Bei den Gästen kommt es gut an, also alles richtig gemacht.«

»Und was hältst du von einer Kinderbetreuung? Tatsächlich haben wir ab April mehrere Buchungen von kleinen Familien. Wenn wir Wellness anbieten, müssen in der Zeit die Kids versorgt sein, oder?«

»Klingt nicht verkehrt. Wohin damit? In die Räume zwischen Eskes Laden und meiner Praxis?«

»Ja, genau. Eigentlich sollte dort beizeiten ein Kiosk hin.«

»Braucht keiner. Zeitungen können sich die Gäste im Supermarkt kaufen. Was sagen Krisch und Kay zur Sauna?«

»Krisch ist es egal und Kay hat damit geprahlt, welche Frauen er mit dem Ganzen beeindrucken und abschleppen könnte. Keine Ahnung, wie er auf den Quatsch kommt.«

»Igitt, das will ich nicht wissen. Er treibt es meiner Meinung nach eh zu wild.« Ich trommle mit den Fingern auf der Tischplatte. »Deine Ideen sind super. Beauftrage jemanden! Der Platz ist vorhanden, das Geld ebenso. Auf was wartest du?«

Gedankenverloren guckt mein Bruder aus dem Fenster. »Keine Ahnung«, sagt er erneut. »Ich habe ständig Mamas Stimme im Hinterkopf. Ihren Protest, als ich das vor zwei Jahren schon mal vorgeschlagen habe.«

»Du bist der Älteste von uns. Mir ist klar, dass du alles im Griff haben willst. Aber du hast bisher immer recht behalten. Alles, was du angeleiert hast, wurde super angenommen. Warum sollte es diesmal danebengehen, hm?« Ich seufze. »Unsere Eltern sind tot. Wir treffen jetzt die Entscheidungen. Und ich bin definitiv dafür.«

»Okay, dann ist es beschlossene Sache.«

Hanna kommt zu uns und hält mir ein Haargummi und eine Bürste hin. »Kannst du mir einen Zopf flechten, der wie eine Gräte aussieht?«

»Äh …« Ich bin überfordert.

Mein Bruder lacht, kippt seinen Espresso herunter und haut mir auf den Rücken. »Gibt bestimmt YouTube-Videos dazu.«

In dem Moment klingelt es und ich atme erleichtert auf. Vielleicht hat Mila einen Plan, wie man das macht.

Ich husche in den Flur und drücke den Türsummer.

Während Jörn nach unten stiefelt, kommt Mila ohne Gehstützen die Treppe hinauf. Die beiden grüßen sich im Vorbeigehen.

Mein Puls legt an Tempo zu. Verflucht, ist sie schön. »Hey, Mila. Komm rein. Vielleicht weißt du, was Hanna für einen Zopf meint.«

»Zopf?«

Meine Süße kommt aus der Küche in den Wohnungsflur und stiert Mila mit großen Augen an. Es wird nicht lange dauern und Hanna verschanzt sich hinter mir, da bin ich mir sicher.

Mila schaut auf meine Tochter hinab und strahlt. »Elsa? Was machst du denn hier?« Sie hockt sich hin und ohne Vorwarnung rennt Hanna auf sie zu und kommt schlitternd vor ihr zum Stehen.

»Ich wohne hier. Zusammen mit meinem Papi.«

Ich bin zutiefst verwirrt. Aus mehreren Gründen. »Wieso ›Elsa‹? Das ist Hanna. Und woher kennt ihr zwei euch denn?«

Mila richtet sich auf, zieht sich die Mütze vom Kopf und stopft sie in ihre Jackentasche. »Wir haben uns einmal im Kaminzimmer und einmal in der Hotellobby getroffen. Allerdings hat Hanna sich mir als Elsa vorgestellt.«

Ich wende mich meiner Tochter zu. »Das hast du mir gar nicht erzählt.«

Hanna zuckt mit den Schultern. »Vergessen.« Sie zieht an Milas Hand, um wieder deren Aufmerksamkeit zu erlangen. »Bist du Papis Überraschungsbesuch? Fährst du mit uns zum Buchladen? Und kannst du Zöpfe flechten, die wie Gräten aussehen?«

Okay, damit habe ich nicht gerechnet. Völlig überfordert falte ich meine Hände im Nacken. »Um Gottes willen, Hanna, lass Mila erst mal richtig ankommen.«

»Schon gut, das macht mir nichts.« Sie zwinkert mir zu, bevor ihre Aufmerksamkeit zurück zu Hanna schwenkt. »Ich kann all deine Fragen mit Ja beantworten.« Sie lässt

Hannas Hand los, stellt ihre Tasche auf den Boden und legt ihre Jacke samt Schal achtlos beiseite. »Hast du eine Bürste und Haargummis?«

»Hab ich schon in die Küche gelegt. Kommst du?«

»Ist das in Ordnung?«, wendet sich Mila an mich und ich nicke sprachlos. Wie sehr habe ich mir gewünscht, dass Hanna wieder offen auf andere Menschen zugeht? Und nun ist genau das passiert.

Ich folge den beiden und beobachte, wie sie miteinander reden, während Mila sich an Hannas Haaren zu schaffen macht.

»Sonst macht Eske das immer«, gibt meine Kleine bereitwillig Auskunft. »Das ist Papis beste Freundin und die ist Friesirin.«

»Du meinst Friseurin. Ja, das weiß ich. Sie hat mir letzte Woche meine Haare geschnitten.«

»Eske war mit mir auf Amrum«, plappert Hanna weiter. »Mädelswochenende. Hast du das schon mal gemacht?« In meiner Kehle bildet sich ein Kloß und ich kämpfe das erste Mal seit Langem mit den Tränen.

»Leider nein. Bisher hatte ich keine Zeit dafür.«

Mila teilt einzelne Strähnen ab und ich frage mich, wie sie das alles halten kann. *Friesir* werde ich jedenfalls schon mal nicht mehr in diesem Leben.

»Dafür muss man sich immer Zeit nehmen, hat Eske gesagt.«

Mila lächelt mir flüchtig zu, während sie sich scheinbar spielend leicht um die gewünschte Flechtfrisur kümmert. Ich schlucke schwer und versuche mir meinen Gemütszustand nicht anmerken zu lassen. »Darf ich … dir noch einen Kaffee anbieten, bevor wir ins Buchcafé fahren?«

»Gerne.«

Da die beiden blendend ohne mich klarkommen, trabe ich zum Vollautomaten und mache mich ans Werk. So habe ich ein wenig Zeit, um mich zu akklimatisieren.

Mila

Seit einer halben Stunde sind wir in *Sinjas Buchcafé* und warten auf die Autorin, die sich angekündigt hat. Sie ist bisher nicht mal auf der Fähre, weil sie im Stau steht. Es gab einen großen Unfall auf der Autobahn und sie kommt nicht weiter.

Dass die vermeintliche Elsa Filips Tochter ist, verblüfft mich immer noch, und ich kann kaum glauben, dass sie in den letzten Monaten so zurückhaltend war. Mir gegenüber hat sie sich direkt geöffnet.

Ich kehre gerade von der Toilette zurück, da tritt Sinja zu mir. »Sag mal, Mila, du als Grundschullehrerin kannst bestimmt wunderbar vorlesen, oder?«

»Meine Kids haben sich zumindest bisher nie beschwert. Wieso fragst du?«

»Könntest du das Vorlesen übernehmen? Es sieht ja nicht so aus, als käme Klara noch. Und wie lange soll ich die Kleinen denn bitte vertrösten?«

Ich verstehe Sinjas Dilemma und sehe mich im Raum um. Circa 15 Kinder warten mit mindestens einem Elternteil darauf, dass es losgeht. Das sollte ich hinbekommen, immerhin besteht unsere Klassenstärke aus beinahe doppelt so vielen. »Klar, kein Ding.«

»Ehrlich?« Sinja hüpft kurz auf der Stelle. »Gott sei Dank, du rettest mir echt den Arsch«, flüstert sie und ich schmunzle. »Ich hole schnell das Buch.« Sie eilt davon.

Mein Blick gleitet zu Filip, der mit seiner Tochter ganz in der Nähe der provisorischen Bühne sitzt und mich beobachtet. Mir fällt das Atmen schwer. Wenn er mich auf diese Weise ansieht, zieht sich alles in mir vor Verlangen zusammen.

Sinja stößt mich liebevoll neckend an. »Kannst du dich überhaupt konzentrieren, wenn Filip dich die ganze Zeit anstarrt?«

Hastig wende ich den Blick ab und nehme Sinja entschlossen das Buch aus der Hand. »Keine Sorge, das schaffe ich.« Langsam schlängle ich mich durch die auf einer großen Decke sitzenden Kinder und sinke in den Sessel.

»Liest du uns vor, Mila?«, fragt Hanna und ich strecke den Daumen nach oben.

Sinja kommt zu mir und erklärt den Kindern und Eltern den Stand der Dinge.

Es wird geklatscht und gepfiffen, nachdem sie mich vorgestellt hat. Weil ich nicht sonderlich gerne im Mittelpunkt stehe, spüre ich, wie meine Wangen warm werden. Herrje, auch das noch.

»Hallo, zusammen. Wollen wir anfangen?«, frage ich nach einem letzten tiefen Atemzug. Die Besucher applaudieren aufs Neue und ich schlage das Buch auf. »Wisst ihr, woran man echte Freunde erkennt? Nein? Dann passt jetzt gut auf und hört zu, wenn Kiki und Jonas euch erklären, wie Freundschaft funktioniert.«

*

»Mila, das war so cool.« Hannas Gesicht leuchtet regelrecht vor Freude und ihre süße Zahnlücke blitzt hervor. »Kommst du mit zu uns und liest mir vor? Bitte! Du kannst die Stimmen so toll nachmachen.«

Filip schaut uns nacheinander entrüstet an. »Ach, ich dachte, ich könnte das auch sehr gut.«

»Da wusste ich ja nicht, wie super Mila das macht. Nicht böse sein, Papi.« Hanna kuschelt sich an das Bein ihres Vaters.

Glucksend hebt er Hanna auf den Arm und drückt sie an sich. »Ich bin nicht böse, Prinzessin. Und ich fände es auch schön, käme Mila mit zu uns. Wir können zusammen kochen und vielleicht *Arielle* schauen. Den Film kennt Mila nämlich bislang nicht.« Er setzt Hanna wieder ab.

Sie stemmt die Hände in ihre Hüften und schaut beinahe besorgt zu mir hoch. »Wie, du kennst *Arielle* nicht? Dann müssen wir den Film unbedingt heute gucken.«

»Tja, damit ist es beschlossene Sache, Mila kommt mit zu uns.« Filips Blick ist entwaffnend und auch Hannas Kulleraugen lassen mich nicht kalt.

Ich hebe gespielt resigniert die Hände. »Was kann ich gegen zwei Hansens schon machen, hm?«

Filip lacht. »Gut erkannt. Brauchst du noch ein Buch oder können wir gleich los?«

»Ich lese zurzeit ein anderes aus eurer kleinen Bibliothek, aber bevor ich abreise, schaue ich mich hier in Ruhe um.« Abreise. Dieses Wort macht mich mit einem Mal ziemlich traurig. Kaum zu glauben, nachdem ich auf Jyltrum zu Beginn alles furchtbar gefunden habe.

Filips Miene wirkt angespannt. »Das dauert zum Glück ja noch ein bisschen. Kommt, wir verabschieden uns von Sinja und halten auf dem Rückweg eben bei *Mortens Inselsupermarkt*. Dann kann ich direkt Nagellackentferner kaufen.«

Eine Viertelstunde später steht Hanna vor dem Obstregal. »Können wir Äpfel mitnehmen und Apfelpfannkuchen machen, Papi?«

»Sicher, pack sie ein.«

Wir schlendern weiter und ernten ein paar neugierige Blicke anderer Kunden.

Ich beuge mich näher zu Filip. »Wieso gucken die uns so an?«, flüstere ich.

»Weil es das erste Mal seit Jahren ist, dass sie Hanna und mich mit einer ihnen unbekannten Frau sehen.«

Ich runzle die Stirn. »Okay.« Fast komme ich mir vor wie auf dem Dorf, aber streng genommen ist eine Nordseeinsel wohl genau das.

»Ignoriere sie einfach. Damit fährt man meist am besten.«

Recht hat er, dennoch fällt es mir zunehmend schwerer, das alles auszublenden. »Sie hassen mich bestimmt, weil ich nicht von hier bin.«

Filip bleibt stehen und drückt meine Hand. »Hier hasst dich niemand. Entspann dich.«

»Na ja, denk an die Geschichte deiner Eltern«, äußere ich meine Sorgen. »Dein Vater hatte einen schweren Start, hast du erzählt.«

»Das ist Schnee von gestern. Die Zeiten sind längst vorbei und die neue Generation ist deutlich offener. Mach dir darum keine Gedanken.«

Das sagt sich so leicht. Wir laufen weiter und ich beobachte Hanna und Filip dabei, wie sie gemeinsam Lebensmittel für die kommende Woche aussuchen. Bisher hat Hanna nicht nach Süßigkeiten gefragt, obwohl wir inzwischen an einigen vorbeigelaufen sind. Verblüffend.

»So, Prinzessin, das hat ja wunderbar geklappt. Flitz los und such dir zwei Sachen aus, ja?«, meint Filip schließlich, als wir an den Kassen ankommen.

Hanna stößt ein freudiges Quieken aus und düst davon.

»Das musst du mir erklären«, sage ich und stelle mich in die Schlange an der Kasse.

»Zu Beginn unserer Einkaufsausflüge hat Hanna sich immer auf den Boden geschmissen, weil sie Unmengen an Süßigkeiten haben wollte. Irgendwann hat es mir gereicht und wir haben einen Deal geschlossen: Wir kaufen in Ruhe ein, ohne dass es Theater gibt, und wenn das klappt, darf sie sich zwei Sachen aussuchen.«

»Egal was?«

»Egal was.«

»Und das funktioniert?« Ich fasse es nicht.

»Jepp. Bei Hannas bester Freundin Tilda klappt es allerdings nicht mal annähernd so gut wie bei uns.« Filip legt die Lebensmittel auf das Kassenband. »Ich war von heute auf morgen für Hanna alleine verantwortlich. Da musste ich mir was überlegen, damit der Alltag nicht in einem Desaster endet.«

Hanna kommt zurück und legt eine Packung Kinderschokolade auf das Band.

Filip hält in der Bewegung inne. »Das ist nur eine Sache.«

»Ich weiß, aber da sind viele Riegel drin und das reicht bestimmt ganz lange.«

Ungläubig linse ich zu Filip, der mir ein charmantes Lächeln schenkt. Ist er sich bewusst, welches Glück er mit seiner Tochter hat?

Kapitel 25

Filip

Mila und ich sitzen in der Küche und trinken Espresso, während Hanna sich im Kinderzimmer umzieht. Den Glitzerlack hat Mila schon entfernt.

Das gemeinsame Kochen und das anschließende Abendessen waren wunderschön. Danach habe ich mit Mila einen Wohnungsrundgang gemacht.

Sie hat Hanna gefragt, was sie bisher in der Schule gelernt hat, und meine Süße hat stolz alles erzählt.

»Du hast eine ganz entzückende Tochter, aber ich denke, das weißt du, oder?« Mila streicht mit den Fingerspitzen über den Rand des kleinen Kaffeebechers und lächelt aufrichtig.

»Sie ist ein Goldstück und mein Ein und Alles. Meiner Meinung nach hat sie den Tod ihrer Mutter und Großeltern und die Geschichte mit unserer Bekannten gut verkraftet. Ich frage mich bloß, wie du es geschafft hast, dass Hanna sich dir so schnell öffnet. Du weißt ja, wie zurückhaltend sie fremden Menschen gegenüber war. Es ist mir echt ein Rätsel, wieso bei dir auf einmal alles so flott ging.«

»Da bin ich überfragt. Bei unserem ersten Aufeinandertreffen meinte sie, meine Haare sähen aus wie die von der Freundin ihres Papas, also wahrscheinlich Eskes. Vielleicht deshalb?«

»Mag sein. Oder weil du das genaue Gegenteil von unserer Bekannten bist. Du bist unendlich liebevoll und empathisch. Wie sich herausgestellt hat, war Iris das nicht.« Ich reibe mir über den Hinterkopf. »Habe gedacht, ich sehe nicht richtig, als Hanna heute auf dich zugestürmt ist.«

Mila lacht lauthals und nie habe ich etwas Schöneres gehört. »Ja, das hab ich gemerkt.«

»Ich bin feeertig.« Hanna platzt in die Küche. Sie trägt ihren *Arielle*-Schlafanzug und hat rote Puschen an den Füßen. Noch immer hat sie die Haare geflochten.

»Möchtest du den Zopf nicht aufmachen?«

»Nein, Papi. Wenn ich damit schlafe, habe ich morgen schöne Locken. So wie meine Barbie. Und Mila.«

»Das sieht bestimmt ganz toll aus«, sagt Mila.

»Können wir jetzt in den Keller?« Hanna zerrt an meiner Hand.

»Können wir. Magst du dir einen Riegel von der Kinderschokolade mitnehmen?«

»O ja.« Sie lässt mich los und läuft zu unserer Süßigkeitenschublade, die sich unter dem Kühlschrank befindet.

Unterdessen wende ich mich an Mila. »Trinkst du ein Glas Weißwein mit mir? Oder hast du heute eine Schmerztablette genommen?«

»Hab ich nicht und bisher klappt es ganz gut. Ich trinke gerne ein Glas mit dir, wenn ich zusätzlich ein Sprudelwasser bekomme.«

»Im Filmraum stehen ein Wasserkasten und Becher.« Ich erhebe mich und nehme eine Flasche Wein und zwei Gläser aus dem Regal. »Na dann, lasst uns *Arielle* anschauen.«

*

Der Abspann läuft und im Augenwinkel erkenne ich, dass bei Mila ein paar Tränen fließen.

Hanna schläft seit einer halben Stunde, auch wenn sie sich energisch dagegen gewehrt hat.

Ich ziehe ein Tuch aus der Tempobox und reiche es Mila. Dankbar nimmt sie es entgegen und schüttelt den Kopf. »Menschenskind, was musst du von mir denken? Erst will ich *Arielle* nicht sehen und dann heule ich bei einem Kinderfilm. Einfach lächerlich.«

»Das ist nicht lächerlich, sondern zeigt, wie empathisch du bist. Aber das habe ich dir ja vorhin schon gesagt.«

»Es ist ein Film! Meerjungfrauen gibt es nicht.«

»So kann es gehen.« Ich lege meine Hand auf die Rückenlehne des Sofas und streiche sanft über das Stück nackte Haut, das an Milas Schulter hervorblitzt. Sie erschaudert und ich freue mich diebisch. »Magst du oben noch ein Glas Wein mit mir trinken? Dann wecke ich Hanna kurz, damit sie sich die Zähne putzt, und bringe sie ins Bett. Danach können wir uns unterhalten, wenn du magst.«

»Ist das bei dir ein Synonym für etwas anderes?«, fragt Mila frech.

»Ich meine tatsächlich nur reden, auch wenn der Gedanke an ›etwas anderes‹ durchaus erregend ist.«

»Vermutlich wäre es besser, würde ich mich auf den Rückweg ins Hotel machen, aber ich kann nicht«, wispert sie. »Irgendwas hält mich hier, bei dir. Bei euch.«

»Das gefällt mir.« Ich werfe einen Blick auf Hanna, die zwischen uns liegt und den Kopf auf Milas Schoß gebettet hat. »Lass uns hochgehen.«

Vorsichtig hebe ich Hanna auf meine Arme. Bescheuert, da ich sie in ein paar Minuten eh wecken muss.

Mila schnappt sich die Weinflasche samt Gläsern und schaltet alles aus, ehe wir den Keller verlassen.

Auf dem Weg in meine Wohnung treffen wir auf Jörn. »Wo willst du um die Zeit hin?« Er sieht müde aus.

Jörn seufzt. »Ich möchte eine Runde um den Block laufen. Den Kopf freibekommen.«

»Du machst dir hoffentlich nicht weiterhin Gedanken wegen des Umbaus, oder?« Ich war der Ansicht, wir hätten das geklärt.

»Du kennst mich doch. Aber das wird, keine Bange. Hattet ihr einen schönen Abend?« Mila und ich bejahen und mein Bruder nickt zufrieden. »Super, viel Spaß weiterhin, wir sehen uns morgen.« Er öffnet die Haustür und verschwindet in die Kälte.

In meiner Wohnung angekommen drückt Mila den Schalter für die Lampe auf der Kommode.

Ich deute Richtung Wohnzimmer. »Mach es dir ruhig gemütlich, ich bin gleich bei dir.« Mit Hanna auf dem Arm tappe ich ins Badezimmer und knipse das Licht über dem Spiegel an. »Hey, kleine Meerjungfrau. Bitte einmal wach werden, damit du dir die Zähne putzen kannst.« Ich streiche ihr über die Wange und Hanna schlägt die Augen auf.

Behutsam setze ich sie auf die geschlossene Toilette und reiche ihr wenig später die Zahnbürste.

Gemächlich putzt Hanna sich die Zähne, während ihr immer wieder die Lider zuklappen. Sie steht auf und spuckt den Schaum ins Waschbecken.

Ich nehme ihr die Bürste ab und putze noch mal nach, ehe ich sie den Mund ausspülen lasse.

»Ich muss mal«, sagt sie und ich helfe ihr. Nicht dass sie vom Klo plumpst, so müde, wie sie ist.

Nachdem Hanna fertig ist und sich die Hände gewaschen hat, hebe ich sie zurück auf meine Arme und trage sie ins Bett. Sofort schnappt sie sich ihre Stoffschildkröte und dreht sich auf die andere Seite. Ich decke sie zu. »Schlaf schön, Prinzessin.« Dass ich ihr einen Kuss auf die Schläfe drücke, bekommt sie nicht mehr mit.

Leise verlasse ich das Kinderzimmer und schließe die Tür.

Als ich ins Wohnzimmer komme, sitzt Mila auf dem Sofa und kuschelt mit Janosch. Der kleine Kerl hat es gut.

Räuspernd nähere ich mich den beiden. »Da haben sich ja noch zwei gefunden, hm? Scheint, als hättest du meine ganze Familie um den Finger gewickelt.«

Sie stößt ein leises Lachen aus. »Wer kann, der kann.«

»Wein?«, hake ich vorsichtshalber erneut nach. Die Gläser und die Flasche stehen auf dem Couchtisch.

»Ja.«

Janosch schnurrt und Mila entweicht ein Stoßseufzer. »Ich hätte immer gerne ein Haustier gehabt. Früher hatten wir nicht genug Geld und mittlerweile habe ich keine Zeit mehr.«

»Dann musst du dir die nehmen«, entgegne ich und gieße uns ein, ehe ich die Musikanlage einschalte.

Mila

»Stimmt, bloß schafft man das so einfach? Generell hab ich mir vorgenommen, mir mehr Zeit für mich zu nehmen. Ob ich das durchziehe, steht wiederum auf einem anderen Blatt. Ich hoffe, dass ich den Spagat zwischen Berufs- und Privatleben hinbekomme.«

»Bestimmt.« Filip setzt sich neben mich. Er greift nach der Fernbedienung und wenig später erklingt die Stimme von Bon Jovi.

»Oh, jetzt fährst du aber die ganz harten Geschütze auf, hm? Ist das deine Verführungs-Playlist?«

Filip lacht. »Nope, ist sie nicht. Ich mag einfach ältere Lieder. Schlimm?«

»Nein, ganz und gar nicht. Manchmal brauche ich das auch.«

Filip drückt mir mein Weinglas in die Hand und wir stoßen vorsichtig an. »Auf einen weiterhin wunderschönen Abend.« Tief blickt er mir in die Augen.

»Besser werden kann er fast gar nicht mehr«, gebe ich mit gesenkter Stimme zurück und genehmige mir einen großen Schluck.

Filip nippt an seinem Glas und legt seine rechte Hand in meinen Nacken, wo sie zart ihre Kreise zieht. Mit einem wohligen Gefühl schließe ich die Augen. Mein Kinn sinkt nach vorne auf die Brust und ich schnurre fast so zufrieden wie Janosch, der auf meinem Schoß liegt.

Die Musik wechselt zu einem weiteren Bon-Jovi-Song.

»Okay, aber deine Knutschplaylist ist es auf jeden Fall«, äußere ich meine Gedanken und ernte einen Knuff von Filip.

»Nein, doch was nicht ist, kann ja noch werden. Was meinst du?«

Seine grauen Augen funkeln vergnügt und ich kann mich nicht an ihnen sattsehen.

Janosch springt von meinem Schoß und die Stimmung zwischen Filip und mir verändert sich. Mit einem Mal kribbelt mein gesamter Körper und meine Mitte zieht sich sehnsuchtsvoll zusammen.

Filip nimmt mir das Glas ab und stellt es mit seinem auf den Tisch. »Komm her.« Sein Finger lockt mich näher und Sekunden später liege ich auf ihm.

Sein Duft vernebelt meine Sinne. Seine warmen Hände wandern unter meinen Pullover, streichen träge hinauf und hinunter und bescheren mir eine Gänsehaut. Filip grinst wissend und haucht mir einen Kuss auf die Nasenspitze. Er klopft auf seine Brust und ich lege den Kopf ab.

Wie von selbst schließen sich meine Lider. Ich gebe mich den Empfindungen hin und genieße das Gefühl seiner

Hände auf meiner erhitzten Haut. Von jetzt auf gleich spüre ich einen Druck auf meinem Hintern.

»Janosch, du Flegel, was machst du da?«

Ich kichere. »Was tut er denn?«

»Er hat es sich auf deinem Po gemütlich gemacht.« Ich wackle ein wenig mit besagtem Körperteil hin und her, ohne den Kater damit zu beeindrucken. »Wenn du so weitermachst, steht er gar nicht mehr auf«, brummt Filip.

»Lass ihn, so ist mir schön warm.«

»Dafür brauchen wir den Kater nicht. Ich kann auch Dinge tun, damit dir warm wird«, raunt Filip.

»Das bezweifle ich nicht.« Ich öffne die Augen und lege den Kopf in den Nacken. Langsam hebe ich den Arm und kitzle sachte über Filips stoppelige Wange.

Filip zieht seine Hände unter meinem Pullover hervor und dreht uns auf die Seite, was Janosch aufschreckt. Er faucht und tapst unzufrieden von dannen.

»Du böser Mann. Verscheuchst einfach den kleinen Kerl, wo er es sich gerade gemütlich gemacht hat.«

»Er hat diverse Körbchen in der Wohnung herumstehen, da hat er genug Gemütlichkeit.« Filip legt mein Bein über seine Hüfte und zieht mich eng an sich. »Danke, dass du den Tag mit uns verbracht hast. Das bedeutet mir so viel, das kannst du dir gar nicht vorstellen.«

Filips Stimme klingt brüchig und ich ahne, wie groß seine Angst gewesen sein muss, Hanna und ich könnten uns nicht verstehen.

»Ich hab zu danken, dass du mich ihr vorgestellt hast, auch wenn wir bemerkt haben, dass wir uns schon kennen. Ich mag dich, Filip. Sehr sogar, und es verwirrt mich alles nach wie vor. Wie du dich gestern um mich gekümmert hast … Das hat mein Ex-Freund nie getan.« Ich drehe den Kopf zu Janosch, der mittlerweile auf dem Sessel liegt.

»Was machen deine Periodenschmerzen? Du hast bisher nichts gesagt.« Filip dreht meinen Kopf zu sich und durchforstet meine Gesichtszüge.

»Sind auszuhalten, dank deiner Tapes.«

»Ach, tatsächlich? Na so was. Wer hätte das gedacht?« Er küsst mich auf den Mundwinkel. »Tut mir leid, dass sich bisher niemand anständig um dich gekümmert hat. Ich verstehe das beim besten Willen nicht.«

»Na ja, Leandra hat sich gekümmert, nachdem ich diesen dämlichen Fußballunfall hatte … Du weißt sicher, wie ich das gemeint habe.«

»Tu ich! … Mila?«

»Hm?«

Einen Moment scheint er mit sich zu hadern. Sein Atem geht zittrig. »Ich kann mir zurzeit nicht vorstellen, dass du wieder nach Köln fährst.«

Oh, meint er das so, wie ich denke? »Wieso nicht?«

»Weil ich anfange, mich in dich zu verlieben, und dich am liebsten rund um die Uhr bei uns hätte.«

Ich ziehe scharf die Luft ein. »Wir kennen uns kaum.«

»Dessen bin ich mir bewusst. Doch wenn man es weiß, dann weiß man es einfach, oder?«

Ich reflektiere mein bisheriges Leben. »Bei meinem Ex hab ich gedacht, das wäre für immer.«

»Du empfindest etwas für mich, hast du selbst gesagt. Das ist ein guter Anfang, oder nicht?« Er klingt hoffnungsvoll.

»Ist es.« Gestehe ich ihm meine Gefühle? »Ich hab mir tatsächlich ausgemalt, wie es mit dir zusammen wäre, und da wusste ich nicht mal, dass Hanna zu dir gehört. Sie ist quasi die Kirsche auf der Sahnetorte.« Kaum habe ich den Satz laut ausgesprochen, beiße ich mir auf die Zunge.

Filips Mundwinkel verziehen sich zu einem Lächeln. Wie in Zeitlupe kommt er näher und verschließt meinen Mund mit seinem. Zaghaft tastet er sich weiter vor, als hätten wir uns noch nie geküsst. Er knabbert an meiner Unterlippe und arbeitet sich weiter am Kiefer entlang. Ob er spürt, was er in mir auslöst? Mit Sicherheit.

Mit einem Mal nehme ich die Musik wieder wahr. Das Lied passt so gar nicht in die bisherige Playlist. Erst vor ein paar Wochen habe ich es das erste Mal im Radio gehört. *Von Null auf Liebe*. Ich beende den Kuss und suche Filips Blick. »Ist der Song versehentlich in deine Liste gerutscht?«

Filip schüttelt den Kopf. »Nein, den habe ich mit voller Absicht dazugepackt.«

Kapitel 26

Filip

Mila schluckt kräftig. Hoffentlich bin ich damit nicht übers Ziel hinausgeschossen.

In ihren Augen sammeln sich Tränen. Sekunden später schwappt die erste hinaus und rinnt über ihre Wange.

Liebevoll wische ich sie mit dem Daumen fort und küsse Mila auf die Stirn. »Du musst darauf nicht antworten. Ich wollte nur, dass du Bescheid weißt.«

Mila nickt und kuschelt sich an meine Brust. Die aufgeheizte Stimmung von eben ist verschwunden, das stört mich jedoch nicht im Geringsten. Ich schließe meine Arme fest um sie und drehe mich wieder auf den Rücken. Ein weiteres Mal schiebe ich meine Hände unter ihr Oberteil und streichle ihre Haut.

»Das ist so schön«, nuschelt Mila. Wie recht sie hat. Viel zu lange ist es her, dass ich so für eine Frau empfunden habe. »Hattest du seit Ida Beziehungen oder One-Night-Stands?«

»Keine Beziehungen. Und für das andere bin ich nicht der Typ, wie du im Gespräch mit Leandra schon treffend erläutert hast. Mein Bruder Kay ist aber so ein Kandidat. Der nimmt alles mit, was geht, und hat des Öfteren mit den weiblichen Gästen verkehrt. Sehr zum Leidwesen unserer Eltern.«

»Und woher wussten sie davon? Hat ihn jemand vom Personal angeschwärzt?«

»Nein, das hat er ganz allein geschafft.« Ich grinse etwas gehässig. »Wenn man so blöd ist, seine Eroberungen im Büro hinter dem Empfang zu vernaschen, muss man sich nicht wundern, wenn die eigene Mutter auf einmal im Raum steht, weil die Rezeption nicht besetzt ist.«

Mila kichert. »O Shit, erwischt von Mama. Das ist schräg.«

»Irgendwie schon, ja.«

Mila legt den Kopf nach hinten. »Darf ich dir noch eine Frage stellen?«

»Sicher, was möchtest du wissen?« Ich positioniere uns etwas anders, damit ich Mila ins Gesicht sehen kann, ohne mich zu verrenken.

»Wie habt ihr Hanna das Thema Tod nähergebracht?«

»Als Ida gestorben ist, haben wir ihr nur gesagt, dass die Mama leider fort ist und Hanna jetzt bei mir wohnt. Wir fanden sie mit ihren damals vier Jahren einfach zu jung, um zu sehr ins Detail zu gehen. Nach dem Unglück unserer Eltern haben wir ein spezielles Kinderbuch zum Thema Tod gekauft. Kay, Krischan, Jörn und ich haben es uns im Vorfeld zusammen angesehen und sind es gemeinsam mit Hanna durchgegangen«, antworte ich leise.

»Also wird dort der Tod kindgerecht erklärt?«

»Ja. Es ist ziemlich ausführlich, wobei wir Hanna viele Dinge gar nicht vorgelesen haben, weil ich der Ansicht bin, das ist nichts für so ein kleines Mädchen.«

»Zum Beispiel?«

»Wie tief das Grabloch ist und ob der Sarg von Tieren angeknabbert wird. Ich denke, das werden wir alles in einigen Jahren durchgehen. Mir war das definitiv zu viel an Informationen für den Anfang. Außerdem haben wir keine Gräber. Es gab zwei Seebestattungen.« Einen Augenblick halte ich inne. »Wie siehst du das als Grundschullehrerin?«

Mila krabbelt von mir herunter und setzt sich hin. Ich tue es ihr gleich und bin gespannt auf ihre Antwort.

»Ich denke, Eltern müssen für sich selbst entscheiden, was sie ihren Kindern sagen und was nicht. Oft ist es aber so, dass Kinder sich eigene Antworten suchen, wenn sie von den Erwachsenen keine zufriedenstellenden bekommen. Und dass die besser sind, wage ich zu bezweifeln.« Mila verschränkt unsere Finger miteinander. »Was hat Hanna denn gefragt?«

Ich hole einmal tief Luft, weil die Erinnerung wie ein Güterzug auf mich zurast. »Ob meine Eltern dolle Schmerzen hatten. Es ist krass, was kleinen Kindern durch den Kopf geht.«

»O ja. Das erstaunt mich auch oft.«

»Manchmal redet Hanna mit Ida und meinen Eltern. Wenn wir am Meer sind und große Wellen kommen, sagt sie, das seien ihre Mama und Omi und Opi, die sie begrüßen.«

»Ein schöner Gedanke. Jedes Kind verarbeitet Trauer anders und ich bin der festen Überzeugung, ihr habt bei Hanna alles richtig gemacht.« Mila drückt mir einen Kuss auf dem Mund.

Mila

»Lieb, dass du das sagst.« »Ich sollte mich langsam auf den Rückweg machen.« Ich stehe auf und strecke mich.

»Du kannst hier übernachten.« Der Vorschlag klingt irgendwie verheißungsvoll.

Netter Gedanke, aber nein. »Dafür ist es noch zu früh.« Ich nehme die Gläser und bringe sie hinüber in die Küche. Filip folgt mir.

»Du musst nicht aufräumen, Mila. Das schaffe ich alleine.« Filip schlingt von hinten seine Arme um meine Taille.

Ich platziere das Geschirr im Spülbecken und drehe mich um. »Dessen bin ich mir bewusst.«

»Sehen wir uns morgen? Meine Brüder und ich möchten Eskes Geburtstag planen.« Hoffnung schimmert in seinen Augen.

»Oh, wann hat sie denn?«

»Nächsten Sonntag. Wir wollen sie am Samstag mit einer kleinen Party im Gartenhaus überraschen und reinfeiern.«

»Gartenhaus? Wo habt ihr das denn versteckt?« Ich schäle mich aus Filips Umarmung und gehe in den Flur, um mich anzuziehen.

»Eske kann von ihrer Ladenküche aus in den Garten. Dort steht unser altes Haus, das früher als großer Geräteschuppen gedient hat. Inzwischen ist es ein Partyhaus mit einer Theke, einer Musikanlage und Sitzbänken.«

»Cool. Ich bin auf jeden Fall dabei, sofern deine Brüder nichts dagegen haben.« Ich schlüpfe in meine Jacke und wickle mir den Schal ein paarmal um den Hals.

»Haben sie nicht. Sie freuen sich darauf, dich richtig kennenzulernen.«

Die Vorstellung sorgt dafür, dass mir ein bisschen mulmig wird. Klingt beinahe wie ein weiterer Test, wie ich mit seiner Familie zurechtkomme. Kaum habe ich meine Stiefel und die Mütze an, zieht Filip mich abermals an sich. »Noch mal danke für alles heute. Gibst du kurz Bescheid, wenn du im Hotel bist? Ich bin ehrlich, ich lasse dich ungern alleine rübergehen.«

»Das sind gerade mal fünf Minuten. Aber wenn es dir damit besser geht, melde ich mich, sobald ich heil angekommen bin.«

»Danke.« Filip verabschiedet mich mit einem intensiven Kuss und streicht mir zärtlich über die Wange. »Morgen um 14 Uhr hier?«

»Passt. Ich freu mich.« Das tue ich wirklich, auch wenn ich schon wieder nervös bin.

*

Kurz bevor ich das Strandhotel erreiche, fällt mir eine dunkle Gestalt auf. Die Person, der Statur nach wahrscheinlich ein Mann, schaut durch eines der hinteren Fenster ins Innere des Hotels und telefoniert aufgebracht. Währenddessen blickt er sich immer wieder verschwörerisch auf dem Platz um. Meine Atmung beschleunigt sich und mein Bauchgefühl schlägt Alarm. Aus irgendeinem Grund ist mir die Sache nicht geheuer.

»Hallo, Sie da!«, rufe ich mit klopfendem Herzen. Der Angesprochene zuckt ertappt zusammen und steckt das Handy weg. »Was haben Sie hier zu suchen? Wenn Sie nicht sofort verschwinden, ruf ich die Polizei.«

Fluchend wendet der Kerl sich ab und rennt davon.

Ob ich Filip darüber in Kenntnis setzen soll?

Grübelnd tapse ich zum Hoteleingang. Die Tür ist noch geöffnet und gleitet zur Seite.

Herr Hansen steht am Empfang und lächelt mir zu. Augenblicklich muss ich an die Geschichte denken, die Filip mir über ihn und seine Affären erzählt hat, und schmunzle.

»Hallo, Frau Tersteden. Oder darf ich Sie jetzt Mila nennen?«

Ich trete näher und blinzle irritiert. »Wieso?«

»Na, weil Sie mit meinem Bruder ausgehen.«

Kurz bin ich gewillt, ihn auflaufen zu lassen, doch irgendwie steht mir nicht der Sinn danach und ich lenke ein. »Von mir aus. Mila, angenehm.« Ich gebe ihm über die Theke hinweg die Hand und er greift beherzt zu.

»Kay, aber das weißt du ja. Hattest du einen schönen Tag mit meinem Bruder und meiner Nichte?«

»Sehr sogar. Sag mal, du schließt die Tür gleich ab, oder?« Mit einer vagen Geste deute ich über meine Schulter zum Eingang.

»Um Mitternacht. Die Gäste, die bis dato nicht zurück sind, müssen sich mit dem Schlüssel Zutritt verschaffen. Warum fragst du?«

»Da war so ein komischer Typ. Er hat telefoniert und durch eines der Fenster hier reingeschaut. Als ich ihn angesprochen und mit der Polizei gedroht habe, ist er verduftet. Kommt das hier oft vor?«

»Dass Menschen ins Innere des Hotels schauen? Ja, gelegentlich. Weißt du was? Für dich schließe ich jetzt schon ab.« Apart lächelt er mich an und holt den Schlüssel.

Ich werfe einen Blick auf die Uhr, die an der Rezeption an der Wand hängt. 23:42 Uhr. Mist, vor zehn Minuten bin ich bei Filip losgegangen. Ich ziehe mein Handy aus der Tasche und tippe eine Nachricht.

Mila

Hi!
Bin gut angekommen.
Ich freu mich auf morgen.
Schlaf schön.

Fast sofort blinken die Punkte. Ob er das Handy die ganze Zeit in der Hand gehalten hat?

Filip

Schlaf du auch schön.
Ich träum von dir.
Bis morgen. <3

»Schreibst du schmutzige Nachrichten mit meinem Bruder?« Kay war indessen beim Eingang und verschanzt sich nun wieder hinter dem Tresen.

»Das wüsstest du wohl gerne, hm?« Ich stopfe das Gerät in meine Jackentasche. »Bis morgen, Kay. Ich wünsche dir eine ruhige Nacht.«

»Die wünsche ich dir auch. Bis dann, Mila.«

Ich drücke den Knopf für den Aufzug und die Türen gleiten auf. Auf dem Weg nach oben geistert mir der Unbekannte im Kopf herum. Wen oder was der wohl gesucht hat?

Kapitel 27

Filip

Noch zehn Minuten. Dann schlägt die Meute hier auf, um Eskes Geburtstag zu planen. Hanna und ich haben Waffeln gebacken. Hoffentlich ist Krisch damit zufrieden. Es ist gar nicht so leicht, die Ansprüche eines 2-Sterne-Kochs zu erfüllen.

Hanna hat ihren Zopf geöffnet und ihre Haare wellen sich auf bezaubernde Weise. Zu gerne hätte ich, dass Hanna wie ich mit Geschwistern aufwächst. Mal sehen, ob sich mein Wunsch noch erfüllt.

Es klingelt. Das kann eigentlich nur Mila sein, denn meine Brüder klingeln nicht. Meine Süße rast in den Flur, Janosch wie ein aufgeregter Hund hinterher. Voller Vorfreude eile auch ich zur Tür und betätige den Summer. Kurz darauf kommt Mila die Treppe hoch.

»O mein Gott, was hast du denn für tolle Haare?« Mila geht mit funkelnden Augen vor Hanna in die Hocke. »Und das Kleid erst. Schade, dass es das nicht in meiner Größe gibt.« Das Kleid, von dem Mila spricht, ist rosa mit roten Punkten. »Und mein Geschenk passt sogar richtig gut dazu.« Mila öffnet ihren Rucksack und zieht ein rotes Band hervor. Sie legt es in Hannas Nacken, überkreuzt es auf ihrem Kopf und stopft die Enden unter den Stoff. »Das perfekte Haarband für dein Outfit, Hanna. Was meinst du? Schau mal in den Spiegel.«

Meine Tochter schiebt sich an mir vorbei und klettert auf die kleine Kommode im Flur, obwohl sie weiß, dass sie das nicht darf. Vielleicht sollte ich einen anderen Spiegel kaufen. Einen, der bis zum Boden reicht. Da ich einsehe, dass die aktuelle Lösung für sie suboptimal ist, erspare ich ihr meinen Tadel.

»Hi.« Mila kommt zu mir und umarmt mich flüchtig.

»Hey.« Hinter ihr schließe ich die Tür und warte, bis sie sich aus ihrer Jacke und den Stiefeln gepellt hat, ehe ich sie an mich ziehe und zur Begrüßung küsse.

»Igitt!« Hannas Gekreische bringt uns zum Lachen. »Das Band ist toll. Darf ich das behalten?« Ich helfe ihr beim Herunterklettern. Kaum steht sie auf dem Boden, schaut sie hoch zu Mila, die sich hinkniet und Janosch auf den Arm nimmt. Seitdem ich die Tür geöffnet habe, buhlt der alte Charmeur um Aufmerksamkeit. »Ja, das ist für dich.«

Mich würde ja interessieren, ob sie es von zu Hause mitgebracht oder heute Morgen besorgt hat.

»Danke schön.« Hanna dreht sich hin und her und streichelt Janosch, der sich an Milas Brust drückt. Glückliches Kerlchen.

»Lasst uns in die Küche gehen. Wir haben Waffeln gebacken.«

Mila schnuppert. »Riecht man.« Lächelnd steht sie auf und folgt mir.

Sie rutscht auf die Eckbank und setzt Janosch auf dem Boden ab, der sich prompt neben ihren Füßen lang auf den Fliesen ausstreckt.

Hanna klettert zu Mila auf die Bank und hockt sich ungefragt auf ihren Schoß. Bei dem Anblick geht mir das Herz auf.

Mila nimmt Hanna in den Arm. Ihr Lächeln ist atemberaubend und mein Körper tanzt Samba vor lauter Glücksgefühlen.

Die Wohnungstür öffnet sich und meine Brüder trampeln in die Wohnung. Anders kann man das nicht nennen.

»Hallo, na, das ist ja mal eine nette Überraschung.« Jörn ist der Erste, der auf Mila zugeht. Mit Hanna auf dem Arm steht Mila auf und umarmt meinen Bruder, ehe sie zurücksinkt.

»Hallo, Hanna, mein Schatz. Du hast dich aber schick gemacht.«

»Das Band hat Mila mir geschenkt.« Sie deutet auf ihren Kopf.

»Ehrlich? Und wieso bekomme ich nichts?« Jörn tut entrüstet, was Hanna zum Giggeln bringt.

Auch Kay und Krischan begrüßen meine beiden Frauen und … Stopp! Was denke ich denn da?

Jörn kommt zu mir hinter die Küchentheke. »Alles gut?«, raunt er. Ich nicke, ohne die anderen aus den Augen zu lassen. Jörn gluckst. »Ja, dich hat es schwer erwischt.«

»Ich habe nichts zu meiner Verteidigung zu sagen«, flüstere ich, bereite ein paar Tassen Kaffee zu und balanciere sie an den Küchentisch. »Und du Mila?«

»Hast du Kakao im Angebot?«

»O ja, ich will auch einen«, kräht Hanna dazwischen.

»Also Kakao für die Damen, kommt sofort.« Ich wende mich ab und kümmere mich um die restlichen Getränke. Währenddessen fangen meine Brüder an, Mila mit Fragen zu löchern, und ich hoffe, dass sie sich danach noch weiter mit mir treffen will. Vielleicht hätte ich sie nicht direkt der kompletten Bande aussetzen sollen.

*

»Und wie willst du sie ins Gartenhaus locken?«, will Kay wissen. Wir haben Waffeln gegessen, Kakao und Kaffee getrunken und sitzen mit einem Block bewaffnet am Tisch, um eine Liste zu erstellen.

»Vielleicht kann Krisch das ja tun?« Jetzt bin ich gespannt, was er antwortet.

Misstrauisch guckt er zu mir herüber. »Und du denkst, sie vertraut mir? Immerhin zicken wir uns laufend an.«

Mila und ich tauschen einen Blick. »Sie kommt bestimmt mit, wenn du mal deine charmante Art hervorholst.« Sehr offensiv, Mila. Ich bin beeindruckt.

Meine Brüder lachen. Bis auf Krischan. »Haha! Ich bin immer charmant.«

»Sagt wer? Deine Freundin?«, schiebt Mila stichelnd hinterher. »Wo ist sie eigentlich? Ich hab bloß gehört, dass du vergeben bist.« So direkt habe ich sie bisher nicht erlebt, aber es gefällt mir, dass sie in Gegenwart meiner Brüder sofort auftaut.

»Die Buschtrommeln scheinen ja gut zu funktionieren.« Krischan wirkt ein wenig überfordert, als wisse er nicht, wie er mit der Situation umgehen soll. Schadet ihm nicht, befinde ich, und schaue mir das Spektakel stumm von der Seite an.

Mila hebt abwiegelnd die Schultern. »Wusste nicht, dass es ein Geheimnis ist.«

»Sie wohnt in Amerika.«

»Seht ihr euch oft?«, stochert Mila weiter.

Grinsend streichle ich Hanna, die sich an mich gekuschelt hat und in einem Buch blättert, durchs Haar.

»Sag mal, was interessiert dich das überhaupt? Sind wir nicht eigentlich hier, um über Eskes Geburtstag zu reden?« Mein Bruder geht in Abwehrhaltung, indem er die Arme vor dem Körper verschränkt.

»Genau«, mischt Kay sich ein, wobei er seine unverhohlene Belustigung ebenfalls schwer verbergen kann. Mit dem Finger tippt er auf die Notizen. »Hier spielt die Musik.«

»Sorry, war einfach neugierig, wie die Frau so ist, die es mit dir aushält«, entgegnet Mila.

Nun überlege ich doch, mich einzuschalten, entschließe mich aber letztlich dagegen, als Jörn und Kay in Gelächter ausbrechen. Krischan kann das schon ab. Abgesehen davon habe ich eine grobe Ahnung, dass sie sich auf Eskes Seite geschlagen hat. Würde mich zumindest nicht wundern, wüsste sie unterdessen, was meine beste Freundin für Krisch fühlt.

»Die Firma dankt. Kümmere du dich um dein Liebesleben und ich mich um meins. Punkt!« Mila hebt abwehrend die Hände und schweigt. »Also, ich locke Eske mit irgendeinem Pseudogrund in die Hütte, damit wir in ihren Geburtstag reinfeiern können. Das Essen geht auf meine Kappe. Wer weiß, was ihr sonst fabriziert.«

»Kirschtorte«, sagt Hanna. »Du musst ihr eine Kirschtorte backen, Onkel Krisch. Die mag sie total gerne. Auf Amrum haben wir die auch gegessen.«

»Meinetwegen, gibt es halt Kirschtorte.« Krischan macht sich eifrig Notizen.

»Lässt du uns an deinen geistigen Ergüssen teilhaben?« Kay beugt sich vor und Krischan zieht kurzerhand den Block weg.

»Nein, was es zu essen gibt, wirst du an dem Abend sehen.« Mein Bruder wirkt ein bisschen motzig. Vorgeführt von Mila, wer hätte das gedacht?

»Was schenken wir ihr?« Neugierig schaut Jörn in die Runde.

»Wir haben schon was«, plärrt Hanna erneut dazwischen. »Einen Gutschein für Weltness.«

»Du meinst Wellness, Schatz«, korrigiert Jörn sie und lächelt.

»Ja, genau.«

Krisch wiegt den Kopf hin und her. »Dann überlegt sich jeder eine eigene Kleinigkeit und gut ist.« Erneut kritzelt er auf seinem Block herum.

Mila

Es macht Spaß, Zeit mit den Brüdern und Hanna zu verbringen. Sie sind ein lustiger Haufen und ich denke schon, dass man sich auf jeden Einzelnen verlassen kann, wenn man in Not ist.

»Gut, dann haben wir ja alles geklärt. Ich muss jetzt los. Die Hotelküche wartet. Mila? Es war schön dich kennenzulernen, obwohl du ziemlich penetrant sein kannst.«

»Ich verstehe das mal als Kompliment«, entgegne ich grinsend. Insgeheim bin ich beruhigt, dass Krischan sich zwischendurch wieder gefangen hat. Ich schätze, ich habe ein bisschen dick aufgetragen.

Er klopft auf den Tisch, schnappt sich seine sieben Sachen und düst davon.

»Ich geh in mein Zimmer und spiele mit den Schildkröten.«

»Mach das, Süße.« Filip küsst Hanna auf den Scheitel, ehe sie mit Janosch im Schlepptau verschwindet.

»Fand ich gut, dass du Krisch so ausgequetscht hast«, sagt Jörn unerwartet. »Ich tappe echt im Dunkeln, warum er mit der Frau zusammen ist.« Er macht eine kurze Pause. »Eske steht auf ihn. Oder, Flip?«

»Flip?« Meine Stirn kräuselt sich. »Wie der aus *Biene Maja*?«

Kay trinkt von seinem Kaffee. »Genau der. So hat Eske ihn früher genannt, weil sie *Filip* nicht aussprechen konnte. Und sie ist dabei geblieben.«

Filip wirkt peinlich berührt. Niedlich. »Jaja, ihr mich auch. Und du hast recht, sie steht auf ihn. Sie denkt aber, er sieht in ihr nur die kleine Schwester, weil wir zusammen aufgewachsen sind. Wobei ich manchmal schon das Gefühl habe, er wäre nicht abgeneigt, so wie die beiden sich kabbeln. Allerdings gibt es noch Kessy.« Filip starrt ins Leere.

Jörn räuspert sich. »Vielleicht müssen wir ein wenig nachhelfen. Krisch klarmachen, dass eine Beziehung auf diese Entfernung nichts taugt.«

»Wir sollten nicht die Verkuppler spielen. Entweder schaffen die beiden es alleine oder eben nicht.« Filip steht auf und geht zum Kaffeeautomaten. Sehr vernünftige Einstellung, wobei mir Eske leidtut. Ich würde mir für sie wünschen, dass aus ihnen was wird, aber erzwingen kann man es wohl nicht. »Noch jemand?« Fragend blickt Filip in die Runde und wir anderen verneinen.

»Habt ihr eine Idee, was ich Eske schenken könnte? Ich kenne sie ja leider nicht so lange.« Hilfe suchend schaue ich mich um.

»Ich glaube, sie freut sich einfach schon, wenn ihr einen Mädelstag machen würdet. Ihre Freundinnen von früher sind alle von hier weggezogen. Manchmal habe ich das Gefühl, sie macht aus dem Grund diese Wochenenden mit Hanna.« Filip blickt besorgt drein. »Klar hat sie lockere Freundschaften, eine beste Freundin hingegen nicht.«

»Stimmt, aber einen besten Freund.« Kay zwinkert seinem Bruder zu. »Ich könnte das nicht. Eine Frau als beste Freundin haben.«

Ich kippe den Rest meines Tees hinunter und schiebe mich von der Eckbank.

»Wo willst du hin?« Filip klingt panisch.

Aus Reflex halte ich in der Bewegung inne. »Äh, ich müsste mal auf Toilette.«

Er stockt und seine Brüder lachen auf. »Sorry, du weißt ja, wo sie ist.«

In mich hinein schmunzelnd gehe ich zu besagtem Raum und schließe hinter mir die Tür. Ob Filip noch etwas mit mir und Hanna vorhat? Abgemacht haben wir nichts. Wäre toll, dürfte ich hierbleiben.

Ich erleichtere mich und wasche mir die Hände. Als ich kurz darauf im Wohnungsflur stehe, schleiche ich spontan zu Hannas Kinderzimmer. Die Tür ist angelehnt und ich höre sie sprechen.

»Die Mila ist total nett, Mami. Und der Papi strahlt immer, wenn sie bei uns ist. Das ist schön.«

Mit einem Mal spüre ich Filip hinter mir. Sein Duft ist unverkennbar. Er legt die Arme um meine Taille und haucht mir einen Kuss auf die Wange.

»Guckst du von irgendwo zu, was wir machen, Mami?« Filip versteift sich. »Dann weißt du ja, dass Papi wieder fröhlich ist. Hab dich lieb.« Plötzlich wird die Tür aufgerissen und Hanna steht vor uns. »Oh, musst du schon nach Hause, Mila?« Beinahe wirkt sie enttäuscht.

Ich löse mich von Filip und beuge mich hinunter. »Nein, muss ich nicht. Was möchtest du machen?«

»Können wir Memory spielen, Papi?«

»Wenn Mila Lust hat, sehr gerne. Die anderen sind schon gegangen.«

»Und, hast du?« Hannas bettelnder Blick trifft und wärmt mich von innen.

Ich streiche mir eine Haarsträhne hinters Ohr. »Ja, das hab ich.«

»Juchu.« Hanna reißt die Arme hoch. »Ich hole das Spiel und komme in die Küche.« Sie rennt an uns vorbei.

»Die Spielesammlungen haben wir im Wohnzimmerschrank verstaut«, klärt Filip mich auf und zieht mich hinter sich her.

»Meine Brüder meinten vorhin, wir sollen die Zeit mit dir nutzen, solange du auf Jyltrum bist. Jörn hat angeboten, heute Abend auf seine Nichte aufzupassen. Hast du Lust, mit mir auszugehen, Mila?«

Ich überlege nicht lange. »Ich würde mich sehr freuen. Wohin möchtest du?«

»Lass uns nach Stensdorp fahren und dann schauen wir weiter. Vielleicht läuft ja was Interessantes im Kino.«

Meine Mundwinkel fallen nach unten, weil ich an unseren letzten Besuch dort denken muss. Das ist ja schön in die Hose gegangen.

»Hey.« Filip scheint zu merken, was mir im Kopf herumschwirrt. »Diesmal wird es anders, versprochen. Meinetwegen buche ich die komplette letzte Reihe, damit wir in Ruhe knutschen können.«

Seine Worte lassen mich die trüben Gedanken beiseiteschieben. Herzlich lache ich auf. »Ach so, ich dachte, wir gehen dorthin, um einen Film anzuschauen.«

»Mmh, mal sehen.«

Hanna kommt angedüst und drückt mir den Karton in die Hand. »Du musst mischen, Mila. Das macht bei uns immer der Besuch.«

»Na dann. Fangen wir an.«

Kapitel 28

Filip

Pünktlich um 19:30 Uhr erreichen Mila und ich die Fußgängerzone.

»Und du hast wirklich keine Ahnung, was heute Abend läuft?« Sie wirkt misstrauisch.

»Nein, habe ich nicht. Aufregend, oder?«

Mila grummelt. »Ich weiß nicht. Auf Action habe ich so gar keine Lust.«

Ich bleibe stehen und drücke Mila einen Kuss auf die Wange. »Läuft im Moment überhaupt etwas Actionreiches? Habe diesbezüglich nichts gehört.«

Mila zuckt mit den Schultern. »Keine Ahnung. Ich war länger nicht im Kino.«

Ich verschränke ihre Finger mit meinen. »Na komm. Lass uns nachschauen.«

Als wir das Lichtspielhaus erreichen, hat sich bereits eine kleine Schlange gebildet.

Verblüfft hält Mila in einiger Entfernung inne. »Oh, damit habe ich nun nicht gerechnet.«

Ich gluckse. »Womit? Dass so viele Insulaner ins Kino gehen?«

»Irgendwie schon.«

»So viele Möglichkeiten haben wir hier im Winter ja nicht. Das ist quasi unser Highlight. Besonders für Eltern, die einen Abend freihaben.«

Wir treten näher und Mila schaut auf das Plakat im Schaukasten. Freudig quiekt sie auf. »*Das fliegende Klassenzimmer*? Ich werd nicht mehr. Das war als Kind eines meiner Lieblingsbücher.«

»Ehrlich? Meins auch.« Eine Gemeinsamkeit. Ich Glückskeks. »Also wollen wir den sehen?«

»Auf jeden Fall!«

Wir stellen uns in die Schlange und ich grüße einen meiner Patienten. Von hinten lege ich die Arme um Mila und vergrabe meine Nase in ihren Haaren. Es ist ein schönes Gefühl, endlich wieder ein Date zu haben. Daran könnte ich mich gewöhnen.

Drinnen bezahle ich die Tickets für uns beide. Mila wiederum besteht darauf, die Kosten für Getränke und Knabberzeug zu übernehmen, und ich lasse sie gewähren. Immerhin war das ursprünglich so geplant.

Für mich gibt es Popcorn und Cola, wohingegen Mila sich für Nachos und ein alkoholfreies Radler entscheidet.

Im Saal steuere ich den Pärchensitz in der letzten Reihe an und freue mich, dass der Rest hier hinten bisher unbelegt ist. Vielleicht haben wir Glück und das bleibt so. Die Leckereien stellen wir auf das Holzbrett vor uns und schlüpfen aus unseren Jacken. Kaum haben wir es uns gemütlich gemacht, gleitet meine Hand in Milas Nacken und ich spüre, wie sie erschaudert.

»Wer hätte bei meiner Ankunft gedacht, dass ich rund zwei Wochen später mit einem Typen im Kino sitze, hm?«

Ihre Worte bringen mich zum Lachen. »Du vermutlich nicht. Du hattest ja nicht mal Bock auf unsere schöne Insel oder deine Therapie.« Ich küsse sie auf den Scheitel, ehe ich die Popcorntüte in die Hand nehme und sie Mila hinhalte.

»Nein, danke.« Sie schnappt sich ihre Nachos und dippt den ersten in die Salsa-Sauce. »Mmh, ist das gut. Wieso hab ich das so lange nicht mehr gemacht?«

»Weil du dir nicht genug Zeit für dich genommen hast. Inzwischen weiß ich, wie sehr du deine Arbeit liebst, aber Zeit für sich ist wirklich wichtig, Mila. Sonst klappst du irgendwann zusammen.« Daran mag ich gar nicht denken.

Sie seufzt. »Ich weiß und ich gelobe Besserung, versprochen.«

Der kleine Saal füllt sich mehr und mehr. Im Moment steht eine größere Gruppe im Mittelgang und studiert die Kinokarten. Ich spreche ein stummes Gebet, damit sie verschwinden, und atme erleichtert auf, als sie tatsächlich in eine andere Richtung davonstiefeln.

Das Licht wird gedimmt und die Werbung startet. Aus Erfahrung weiß ich, dass sie hier meist fünf Werbespots zeigen, ehe drei bis vier Kinotrailer folgen und auf kommende Veröffentlichungen hinweisen.

Eine Viertelstunde später stellt Mila ihre leere Nachoschale auf den Fußboden.

Genau so verfahre ich mit meiner Popcorntüte, bevor ich Mila in meine Arme ziehe.

Sie linst zu mir hoch. »Danke, dass du mich hierhergeschleppt hast«, sagt sie leise.

»Danke dir, dass du mitgekommen bist.« Ich beuge mich runter und drücke meine Lippen auf ihre. Mit der Zunge schiebe ich sie auseinander und umschmeichle Milas.

Sie stöhnt. Atemlos lösen wir uns voneinander und stellen fest, dass wir den Anfang des Films verpasst haben.

Mila

Aufgeputscht mit jeder Menge Endorphinen taumeln Filip und ich Richtung Hotel. Alle paar Meter bleiben wir stehen und küssen uns.

Kurz vor dem Eingang nehme ich im Augenwinkel zwei Personen wahr, die davoneilen. Doch ich komme nicht dazu, Filip darauf hinzuweisen, weil seine Lippen erneut auf meinen liegen. Menschenskind, was stellt er bloß mit mir an?

Keuchend beendet er den Kuss und zieht mich ins Hotel. »Schnell rein mit uns. Hier draußen ist es mir eindeutig zu kalt.«

An der Rezeption ordere ich meinen Schlüssel bei Herrn Matther. »Vielen Dank.«

»Sehr gerne. Ich wünsche Ihnen einen schönen Abend.«

Er lächelt uns beiden zu und Filip zieht mich Richtung Hotelbar. »Wie wäre es mit einem Absacker?«

»Ganz ehrlich? Ich habe wahnsinnige Lust auf einen Kakao mit Sahne.« Ich lecke mir über die Lippen.

Filip verzieht das Gesicht. »Kakao mit Sahne nach Nachos und Salsa-Dip?«

Ich lache und bemerke die amüsierten Blicke einiger Gäste. »Keine Angst, ich bin nicht schwanger.«

Filips Mundwinkel zucken, doch er schweigt.

Vor mich hin lächelnd ziehe ich ihn Richtung Hotelbar. Dort finden wir zwei freie Plätze an der Theke und setzen uns.

Robin tritt zu uns und nimmt unsere Bestellung entgegen.

»Du magst also Gin Tonic?«, hake ich einige Momente später unnötigerweise nach.

»Du nicht?«

Ich schüttle den Kopf. »Nein, absolut nicht meins.« Neugierig schweift mein Blick durch die Bar. Obwohl es bereits nach 23 Uhr ist, tummeln sich hier jede Menge Menschen. Im Hintergrund läuft leise Lounge-Musik.

»Sind das alles Hotelgäste?« Ich verschränke meine Finger mit Filips, kann sie einfach nicht von ihm lassen. Ständig habe ich das Bedürfnis, ihn zu berühren. Es ist verrückt.

Er riskiert einen Blick auf die Besucher. »Ich kenne nicht alle, aber das Paar am Fenster ist mit Krischan befreundet. Sie wohnen in Süderstedt. Ihnen gehört die Surfschule.«

Robin stellt die Getränke vor uns ab und wir greifen zu.

»Auf uns, den bisherigen Abend und auf das, was noch folgt.« Filip hat den Kopf schräg gelegt und grinst.

Ich stoße meinen Becher gegen sein Glas. »Auf uns.« Ich puste in die warme Flüssigkeit und nippe zaghaft daran. »Ein Traum.«

Filip nimmt mir die Tasse ab und stellt sie auf die Theke neben seinen Gin Tonic. Sanft legt er seine Hände an meine Wangen und kommt näher. Wenige Millimeter trennen uns und in meinem Magen prickelt es.

»Du hast mich verzaubert, Mila«, raunt er, ehe er seine Lippen auf meine senkt und meinen Kopf zum wiederholten Male leerfegt.

Wir werden aus unserer Blase gerissen, als sich jemand räuspert. Abrupt ziehe ich mich zurück und habe ein Déjàvu. Genau so hat Jörn uns schon mal unterbrochen.

Heute ist es allerdings Kay, der neben uns steht. »Nehmt euch doch ein Zimmer.« Erheitert lässt er seinen Blick zwischen uns hin- und herschweifen.

»Du bist aber zu so später Stunde noch witzig«, entgegnet Filip trocken. »Was tust du hier?«

»Ich treffe mich jetzt mit Cem, meinem Lieblingstürken.« Filip möchte etwas erwidern, doch Kay stoppt ihn. »Bevor du was sagst: Ich darf ihn so nennen.«

Filip nickt. »Na, dann ist ja gut. Was habt ihr geplant?«

»Wir wollen nach Stensdorp. Mal sehen, was da so abgeht. Wird echt Zeit, dass wir wieder einen Klub auf die Insel bekommen.«

»Wieso eröffnest du keinen?«, mische ich mich ein.

»Was?«, fragen Filip und Kay gleichzeitig.

»Wir brauchen ihn für die Rezeption«, echauffiert sich meine Begleitung.

»Außerdem habe ich keine Ahnung davon, wie man einen Klub eröffnet, geschweige denn leitet. Nee, das überlasse ich anderen.« Kay schiebt seinen Arm zwischen uns und schnappt sich Filips Glas. In einem Zug kippt er den Gin Tonic herunter und drückt Filip das leere Gefäß in die Hand. »Die Firma dankt. Man sieht sich.«

Fassungslos starre ich ihm hinterher. »Benimmt der sich immer so?«

»Nicht immer, aber immer öfter.« Es wirkt nicht so, als wäre Filip in irgendeiner Weise verwundert über Kays Verhalten.

Robin kommt zu uns herüber. »Einen neuen?«, fragt auch er, als wäre das hier an der Tagesordnung.

»Nicht nötig.«

»Du darfst gern an meinen Kakao.« Mit einer ausladenden Handbewegung deute ich auf meine Tasse.

»Den nasche ich von deinen Lippen.«

Robin trottet augenrollend von dannen.

Eine Viertelstunde später stehen wir vor meiner Zimmertür und schaffen es nicht, uns zu trennen. »Mein Angebot steht, du darfst gerne mit reinkommen.«

Er stöhnt theatralisch. »Nein, das ist keine gute Idee. Ich bin auch nur ein Mann.«

Der Gedanke, dass Filip meinetwegen die Kontrolle verlieren könnte, beflügelt mich. Ich schlinge die Arme um seinen Nacken und locke ihn abermals zu mir.

Er lässt sich zwar darauf ein, beendet den Kuss jedoch viel zu schnell. »Wir müssen aufhören. Schlaf schön, Mila.«

Lustig, zuletzt war ich diejenige, die unbedingt zurück ins Hotel wollte, anstatt bei ihm zu übernachten. Ohne weiteres Gemurre lasse ich ihn ziehen. »Du ebenso.«

»Das werde ich.«

Kapitel 29

Filip

Es ist 8 Uhr, als mein Wecker mich aus einem heißen Traum reißt, in dem Mila und ich die Hauptrollen gespielt haben. Fluchend drücke ich diesen bescheuerten Piepton weg und rolle mich auf die Seite.

Hanna hat die letzte Nacht bei Jörn verbracht. Die beiden wollen möglichst früh los, um die restlichen Besorgungen für Eskes Feier zu erledigen.

Die letzte Woche erscheint mir wie ein Märchen. Mila und ich haben uns jeden Tag zweimal gesehen. Einmal morgens in der Praxis und abends bei mir. Sie hat zusammen mit uns gekocht, Hanna bettfertig gemacht und ihr vorgelesen, während ich mich auf einen speziellen Physiotherapiefall vorbereitet habe, der mich ab nächste Woche erwartet. Zudem hat sie Hanna ein paarmal bei den Hausaufgaben unterstützt, weil ich es aus beruflichen Gründen nicht geschafft habe. Kann es perfekter werden als das?

Ächzend quäle ich mich aus dem warmen Bett und schlurfe los. Kaffee! Sonst bekomme ich heute nichts zustande. In der Küche haue ich erst auf den Schalter für das Deckenlicht, dann auf den vom Kaffeeautomaten.

Mila kommt um 9 Uhr her. Wir wollen gemeinsam frühstücken. Wobei ich gegen eine erneute Knutschorgie nichts einzuwenden hätte. Mehr ist in den letzten Tagen nicht passiert. Ich möchte es diesmal langsamer angehen lassen. Wie lange ich das allerdings durchstehe, steht auf einem anderen Blatt.

Eine Dreiviertelstunde später bin ich einigermaßen fit, habe den ersten Kaffee intus, Janosch gefüttert und bin geduscht. Lächelnd decke ich den Frühstückstisch und rücke das Geschirr mehrmals von links nach rechts. Zum krönenden Abschluss platziere ich ein paar blaue Stumpenkerzen in die Mitte des Tisches und bin zufrieden mit meinem Werk.

Es klingelt. Ich eile zur Tür und drücke den Summer.

Mila kommt strahlend die Treppe hinauf. Ihre Bewegungen sind deutlich besser geworden und sie hat fast keine Schmerzen mehr.

»Hi.« Sie faltet die Arme um meinen Nacken und küsst mich leidenschaftlich. So werde ich gerne begrüßt.

»Hey.« Ich ziehe sie in die Wohnung und schließe die Tür.

Mila legt erst Jacke und Schal ab, bevor sie die Stiefel auszieht und mir in die Küche folgt.

»Wow, ich hab doch gar nicht Geburtstag.«

»Ich habe mir halt Mühe gegeben und möchte, dass du dich hier wohlfühlst.« Ein weiteres Mal umarme ich sie und drücke ihr einen Kuss auf die Stirn, wie ich es öfter tue.

»Längst passiert.« Unsere Blicke kreuzen sich und ihrer wirkt ein wenig gequält. »Eine Woche noch, dann bist du mich los.«

»Will dich gar nicht loswerden.« Ich verstärke die Umarmung.

Mit den Fingerspitzen streicht sie an meiner stoppeligen Wange entlang. »Was wird aus uns, wenn ich wieder in Köln bin?«

»Komm, setz dich hin. Ich hole den Kaffee und dann reden wir in Ruhe.«

Mila folgt meiner Aufforderung und hockt sich auf die Bank. Sie hat ihre Haare zu einem Knoten gesteckt und ihre Wangen schimmern von der Kälte rosig.

Mit zwei Bechern in den Händen setze ich mich ihr gegenüber und reiche ihr einen davon.

»Danke schön. Sind Hanna und Jörn schon unterwegs?«

»Ja, sind vor einer halben Stunde gefahren. Was macht der Fuß?«

»Das Tape ist echt eine gute Sache und stützt total. Hätten die in Köln ja auch mal draufkommen können, vielleicht wären mir dann die Krücken erspart geblieben. Allerdings löst es sich an zwei Stellen, seit ich heute Morgen geduscht habe. Kannst du mir ein neues drankleben oder fällt das für dich flach, weil du ja nicht offiziell mein Therapeut bist?«, fragt sie neckend und erinnert mich an unser Gespräch letzte Woche.

»Da Mareike damit einverstanden war, kann ich das gerne übernehmen. Aber erst nach dem Frühstück.« Ich reiche ihr den Brotkorb und Mila schnappt sich eines der Croissants.

Schweigend bestreichen wir unsere Leckereien. Nachdem Mila den ersten Bissen hinuntergeschluckt hat, wage ich mich vor. »Ich wünsche mir, dass wir es versuchen, Mila. So richtig. Heißt für mich im Klartext: Du triffst keine anderen Männer, ich keine anderen Frauen.«

Sie legt ihr Croissant auf den Teller und wischt sich die Hände an der Serviette ab. »Also sprichst du von einer echten Beziehung?« Sie nimmt ihren Kaffeebecher und nippt zaghaft daran.

»Ja.« Einfach ehrlich sein, ich schaffe das schon.

»Okay, das hatte ich nicht geplant, als ich nach Jyltrum gekommen bin. Eine Beziehung einzugehen. Wie stellst du dir das vor? Du hast hier deine Praxis, ich lebe und arbeite in Köln. Ich kann meine Kids nicht komplett alleine lassen. Gerade das letzte halbe Jahr, bevor sie auf die weiterführende Schule kommen, ist wichtig. Ich habe eh bereits zu viel mit ihnen verpasst.«

»Und was ist nach deren Abschluss?« Mir ist klar, dass ich mich gerade weit aus dem Fenster lehne, aber ich muss es versuchen, wenn ich sie nicht verlieren möchte.

»Wie es aussieht, starte ich wieder mit einer ersten Klasse.«

Alles oder nichts, Filip. »Könntest du dir vorstellen, deine jetzige Klasse bis zu deren Abschluss zu begleiten und dann zu Hanna und mir zu ziehen?« Da, ich habe es laut ausgesprochen. Fast schon ängstlich warte ich auf eine Reaktion.

Milas Augen weiten sich. »Bist du sicher? Das ist ein großer Schritt.«

»Ich weiß. Und auch wenn es nicht mein Plan war, mich neu zu binden, so möchte ich es mit dir auf jeden Fall versuchen. Mit dir und Hanna. Wie sagt man so schön? *Wer nicht wagt, der nicht gewinnt?*«

Mila öffnet die Lippen und schließt sie wieder. Einige Sekunden braucht sie, um sich zu fassen. »Ich bin dezent überfordert. Nicht dass ich mir das nicht schon vorgestellt hätte, es jedoch aus deinem Mund zu hören, lässt das Ganze realer werden.«

Ich stehe auf und rutsche zu ihr auf die Bank. »Also bist du grundsätzlich nicht dagegen? Immerhin hast du deine Freunde in Köln. Was ich von dir verlange, ist viel, nur … Ich habe hier das Hotel und meine Praxis. Und Hanna aus ihrer gewohnten Umgebung herauszureißen, kommt für mich nicht infrage.«

Unverhofft legt sich ein Lächeln auf ihr Gesicht. »Nein, ich bin nicht dagegen. Der Gedanke gefällt mir. Und ich würde niemals von dir verlangen, Hanna aus ihrer gewohnten Umgebung zu reißen. Allerdings muss ich mich beim Land Schleswig-Holstein auf eine Stelle bewerben.«

Das habe ich nicht bedacht. Unsicher presse ich die Lippen aufeinander. »Verstehe. Was meinst du, wie stehen deine Chancen?«

»Na ja, wir haben Lehrermangel in Deutschland. In NRW fehlen zurzeit 6700 Lehrkräfte. Unsere Schule ist davon zum Glück nicht betroffen, aber vielleicht sieht das bei euch ja anders aus. Lass es mich versuchen!«

Ich atme auf. »Hört sich gut an.«

»Bis es so weit ist, kann ich aber nicht mal eben für ein Wochenende herkommen. Wie wäre es, wenn ich um Ostern eine Woche hier verbringe? Dann ist die Trennung bis zum Sommer nicht so lang.«

Klingt so, als gehe sie davon aus, auf jeden Fall eine Stelle auf Jyltrum zu ergattern. Aus einem Impuls heraus ziehe ich Mila an ihrem Halstuch zu mir und presse meine Lippen auf ihre.

»So machen wir das.« Mir fällt ein Stein vom Herzen, weil sie sich darauf einlässt.

Mila

Ich bin tierisch aufgeregt und gespannt, was Eske zu unserer Überraschungsparty sagt. Krischan hantiert mit ihr in der Hotelküche, hat gemeint, er brauche ihre Hilfe für die Vorbereitung eines Geburtstages. Tatsächlich ist eine seiner Küchenhilfen ausgefallen, doch den anderen Geburtstag, den es wirklich gibt, hätten seine Kollegen ohne Weiteres alleine geschafft.

Hanna und ich hängen die letzte Lichterkette in dem großen Gartenhaus auf. Hier wäre locker Platz für dreißig Personen. Ich habe Filip und seinen Brüdern vorgeschlagen, die Hütte von April bis Oktober für Feiern zu vermieten, und sie waren der Idee nicht abgeneigt.

»Sie kommen, sie kommen!« Enthusiastisch stürzt Kay ins Haus. Jörn und Filip folgen. Letzterer schließt hinter sich die Tür.

Ich nehme Hanna auf den Arm und sofort schmiegt sie sich an mich. Ich bin nicht mal weg und vermisse sie jetzt schon.

Von draußen sind Schritte zu hören, bevor jemand an die Tür klopft. Ohne Umschweife wird sie aufgerissen und wir brüllen im Chor: »Überraschung!«

Eskes Augen werden riesig, sie weicht zurück und knallt gegen Krischans Brust. »Was zum Teufel …«

»Wir feiern in deinen Geburtstag rein«, kräht Hanna und Eske lächelt.

»Ihr seid verrückt, absolut verrückt.«

*

Es ist 23:40 Uhr, als wir Krischan mit Hanna und Eske im Haus zurücklassen, um die Torte und den Sekt aus der Hotelküche zu holen.

»Habt ihr eine Ahnung, was mit Krisch los ist?«, fragt Kay in die Runde. »Er guckt den ganzen Abend alle paar Minuten auf sein verdammtes Handy.«

»Das habe ich wohl auch mitbekommen«, entgegnet Jörn. »Und nicht nur ich. Eske war nicht angetan. Vielleicht hätte er einfach nicht herkommen sollen.«

»Ach, kommt schon!« Filip stößt die Tür zum Hintereingang auf. »Er hat bestimmt Liebeskummer. Vermutlich verhalte ich mich demnächst genauso, bis Mila wieder auf Jyltrum ist.« Rasch küsst er mich auf den Mund.

Wir holen die Geburtstagstorte aus dem Kühlraum und den Sekt aus dem Kühlschrank.

Krischans Crew macht gerade Feierabend, als wir uns auf den Weg zurück zu den anderen machen.

Kaum haben wir die Häuserecke erreicht, stoßen wir auf Krischan und Eske, die wild diskutieren.

»Warum bist du überhaupt hergekommen, wenn du die ganze Zeit mit deinem dämlichen iPhone zugange bist? Das nächste Mal bleibst du einfach weg.« Sie verpasst Krischan einen Stoß gegen die Brust, doch er bewegt sich keinen Zentimeter.

»Wo ist Hanna?« Suchend blicke ich mich um.

»Im Gartenhaus«, erwidert Eske, ohne sich von Krischan abzuwenden.

In dem Moment nehme ich einen seltsamen Geruch wahr. »Habt ihr das Lagerfeuer noch mal angezündet? Hier riecht es verbrannt.«

Endlich beenden die Streithähne ihr Blickduell. »Nein«, sagt Krischan beunruhigt.

Alarmiert renne ich los, höre die Stimmen und Schritte der anderen dicht in meinem Rücken. Kaum erscheint die Hütte in unserem Sichtfeld, japse ich auf. Sie brennt. Ohne nachzudenken, lasse ich die Sektflaschen fallen und steuere das Gebäude an.

Hinter mir brüllt Filip, dass die anderen die Feuerwehr rufen sollen. »Mila, bleib stehen!«

Ich höre nicht auf ihn, wickle mein Halstuch ab und halte es mir vor die Nase, ehe ich ins Gartenhaus haste. Hier ist überall Rauch. Mühselig kämpfe ich mich durch den Qualm und taste mit tränenden Augen blind den Boden ab. Scheiße! Ich habe die Hoffnung schon fast aufgegeben, da spüre ich einen kleinen Fuß. Gott sei Dank. Ich greife nach Hannas Fingern und ziehe sie in meine Arme. Ich möchte ihr mein Tuch vor Mund und Nase drücken, doch da befindet sich bereits ihre Stoffschildkröte, die sie unbedingt mit hernehmen wollte. Kluges Mädchen!

»Es ist alles gut, Süße«, keuche ich. »Wir schaffen das. Halt dich gut fest. Ich bring dich hier raus.« Ich hieve uns beide hoch und huste. Für einen Moment dreht sich alles. Ganz schlechter Zeitpunkt.

Mit einem Mal fassen zwei Hände nach mir und bugsieren uns hinaus. Röchelnd und mit geschlossenen Augen folge ich widerstandslos.

In weiter Ferne höre ich Sirenen und hoffe, die Feuerwehr trifft zeitnah ein.

Filip nimmt mir Hanna ab und ich werde dazu gedrängt, mich auf den Boden zu setzen. Ich öffne meine brennenden Augen. Neben mir kniet Jörn und streicht mir eine Haarsträhne aus dem Gesicht. »Bist du verletzt?«

»Ich denke nicht.« Aufs Neue muss ich husten, genau wie Hanna. »Kümmert euch um die Kleine.«

Hanna weint bitterlich und hinter mir keift sich jemand an. Klingt verdächtig nach Eske und Krischan.

»Es wird alles wieder gut, hörst du?« Beruhigend redet Jörn auf mich ein. »Es kommt gleich jemand, der nach euch sieht.«

»Ich brauche niemanden. Kümmert euch um Hanna!«, wiederhole ich eindringlich.

Sie hat die Arme um Filips Hals geschlungen und er wandert mit ihr auf dem Arm durch den Garten. Sein Blick drückt pure Überforderung aus. Man merkt ihm an, dass er hin- und hergerissen ist zwischen seiner Sorge um Hanna und mich.

Ich schenke ihm ein Lächeln. »Mir geht es gut«, sage ich und hoffe, dass es ihm ein wenig hilft. Filips Lippen formen ein stummes *Danke.*

Plötzlich rennen jede Menge Leute an uns vorbei und rufen sich Fachbegriffe zu.

Einer der Feuerwehrmänner bleibt neben uns stehen. »Moin. Ich bin der Einsatzleiter. Sie waren in der brennenden Hütte?«

»Ja, ich hab das Mädchen da rausgeholt.« Sofort deute ich auf Hanna. »Nach ihr muss dringend geschaut werden.« Filips Tochter hustet erneut.

Der Einsatzleiter nickt und bellt in sein Funkgerät, dass der Rettungsdienst in den Garten kommen müsse. Danach beordert er einen Kollegen zu sich. »Du bleibst bei ihnen, bis die Sanitäter eintreffen. Nur für den Fall, dass sich ihr Zustand oder der des Kindes verschlechtert.«

Sein Kollege nickt und der Einsatzleiter stiefelt davon.

Etwas benommen sehe ich dabei zu, wie die Feuerwehr den Brand löscht. Das gesamte Gartenhaus steht mittlerweile in Flammen und mir läuft es eiskalt den Rücken hinunter. Was wäre passiert, wenn wir nicht rechtzeitig aus der Küche zurückgekommen wären? Erschöpft sinke ich gegen Jörn.

Derweil haben sich die wenigen Angestellten, die noch zugegen sind, hier versammelt und starren entsetzt auf das Feuer.

Ich schaue auf meine Smartwatch. 0:01 Uhr. »Happy Birthday, Eske.«

Kapitel 30

Filip

Gemeinsam mit den anderen sitze ich Stunden später im Kaminzimmer des Hotels. So hat meine beste Freundin sich ihren Geburtstag bestimmt nicht vorgestellt.

Hanna und Mila geht es so weit gut. Sie waren beide für eine ausgiebige Untersuchung im Krankenhaus, doch ich durfte sie wieder mit nach Hause nehmen, nachdem die zwei geröntgt und mit Sauerstoff versorgt wurden. Dem Himmel sei Dank, dass Hanna ihre Schildkröte dabeihatte und instinktiv ihre Nase darin vergraben hat.

Die Hütte ist komplett niedergebrannt. Die Feuerwehr hat in der Nähe einen Benzinkanister gefunden und die Polizei alarmiert, die sich den Tatort angesehen und mit Flatterband abgesperrt hat. Alles deutet auf Brandstiftung hin.

Den Gästen ist der Brand natürlich nicht verborgen geblieben. Fast alle standen aufgewühlt in der Hotelhalle und es hat ein bisschen gedauert, bis Thorsten und Kay sie beruhigt hatten.

»Flip, es tut mir leid.« Eske kauert aufgelöst vor mir und streicht Hanna, die neben mir auf dem Sofa eingeschlafen ist, sanft über den Kopf.

»Wieso bist du mit Krischan draußen gewesen? Wieso habt ihr Hanna alleine gelassen? Sie könnte tot sein, Eske, tot!« Meine Stimme bebt und mir läuft ein eiskalter Schauer nach dem anderen über den Rücken, wenn ich darüber nachdenke.

»Beruhige dich, Filip.« Kay legt mir eine Hand auf die Schulter. »Es ist ja alles gut gegangen. Außerdem ist Hanna sechs Jahre alt. Du lässt sie inzwischen auch öfter alleine. Das ist in dem Alter normalerweise kein Thema.«

Seufzend fahre ich mir übers Gesicht. »Sorry. Das sind die Nerven.«

»Ich versteh dich«, mischt Krischan sich ein. »Mein Telefon hat geklingelt.« Er seufzt und beantwortet so meine Frage, die ich Eske gestellt habe. »Ich bin aufgestanden und rausgegangen, um ungestört zu telefonieren.« Erledigt reibt er sich den Nacken. »Ich hatte gerade aufgelegt, da kam Eske wütend auf mich zugestürmt.«

»Ja, den Teil, wo sie dich anschnauzt, haben wir mitbekommen«, meldet sich Jörn zu Wort. »Wer hat dich angerufen?«

Für einige Sekunden zögert Krischan und ich habe den Eindruck, er sinkt etwas in sich zusammen. »Kessy.«

Eske schnaubt kommentarlos, steht auf und lehnt sich gegen die Fensterbank.

»Was wollte sie denn um diese Zeit? Sie weiß doch, wie spät es bei uns ist.« Sorgenvoll richte ich mein Augenmerk auf Mila. Sie sitzt in eine Decke gewickelt in einem der Sessel und starrt ins Leere. Sie ist in sich gekehrt und es hat den Anschein, als würde sie gleich in Tränen ausbrechen.

»Mir sagen, dass sie einen Neuen hat«, presst Krischan hervor.

»Einen neuen was?« Erstaunt wende ich mich von Mila ab und meinem Bruder zu.

»Mann an ihrer Seite.« Krischan klingt unglaublich müde. Als hätte er einen Kampf verloren.

»Ist vielleicht besser so.« Entrüstet gucke ich zu Kay hinüber. Muss das jetzt sein? »Was denn? Sie haben sich seit dem Sommer eh nicht mehr persönlich gesehen.«

»Diese Beziehung war von Anfang an ein Fehler. Ihr habt mich gewarnt, aber ich wollte ja nicht auf euch hören. Ich hätte nicht ans Telefon gehen sollen, dann wäre Hanna nichts passiert.«

»Was ich mich frage: Wer macht so was? War das ein Jugendstreich? Eine Mutprobe?« Kay blickt ratlos drein, während Jörn fassungslos den Kopf schüttelt.

»Wer hasst uns so, dass er unsere Hütte anzündet? Noch dazu, wo ein Kind drin war.«

Ich fahre mir durch die Haare. »Einer von uns sollte sich die Kameraaufnahmen vom Parkplatz und dem Personaleingang ansehen. Wie lange werden die gespeichert?«

»Zwei Wochen.« Jörn hat die Arme im Nacken verschränkt und läuft von links nach rechts.

Ich springe auf die Füße und überbrücke die Distanz zu Mila. Ohne zu fragen, hebe ich sie hoch und setze mich mit ihr auf meinem Schoß wieder hin. Sofort kuschelt sie sich an mich und fängt von jetzt auf gleich an zu weinen. »Sch, es ist alles gut.« Beruhigend streichle ich ihr über den Rücken. Sachte wiege ich sie hin und her. Ihr Schluchzen ebbt ab und ich widme mich meiner besten Freundin. »Deinen Geburtstag holen wir nach, okay?«

Eske macht eine wegwerfende Handbewegung. »Vergiss es. So wichtig ist der dreißigste für mich nicht.«

Jörn seufzt. »Wir sollten zusehen, dass wir alle etwas Schlaf bekommen.«

Ich drücke Mila einen Kuss auf den Mund. »Kommst du mit zu uns?«

»Bist du dir sicher?«, flüstert sie mit belegter Stimme.

»Absolut. Ich möchte dich heute Nacht in meiner Nähe haben. Bitte.«

»Okay, ich komme mit.« Mila stemmt sich hoch und zieht die Wolldecke fester um sich.

Jörn hebt Hanna von der Couch und schüttelt den Kopf, als ich zu ihm eile, um sie ihm abzunehmen. »Ich trag sie rüber. Lasst uns abhauen. Eske? Was ist mit dir?«

»Sie kann bei mir schlafen«, erwidert Krischan sofort und erntet erstaunte Blicke von uns allen.

»Wieso das denn?« Eske wirkt sichtlich irritiert.

»Wieso nicht?« Er brummt. »Ich habe ein schlechtes Gewissen, okay? Immerhin habe ich dir deine Feier versaut.«

Ich linse zu Eske und bin kurz davor, ihr anzubieten, in Hannas Bett zu schlafen, entscheide mich aber dagegen. Vielleicht ist es gar keine schlechte Idee, wenn mein Bruder sich um meine beste Freundin kümmert.

»Von mir aus«, sagt sie Sekunden später. »Ich habe eh keinen Nerv mehr, noch nach Süderstedt zu gurken.«

Gemeinsam verlassen wir das Hotel.

Auf dem Weg zu unserem Haus sehe ich mich ebenso wie Jörn alle paar Meter verstohlen um.

Dort angekommen schließe ich zum ersten Mal die Haustür ab und rüttle zusätzlich am Griff. Ein beklemmendes Gefühl, wie ich finde.

Jörn trägt Hanna ins Badezimmer unserer Wohnung. So gerne ich meine Süße schlafen lassen möchte, es geht nicht. Wir stinken alle bestialisch.

Mein ältester Bruder verabschiedet sich von uns und Mila hilft mir dabei, Hanna zu wecken, sie von den Klamotten zu befreien und abzuduschen.

Zehn Minuten später liegt meine Kleine im Bett und schläft fast augenblicklich wieder ein.

Auf leisen Sohlen gehe ich zum Babyfon und schalte es an, ehe wir das Kinderzimmer verlassen und im Flur stehen bleiben.

Stumm sieht Mila zu mir auf und ich nehme sie in die Arme. »Danke, dass du Hanna gerettet hast, wobei ich deine Aktion ziemlich kopflos fand.«

»Was hätte ich denn machen sollen? Abwarten, bis sich jemand von euch auf den Weg gemacht hätte? Ich war in Panik, ja. Da denkt man nicht nach. Mein einziger Gedanke war, Hanna da lebend herauszubekommen, bevor die Hütte zusammenbricht.«

Meine Hand wandert zu ihrem Hinterkopf und ich lehne meine Stirn gegen ihre. »Und das hast du hinbekommen.« Sie kann sich nicht vorstellen, wie dankbar ich bin.

»Nur weil du aufgetaucht bist. Ich weiß nicht, ob mein Körper das ohne deine Hilfe geschafft hätte.«

Ich bin mir wiederum sicher, dass sie es auch ohne mich geschafft hätte, belasse es aber dabei. Ich krame den Babyfonempfänger aus dem Kommodenschrank, drücke den Einschaltknopf und deute zum Bad. »Na los, ab unter die Dusche.«

»Kommst du mit? Ich möchte jetzt nicht alleine sein.«

»Selbstverständlich.«

Im Badezimmer schließe ich die Tür hinter uns, deponiere das Gerät auf dem kleinen Schrank und drehe den Wasserhahn in der Dusche auf. Ganz langsam gehe ich auf Mila zu und helfe ihr sich auszuziehen, ehe ich meine eigenen Klamotten loswerde und gemeinsam mit ihr unter den warmen Strahl trete.

Milas Kinn sinkt auf ihre Brust und sie schließt die Augen. Binnen eines Wimpernschlags sind ihre Haare nass.

Ich schiebe meinen Arm an ihr vorbei, schnappe mir das Kinderwaschgel, das nach Erdbeeren duftet, und gebe etwas davon in meine Handfläche. Die Flasche stelle ich auf den Boden, bevor ich Milas Körper sanft einseife und ihre Schultern massiere. »Ist das in Ordnung für dich?«

»Ja, das ist so schön«, säuselt sie. »Nicht aufhören.«

Ich gluckse. »Irgendwann muss ich aber aufhören.« Ich widme mich ihren Haaren und lasse ihr zusätzlich eine Kopfmassage zuteilwerden. Wenig später spüle ich den Schaum aus und wasche mich selbst.

»Ich bin total müde und immer noch geschockt.«

»Geht mir genauso. Lass uns ins Bett gehen.«

Wir steigen aus der Kabine und trocknen uns ab. »Möchtest du dir die Haare föhnen?«

»Nein. Können wir Hanna in dein Bett holen?«, fragt Mila, während ich ihr eines meiner T-Shirts reiche, die hier im Bügelkorb liegen.

Mein Herz erwärmt sich, weil sie sich so aufopfernd um Hanna kümmert.

Ich streife mir Shirt und Boxershorts über, während Mila in ihr Höschen schlüpft. »Komm mal her.« Ich strecke ihr meine Hand entgegen, die Mila sofort ergreift. Sanft ziehe ich sie an meine Brust und küsse sie zärtlich auf den Mund. »Natürlich. Und es macht mich unsagbar glücklich, dass du an sie denkst.«

Mila

Laute Stimmen wecken mich ein paar Stunden später. Müde reibe ich mir die Augen. Viel geschlafen habe ich nicht. 08:16 Uhr. Was für eine unchristliche Zeit am Sonntagmorgen. Leise stehe ich auf. Hanna schläft nach wie vor friedlich und ein Lächeln stiehlt sich auf mein Gesicht. Neugierig tappe ich in die Küche.

Filip sitzt mit seinen Brüdern am Tisch, vor ihnen steht ein Laptop.

»Guten Morgen.«

»Moin. Sorry, wir wollten dich nicht wecken.«

»Schon okay, Jörn. Warum seid ihr denn alle hier? Hat die Polizei etwas herausgefunden?« Das wäre arg schnell gegangen. Ich setze mich auf Filips Schoß und nehme ihm seinen Kaffeebecher aus der Hand, um einen Schluck zu stibitzen.

»Nein, aber ich. Habe die ganze Nacht die Aufzeichnungen der letzten zwei Wochen studiert. Auf den Aufnahmen ist immer wieder ein Kerl zu sehen, der hier herumgelungert hat.« Jörn deutet auf das Notebook. »Sieht verdächtig nach unserem Cousin Linus aus.«

Ich betrachte den Bildschirm und in meinem Kopf rattert es. »Der hat Ähnlichkeit mit dem Typ, den ich mal beim Rauchen beobachtet habe. Hab mich noch gefragt, warum alle gut aussehenden Kerle qualmen müssen.«

Filips Blick verdüstert sich. »Du findest den gut aussehend? Ich rauche übrigens nicht.«

Ups, da bin ich wohl ins Fettnäpfchen getreten. »Entschuldige.« Ich ziehe die Achseln gen Ohren. »Vielleicht ist das derselbe Kerl, den ich abends am Fenster habe stehen sehen, wer weiß? Und nach unserem Kinobesuch habe ich im Augenwinkel zwei Personen bemerkt, die eilig abgehauen sind.« Super, dass mir das alles jetzt einfällt.

Mein Fettnapf ist vergessen und Filip guckt verdattert in die Runde. »Kerl? Zwei Personen? Wovon sprichst du?«

In ein paar Sätzen berichte ich, was mir an besagten Abenden aufgefallen ist. »Kay hat extra die Haupttür früher abgeschlossen.«

Filip schnaubt. »Schön, dass du uns das erzählt hast, Kay. Nicht!«

»Sorry, vergessen. Kann ja mal passieren.«

»Was ist, wenn das wirklich euer Cousin wäre? Was hätte das zu bedeuten?« Ich stelle die Kaffeetasse auf den Tisch.

»Ich habe dir ja von unserem Onkel erzählt, dem Bruder unserer Mutter«, übernimmt Filip das Wort.

»Hast du.«

»Das ist sein Sohn.« Er führt seine Worte nicht weiter aus, doch ich zähle eins und eins zusammen.

»Also denkt ihr, dass es eine verspätete Racheaktion war, weil euer Vater seinen Vater angezeigt hat?«

»Klingt zumindest plausibel.« Jörn trinkt von seinem Kaffee. »Jedenfalls habe ich das Material bereits heute Morgen der Polizei übergeben. Einem der Beamten ist der Fall von früher bekannt. Jetzt müssen sie Linus nur noch finden. Außerdem wird sich ab sofort ein Mitarbeiter in Zivil im Hotel aufhalten. Vielleicht haben wir Glück und Linus taucht ein weiteres Mal auf.«

Glück? Na, ich weiß nicht. Und wenn er schlau ist, hält er sich nach der Aktion fern.

Die Wohnungstür öffnet sich und wenig später steht Eske in einem viel zu großen Jogginganzug in der Küche. »Guten Morgen. Ihr seid ja alle früh dran. Irgendwas Neues?« Krischan erzählt ihr, was Jörn herausgefunden hat. »Ernsthaft? Wie krank ist das denn bitte schön?« Sie schlurft zum Kaffeeautomaten und drückt ein paar Knöpfe.

Krischan lässt Eske nicht aus den Augen und ich frage mich unweigerlich, wie die beiden die Nacht verbracht haben.

»Im Kühlraum drüben im Hotel steht übrigens deine Geburtstagstorte. Was hältst du davon, wenn wir die Feier heute nachholen? Wir können entweder im Hotelrestaurant feiern oder wir machen uns am Pool breit.«

Eske dreht sich in Krischans Richtung. »Eigentlich bin ich nicht zum Feiern aufgelegt, aber möglicherweise ist Ablenkung genau das Richtige. Treffen wir uns einfach gegen Mittag am Pool.«

Wir nicken zustimmend. Womöglich ist es nicht verkehrt, wenn wir uns einen schönen Tag machen.

*

Fünf Stunden später befinden wir uns alle in der kleinen Schwimmhalle. Alle bis auf Jörn. Thorsten hat ihn zu sich gerufen.

Die Sektgläser sind gefüllt, die Kirschtorte auf den Tellern verteilt. Ob Filip sich die Kirschen herauspult? Wir warten auf den vierten Bruder, damit wir anstoßen können.

Hanna sitzt auf meinem Schoß und zwirbelt eine meiner Haarsträhnen um ihren Finger, da wird die Tür aufgestoßen.

»Ihr werdet nicht glauben, was ich gerade erfahren habe.« Jörns Blick ist grimmig und er schnappt sich eines der Sektgläser. »Sorry!« Auf ex kippt er es hinunter.

»Nun sag schon, was ist los?« Kay klettert aus dem Pool und trocknet sich ab.

»Der zivile Polizist hat Linus auf frischer Tat ertappt, als er in den Büschen hinter dem Gartenhaus herumgestiefelt ist. Er hat ihn auf die Polizeiwache geschleppt und unser Cousin hat wie ein Vögelchen gesungen und alles gestanden.«

Filip springt von seiner Liege. »Im Ernst? Und wozu das Ganze?«

»Vor hatte er es ursprünglich nicht. Unser Onkel ist letztes Jahr an einem Schlaganfall gestorben und Linus wollte die Sache auf sich beruhen lassen. Aber dann ist Iris bei ihm aufgetaucht und hat ihn überredet, sich zu rächen. Zudem hat sie ihm verklickert, dass Filip sie ungerecht behandelt habe.«

»In Bezug auf was?« Die Stimme meines Freundes bebt vor Zorn.

»Auf Hannas Erziehung.«

»Diese falsche Schlange!« Filip haut mit der flachen Hand gegen die Wand.

»Flip, nicht.« Eske eilt zu ihm und greift nach seinen Fingern.

Umgehend zieht er sie zurück.

Hanna hat dankenswerterweise Kopfhörer auf, schaut eine Serie auf dem Tablet und bekommt von dem Drama um sie herum nichts mit.

»Was hast du sonst noch in Erfahrung gebracht?«, frage ich.

»Iris meinte angeblich, Linus müsse uns alle auf einen Streich vernichten. Die Alte hat einen gehörigen Vogel. Da er aber vor seiner Tat ordentlich Alkohol getankt hatte, hat er nicht mitbekommen, dass sich nur Hanna im Gartenhaus aufgehalten hat.«

Ich werfe einen Blick zu den Brüdern und sehe die Wut in ihren Gesichtern. Verdenken kann ich es ihnen nicht.

Ich für meinen Teil bin vollkommen sprachlos, wie man so sein kann. Und das nur, weil diese Iris wegen ihrer Methoden von Filip einen Einlauf kassiert hat.

»Er und Iris sitzen jetzt erst mal in Untersuchungshaft. Die Polizei bringt sie morgen nach Flensburg und dann entscheidet ein Haftrichter.« Jörn sinkt neben mir auf die Liege. »Ich würde sagen, wir haben einen weiteren Grund zum Feiern.« Er füllt sein Glas erneut und hebt es in die Luft. »Lasst uns anstoßen. Immerhin hat Eske heute Geburtstag.«

Ich tippe Hanna auf die Schulter.

Sie zieht sich die Kopfhörer herunter, erhebt sich auf Aufforderung und nimmt sich ihren Orangensaft von einem kleinen Tisch.

Filip, der sich inzwischen ein wenig abgekühlt zu haben scheint, schickt mir einen Luftkuss. »Auf Eske.«

Epilog

Filip

Seufzend öffne ich die Lider.

Heute ist der 27. Januar.

Der Tag, an dem Mila uns verlässt.

Mein Blick gleitet auf meine Brust. Dort liegt die Frau meiner Träume und schläft tief und fest. Ob sie ahnt, wie sehr ich sie vermissen werde? Seit dem Vorfall mit dem Gartenhaus wohnt Mila bei uns. Keinen einzigen Tag wollte ich mehr ohne sie sein. In der letzten Nacht haben wir das erste Mal miteinander geschlafen und jetzt fällt es mir umso schwerer, sie ziehen zu lassen. Wieso habe ich ihrem Drängen nachgegeben und nicht gewartet, bis sie hergezogen ist? Die Antwort ist einfach: weil sie mich mit ihren weiblichen Reizen vollkommen um den Finger gewickelt hat. Mila hat die harten Geschütze aufgefahren und sich bei ihrem Mädelstag mit Eske neue Unterwäsche zugelegt. Da kann ein Mann nur schwach werden.

Meine beste Freundin hat Hanna gestern zu sich geholt, damit Mila und ich in unserer letzten Nacht ungestört sind. Beizeiten werde ich Eske dafür zum Essen einladen.

Milas Fähre legt um 15 Uhr ab. Ich habe für 12 Uhr einen Tisch im Leuchtturmcafé reserviert, damit wir uns alle von ihr verabschieden können. Vorher möchte ich unbedingt mit ihr an den Strand.

Nachdem sie gestern ihren Koffer gepackt hat, habe ich mir heimlich eines ihrer Shirts gemopst, damit ich etwas von ihr bei mir habe. Im Gegenzug habe ich eines meiner Shirts mit HUGO BOSS eingesprüht und zwischen ihren Klamotten versteckt.

Hanna wollte ein ganz besonderes Geschenk für meine Freundin. Sie hat ihre zwei Sandschildkröten in eine Schachtel gepackt und möchte, dass Mila diese mit nach Köln nimmt. Damit sie dort nicht alleine ist und an uns denkt. Ein schöner Gedanke und ich hoffe sehr, Mila freut sich darüber.

Zärtlich streiche ich ihr über die Wange. Auch wenn wir erst gegen 3 Uhr eingeschlafen sind, möchte ich die Zeit mit ihr genießen und ein letztes Mal vor ihrer Abreise in sie eintauchen.

Mila öffnet verschlafen die Augen und grinst mich an. »Wieso bist du schon wach? Nach der Nacht?«

»Keine Ahnung? Ich bin noch fit und zwei Jahre jünger als du. Das macht viel aus. Ab dreißig ist es vorbei, sagt man, oder nicht?«

»Ich geb dir gleich ›vorbei‹.« Mila stürzt sich auf mich, doch ich bin stärker. Es dauert keine zwei Sekunden, da liegt sie auf dem Rücken und ich auf ihr. Blitzschnell pinne ich ihre Arme über ihrem Kopf auf die Matratze. »Und nun, Frau Lehrerin?«

Mila grinst süffisant und schiebt ihren Unterleib ein Stück nach oben.

Stöhnend schüttle ich den Kopf. »Du spielst mit unfairen Mitteln. Mal wieder!«

»Damit könntest du recht haben. Weißt du, ich muss mindestens 55 Tage ohne dich auskommen, also sollte ich wenigstens etwas haben, wonach ich mich verzehren kann. Du hast dich ja die ganze letzte Woche geziert. Denk mal darüber nach!«

Zeit, Farbe zu bekennen. »Ich dachte, wenn wir warten, bis du im Sommer hergezogen bist, fällt es mir leichter, dich gehen zu lassen.«

Mila schnalzt mit der Zunge. »Blöde Idee. Das hätte nicht funktioniert. Spätestens in den Osterferien wärst du über mich hergefallen.«

»Wenn du dich mal nicht irrst.«

»Ist aber egal, jetzt ist es sowieso zu spät. Möchtest du weiter quatschen oder dich lieber den angenehmen Dingen widmen?«

»Quatschen kann auch ganz angenehm sein«, entgegne ich und schiebe nun meinerseits den Unterleib vor und zurück.

Mila keucht. »Heute nicht. Quatschen können wir auch am Telefon.« Ihre Arme entspannen sich und ich lockere meinen Griff. Anfängerfehler, denn im Nu liegen Milas Hände in meinem Nacken und ziehen mich zu ihr hinunter. Seufzend gebe ich nach und öffne meine Lippen. Unsere Zungen verschmelzen miteinander. Mein Körper wird mal wieder von diesem warmen Gefühl heimgesucht. Auf dass es niemals aufhört!

Mila

Nachdem Filip, Hanna und ich den Leuchtturm hochgestiegen sind und ich ein etwas längeres Telefonat mit Leandra hatte, sitze ich nun heulend im angrenzenden Café, umgeben von allen Personen, die ich in den letzten vier Wochen lieb gewonnen habe: Kay, Jörn, Krischan, Eske, Mareike, Sinja, Filip und Hanna. Alle sind gekommen, um mich zu verabschieden.

Heute Morgen war ich mit Filip am Strand. Wir sind ein Stück durch den Schnee gerannt und meinem Fuß hat es nichts ausgemacht. Filip hat mir von außen das Café von Lara gezeigt und ich freue mich darauf, dort bei meinem nächsten Besuch einen Kaffee zu trinken.

Hastig wische ich mir über die nassen Wangen.

Mareike schiebt mir ein Buch über den Tisch. »Das hat Sinja für mich bestellt. Ich hoffe, es gefällt dir. Jede Menge Übungen, die dein Gelenk weiter auf Vordermann bringen. Und auch ein paar für den Rücken.«

Schniefend ziehe ich das Buch zu mir. Auf dem Buchdeckel klebt eine Taperolle. Erst vorgestern hat Mareike mir gezeigt, wie man das richtig anbringt. Somit bin ich nun in der Lage, meinen Fuß zwischendurch eigenständig zu stabilisieren, wenn er Ärger macht.

Sinja drückt mir eine Tüte in die Hände. »Ein paar Krimis für deine Me-Time. Denk daran, du hast mir was versprochen.«

Eifrig nicke ich. »Mehr Zeit für mich, weniger arbeiten. Ich werde es versuchen.«

Kay steht auf und reicht mir einen Bilderrahmen. Kaum habe ich ihn in der Hand, schmunzle ich. Auf dem Foto sind er, Jörn und Krischan Grimassen schneidend hinter der Hotelrezeption abgebildet.

»Damit du nicht nur an unseren Bruder denkst, bis du wieder bei uns bist.«

»Das bekommt einen Ehrenplatz über meinem Schreibtisch. Ganz lieben Dank.«

Ich schaue auf meine Smartwatch. Noch zwanzig Minuten, dann muss ich zum Fähranleger.

Filip räuspert sich und Hanna klettert auf meinen Schoß.

Sofort drücke ich die kleine Maus an mich und schnuppere an ihren Haaren, die nach Aprikose duften.

»Wir haben auch Geschenke für dich.«

»Ehrlich? Hast du mir ein Bild gemalt? Das kann ich dann neben das von Onkel Kay, Krischan und Jörn hängen.«

Hanna schüttelt den Kopf. »Nein. Papi?«

Filip lächelt und händigt Hanna eine Box aus, die sie an mich weitergibt.

Vorsichtig öffne ich sie. »Aber das sind doch deine Lieblinge. Die kannst du mir nicht einfach schenken!«

»Kann ich wohl. Außerdem bringst du die ja wieder mit, wenn du zu uns ziehst. Und solange du in Köln bist, passen sie auf dich auf.«

Prompt laufen die Tränen.

Nun ist es Hanna, die mir über die Wangen wischt. »Nicht weinen, sonst siehst du ja Papis Geschenk gleich nicht.« Die anderen lachen und ich stelle den Karton auf den Tisch.

»Noch ein Geschenk?« Ich suche Filips Blick.

Der zieht just in dem Moment eine kleine Schachtel hervor. »Als du vorhin auf Toilette warst, haben Hanna und ich im Souvenirshop des Leuchtturms etwas besorgt.«

Filip streckt mir die Schachtel entgegen, die ich zögerlich entgegennehme. Behutsam ziehe ich die rote Schleife ab. Ich atme einmal tief durch, wappne mich für das, was kommt. Unendlich langsam öffne ich den Deckel. Auf rotem Samt liegt eine silberne Kette mit einem runden Silberanhänger. Ich nehme sie heraus und streiche sanft über die Vorderseite. *Jyltrum* steht dort. Darunter ist ein Leuchtturm eingraviert.

»Umdrehen«, drängelt Hanna und rutscht ungeduldig auf meinem Schoß herum. Ich tue ihr den Gefallen.

Hanna, Mila, Filip wurde dort untereinander eingestanzt. »O mein Gott, ist die schön. Wie hast du das mit unseren Namen so spontan geschafft?«, frage ich krächzend und hebe den Kopf.

Filip grinst von einem Ohr zum anderen. »Normalerweise gravieren sie nicht sofort, aber bei mir haben sie eine Ausnahme gemacht, nachdem ich ihnen verraten habe, dass du gleich abreist. Weil du mit Hanna und mir heute auf dem Leuchtturm warst, dachte ich, das wäre eine schöne Idee.« Filip nimmt mir die Kette aus der Hand und legt sie mir um. Jetzt trage ich zwei Ketten von Jyltrum, doch das stört mich nicht. »Damit du immer an uns denkst«, raunt er mir ins Ohr.

»Und damit du uns nicht vergisst.« Hanna schmiegt sich enger an mich.

»Euch könnte ich gar nicht vergessen, Schatz.« Ich drücke ihr einen Kuss auf die Schläfe. »Danke euch allen. Für die tolle Zeit auf eurer Insel, für die Geschenke und für eure Freundschaft. Ich hoffe, die Zeit, bis wir uns wiedersehen, verfliegt ganz schnell.«

*

Jeden Moment legt die Fähre ab.

Dick eingemummelt und mit einem AirPod im Ohr stehe ich auf dem Außendeck und blicke wehmütig auf die Menschen hinab, die ich zurücklassen muss – zumindest für eine Weile.

Hanna sitzt auf Jörns Schultern und winkt mir aufgeregt zu.

Ich winke zurück und schicke einen Luftkuss in ihre Richtung, ehe ich mein Augenmerk auf Filip richte. Mit Daumen und Zeigefingern hat er ein Herz geformt und streckt die Arme in die Luft. Gott, wie sehr werde ich diesen verrückten Kerl vermissen!

Meine Hand gleitet in meinen Jackenausschnitt und sucht nach dem Anhänger. Mit den Fingern reibe ich darüber und stelle mir vor, Filip und Hanna nah zu sein.

Als kurz darauf die Hupe ertönt – das Zeichen, dass wir ablegen –, zucke ich zusammen. Ich schließe für einen Moment die Augen. Als ich sie öffne, rollen Filip und Kay ein Banner aus und heben es in die Höhe.

Ich liebe dich und kann es nicht erwarten,
bis du wieder bei uns bist.
Dein
Filip

»Und ich liebe dich«, brülle ich aus Leibeskräften.

Der Song *Jemand* startet und erneut kullern die Tränen. Wie es aussieht, habe ich diesen Jemand auf Jyltrum gefunden, auch wenn dies bei meiner Anreise nicht geplant war.

Ob meine Oma vom Himmel aus ihre Finger im Spiel hatte? Der Gedanke gefällt mir und ich lege meinen Kopf in den Nacken. »Danke, Omi. Für alles.«

Nachwort

Liebe Leser*innen,

es ist geschafft. Der erste Teil meiner neuen Nordsee-Reihe ist beendet und ich liebe diese neuen Menschen und die Insel sehr.

Euch hat die Geschichte gefallen? Dann würde mich eine Rezension überaus glücklich machen. Hinterlasst gerne ein paar Zeilen oder Sternchen, damit auch andere Leseratten auf Mila und Filip aufmerksam werden.

Danksagung

Mein erster Dank gilt diesmal meiner Lektorin. Mehrmals musste ich den Abgabetermin verschieben, doch es war nie ein Problem. Im Gegenteil. Senta hat mich unterstützt und immer wieder aufgebaut, wenn ich nicht weiterwusste. Von Herzen DANKE.

Des Weiteren geht ein fettes Dankeschön an:

- meine Physiotherapeutin Sabrina, die mit mir die Übungen durchgegangen ist und sich mein Manuskript näher angesehen hat, damit Filip und Mareike keinen Murks machen. Auch dir von Herzen DANKE.
- Claudia. Dank dir hat die Polizei richtig gehandelt. Fühl dich gedrückt.
- Markus. Du hattest ein Auge darauf, dass die Feuerwehr ihre Aufgaben korrekt erledigt.
- Isabella. Vielen Dank für das nette »Gespräch« über Grundschullehrerinnen.
- Diana und Barbara. Danke für eure medizinischen Tipps.
- meine Testleser*innen Sara W. und Denise.
- meine Korrekturleserinnen.
- meine Familie und Freunde, besonders Jenny.
- meine Coverfee Sarah.
- Christelle für diese wunderschöne Inselkarte.

- Marcus, weil du kurzfristig Zeit hattest, diesen wundervollen Buchsatz zu erstellen.
- mein großartiges Bloggerteam.
- meine Vorableser*innen.
- meine Leser*innen, die mir so wundervolle Nachrichten schreiben und meine Bücher rezensieren.

Ohne euch wäre das alles nicht möglich!
Im Strandhotel geht es im Sommer mit Krischan weiter.
Habt eine schöne Zeit und bleibt gesund.

Alles Liebe
Melana

Januar 2024

Die Autorin

Melana E. Fischer ist das Pseudonym
einer deutschen Autorin.
Sie lebt mit ihrer Familie am idyllischen Niederrhein
und schreibt Liebesgeschichten, die immer ein
Happy End bekommen.
Ihr Debütroman »Föhrliebt – Ein Inselroman«
erschien 2016 im Selfpublishing.
Seitdem veröffentlicht Melana regelmäßig
Insel- und Stadtgeschichten
und schreibt sich so in die Herzen ihrer Leser*innen.

»Das Strandhotel an der Nordsee«
ist Melanas dritte Nordsee-Reihe.

Mehr Informationen findet ihr auf:

@MELANA_E_FISCHER_AUTORIN

ISBN 978-3-7584-7702-7
00002
9 783758 477027
www.epubli.com

Printed in Poland
by Amazon Fulfillment
Poland Sp. z o.o., Wrocław

34102305R00192